DUMONT

Zur Beerdigung seines Vaters kehrt Konstantin nach vielen Jahren in den Ort seiner Kindheit zurück, nach Praam an der Schwarzen Laaber, tief in der bayrischen Provinz. Er hat immer unter der Enge gelitten, aber auch seine erste große Liebe hier erlebt – zu Rosalie, einer Außenseitergestalt wie er. Plötzlich ist alles wieder da: die Erinnerungen an das Erwachsenwerden auf dem Land. Und an die Schatten dieser Zeit, denn neben der magischen ersten Romanze gab es auch ein düsteres Ereignis, das sein Leben tief erschüttert hat.
Berni Mayer erzählt von einer heimlichen Liebe, die immer mehr zur Verschwörung wird gegen die autoritäre Welt der Eltern und der Kirche. Und er erzählt, wie ein Leichenfund in einem heruntergekommenen Wasserschloss alles verändert. Denn die Geschichte, die hinter diesem Toten steckt, führt tief hinein in die Vergangenheit und offenbart die Verstrickung der alteingesessenen Dorfbewohner in ein sorgfältig verdrängtes NS-Verbrechen. Am Ende müssen Konstantin und Rosalie sich entscheiden: für jeweils eine Seite und für oder gegen das Schweigen.

Berni Mayer, geboren 1974 in Mallersdorf, Bayern, hat Germanistik und Anglistik studiert, war Redaktionsleiter bei MTV und VIVA Online und hat für das Label Mute Records gearbeitet. Berni Mayer lebt mit seiner Familie in Berlin. Er arbeitet zudem als Übersetzer, Journalist und für diverse Podcasts.

BERNI MAYER

Rosalie

ROMAN

DUMONT

FSC
www.fsc.org
MIX
Papier aus verantwortungsvollen Quellen
FSC® C083411

Februar 2018
DuMont Buchverlag, Köln

Umschlaggestaltung: Lübbeke Naumann Thoben, Köln
Umschlagabbildung: © plainpicture/BY
Gesetzt aus der Arno Pro und der Neutra
Druck und Verarbeitung: CPI books GmbH, Leck
Gedruckt auf säurefreiem und chlorfrei gebleichtem Papier
Printed in Germany
ISBN 978-3-8321-6429-4

www.dumont-buchverlag.de

Für Olivia und Ludwig

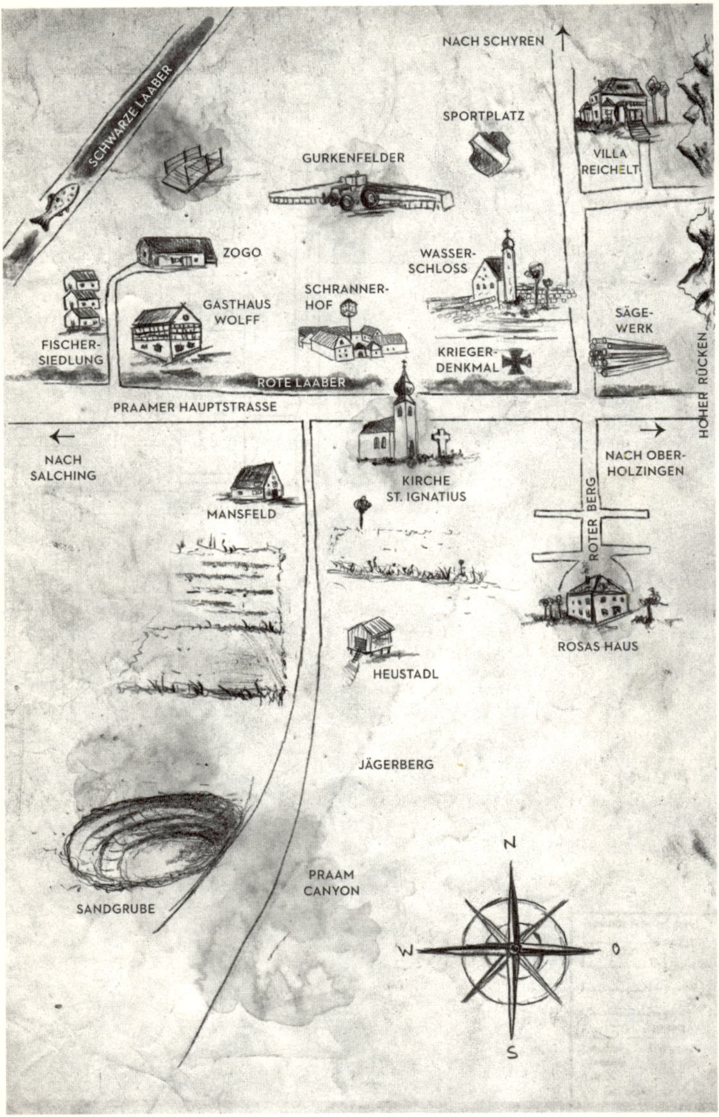

Praam an der Schwarzen Laaber, um 1986

FEIERABEND

»Und Abendfriede kehret ein, zieht wie ein altes Lied aus längst vergang'nen Zeiten dir gar heimlich ins Gemüt. 's ist Feierabend«, singt der Chor der Kriegsveteranen, und ich wundere mich, dass es ihn noch gibt und wie seine Mitglieder so lange aufrecht stehen können, immerhin müsste ihr Durchschnittsalter ungefähr neunzig Jahre betragen. Aber vielleicht kann der Titel des Kriegsveteranen auch ehrenhalber auf die nachfolgende Generation übergehen, um so die entstehenden Lücken im Bass oder Tenor zu füllen. Als Kind hab ich den Chor andauernd singen gehört, es wurde überhaupt viel gesungen in Praam. Meistens in der Kirche, meistens in Moll, denn nur selten war der Anlass ein freudiger. Gedenkgottesdienste, Beerdigungen und Hochämter an den heiligsten Feiertagen – wenn der Veteranenchor antrat, war jeder zur Andacht verpflichtet. Selbst ein kurzes Schnäuzen wurde als Sabotageakt empfunden.

Die Veteranen führen ein Banner an einer über zwei Meter langen Stange mit sich, das über die Trauergäste hinausragt. Darauf ist ein Mann mit nackten Beinen in einem roten kurzen Mantel und einer Kapuze abgebildet, mit der Rechten eine Armbrust geschultert und die linke Hand um ein Kind in einem gelben Rock gelegt. Er steht vor einer Bergkulisse, hinter der die Sonne aufgeht, und darüber steht in Sütterlin *Glaube, Sitte, Heimat.*

Es riecht nach frisch gemähtem Gras, und es ist ungewöhnlich warm für Anfang Oktober. Zahllose Mücken sind unterwegs, alleine in den letzten fünf Minuten haben mich zwei davon gestochen, eine in den Finger, die andere ins Handgelenk. Wenn man genau hinschaut, sieht man, wie etliche Trauergäste sich verstohlen kratzen, um ihre feierliche Anteilnahme nicht durch etwas Profanes wie Juckreiz zu trüben. Irgendwo summt etwas, wie eine defekte Stromleitung.

»*Und ist dein Lebenstag einst aus, vorbei sind Sorg' und Müh'n, zieht übers stille Grab ganz sacht ein heimlich Klingen hin. 's ist Feierabend*«, geht der Text weiter, und danach setzen die Gebirgsbläser ein, bei denen mir immer schon aufstieß, dass es hier in der Gegend weit und breit kein Gebirge gibt, sofern nicht der Hohe Rücken, diese ausgehungerte Hügelkette hinter Praam, neuerdings als solches durchgeht.

Doch Hohn beiseite, es ist schon ganz schön, was hier passiert. Wie wir mit den Mücken und dem Sarg in der trügerischen Oktoberwärme in der Nachmittagssonne um die Kirche herumgelaufen sind, wie akkurat die Veteranen jetzt intonieren und wie vorsichtig die Gebirgsbläser tönen, obwohl mein Vater weder im Krieg noch im Gebirge war. Wie wir jetzt da stehen und meine Schwester ihre Hand in meine hineindrückt, genau auf den Finger mit dem Mückenstich. Es ist schon lustig. So gut in Praam integriert wie jetzt hätte er zu Lebzeiten nie sein können.

Ich mag Beerdigungen. Man redet ja oft von Momenten, in denen die Zeit scheinbar stillsteht, aber eine Beerdigung ist der einzige, an dem sie tatsächlich stehen bleibt. Wo nichts passiert und nichts notwendig ist, wo keiner telefoniert und niemand organisiert. Ein Moment, in dem man ungestraft in sich zusammenfallen darf, ohne zu überlegen, was nachher kommt. Ein kurzer lebensnotwendiger Verschnaufer, bevor man die Sanduhr bis zur nächsten Beerdigung umdreht.

Ich wollte ja eigentlich nichts mehr wissen von meiner Jugend hier. Ich hatte schon länger keine Fragen mehr an sie und sie auch keine an mich. Und doch hat mich so spät noch einmal die Wut gepackt. Jetzt, wo ich hier stehe und die Veteranen so exakt die Töne treffen, merke ich, dass ich nicht verschnaufen kann wie auf den anderen Beerdigungen, sondern trotz der schönen Zeremonie immer wütender werde. Immer wütender, weil ich jetzt plötzlich wieder an sie, die blasse Erscheinung, denken muss. Sie, das fürchterliche Gespenst, das sich einfach zu uns gestellt hat, als ob es nichts Besseres vorhätte. Dabei hat sie still und heimlich das ganze Dorf abgerissen. Wie sie diese monströsen Entwicklungen erst ermöglicht und sich dann aus allem herausgehalten hat, war eine Unverschämtheit. Eine brutale Unverschämtheit. Und mich hat sie dann mit diesen monströsen Entwicklungen alleine gelassen. Bis heute. Ohne sie hätte es das Wasserschloss als solches doch gar nicht gegeben, hätte sich nicht dieser Krater gebildet, dort, wo früher mein Heimatort stand.

Ich kann nicht sagen, warum es gerade diese Beerdigung ist, auf der diese irrationale Wut kommt. Es gab andere vorher, wo sie hätte sein können.

»'s ist Feierabend, 's ist Feierabend, das Tagwerk ist vollbracht, 's geht alles seiner Heimat zu. Leis zieht herauf die Nacht«, singen die Veteranen, und die Gebirgsbläser hauchen das Lied mit einem letzten langen Dur-Akkord aus.

1
KREUZWEG

Das erste Mal traf ich sie auf dem Kreuzweg, der Via Dolorosa, dem Weg der Schmerzen, wie es in der Kirchengeschichte heißt. Ich erinnere mich, wie gelblich und warm das Wetter an jenem Karfreitag war und wie es seit Tagen nicht geregnet hatte. Wäre da nicht schon morgens das erbarmungslose Hämmern der Holzschlaberln von draußen gekommen, man hätte nach dem Aufwachen aus dem Fenster auf die stille und sonnige Praamer Hauptstraße geschaut und eher die Sommer- als die Osterferien vermutet.

Der Karfreitag war aber per Definition alles andere als ein idyllischer Tag in Praam an der Schwarzen Laaber. Er war der Höhepunkt der Fastenzeit, es gab im gesamten Ort nichts zu essen, noch nicht einmal bei uns im Gasthaus Wolff. Meinen Eltern fehlte zwar die letzte Demut gegenüber den kirchlichen Gebräuchen, aber selbst sie hätten sich nicht getraut, die Wirtsstube aufzusperren. Sie kochten noch nicht einmal etwas Warmes für mich und meine Schwester. Während wir Kinder also hungerten oder in weiser Voraussicht schon eine Dose mit eingelegten Mirabellen ins Zimmer geschmuggelt hatten, lärmten den ganzen Vormittag die Ministranten mit den Holzklappen durch den Ort und peitschten die Leute so auf das Grande Finale der Fastenzeit ein. Am Abend das Hochamt, wenn die Altäre wieder enthüllt wurden, aber noch wichtiger: der Kreuzweg um die Mittagszeit, an dem sich der Pfarrer Parzefall besonders delektierte und der fast zwei Stunden dauerte.

Für mich hatte der Karfreitag etwas Magisches an sich. Die Kreuzigung von Jesus hatte natürlich mit siebzehn längst an Faszination eingebüßt, aber dieser Moment des Innehaltens vor der Auferstehung hat mir immer imponiert.

Diese Verpflichtung zu einem Tag Trauer und Nichtstun, bevor am Samstag wieder alle ins Leben zurückkehren, war jedes Jahr eine kurze Erlösung von meinem schlechten Gewissen, denn plötzlich fand man sich mit seiner miesen Laune mitten im Mainstream wieder. Mein vorherrschendes Lebensgefühl war ohnehin ein Davonausgehen, dass nichts ein gutes Ende nimmt, ein permanentes Karfreitagsgefühl, wenn man so will. Deshalb kam mir diese programmatische Tristesse über dem gesamten tiefen Süden sehr entgegen. Es war ein spiegelverkehrter Fasching, ein schwarzer Maskenball, die Eleganz der hängenden Köpfe. Jeder, der einem am Karfreitag in Praam begegnete, brachte kaum ein stilles Nicken zustande, und endlich konnte man grußlos durch den Ort gehen, ohne dass die Nichtgegrüßten sich bei den Eltern beschwerten. Und nie waren die Leute in Praam besser gekleidet. Ein ganzer Tag, ein ganzer Landstrich ging in Schwarz. Wie eine gigantische Beerdigung auf siebzigtausend Quadratkilometern. Es war undenkbar, dass am Karfreitag irgendetwas Angenehmes passierte.

Mir gefiel auch das Verhüllen der drei Kirchenaltäre und das Verstummen der Glocken. Ich stellte mir dann immer vor, jemand hätte von einem Tag auf den anderen den Katholizismus verboten. Staatlich verboten, ab sofort. Polizei kommt und sperrt die Kirche zu, verhängt die Ikonen. Das hätte augenblicklich die Auflösung der Praamer Eliten eingeläutet. Dieser Ort definierte sich ja fast ausschließlich über sein Verhältnis zur Kirche. Handelte es sich bei dem Verhältnis eher um eine flüchtige Bekanntschaft ohne große Verpflichtungen wie bei meinen Eltern, musste man als Kind mit dem Argwohn der Praamer leben, außer man entspannte die Lage durch eine Tätigkeit als Ministrant, was aber für mich wegen der ungnädigen Aufstehzeiten an einem Sonntag nicht infrage gekommen wäre.

Ein Katholizismusverbot hätte die gesellschaftliche Ordnung auf jeden Fall vollkommen auf den Kopf gestellt, es gab ja seit der Gebietsreform keinen Bürgermeister mehr, und wer hätte der Gemeinde voranschreiten sollen, wenn nicht der Pfarrer Parzefall. Der Großbauer Schranner oder der Fabrikbesitzer Reichelt waren dafür viel zu obrigkeitsfeindlich, das waren die reinsten Anarchisten. Die Religion und der Staat standen ihren wirtschaftlichen Bemühungen immer nur im Weg. Sie machten sich ihre eigenen Regeln und gingen eher als formelle und nicht ganz ernst gemeinte Entschuldigung am Sonntag in die Kirche. Den vollen Respekt der Praamer genoss wirklich nur der Parzefall. Danach kam mit großem Abstand der Vorstand vom Schützenverein.

Doch das von Rom aus verordnete Stimmungstief und die verstummten Glocken erinnerten zusammen mit dem Klappern der Holzschlaberln den ganzen Tag nur noch mehr daran, dass die Kirche für immer die Deutungshoheit in Praam an der Schwarzen Laaber besaß. Und das gemeine Hämmern schien zu morsen: *Was auch immer du am Karfreitag vorhast, das dir Freude machen könnte, lass es. Und wehe, du isst was.*

Auf jenem Kreuzweg Ende März 1986, am mildesten Karfreitag, den ich bis heute erlebt habe, verspürte ich bereits bei der fünften Station einen unbändigen Hunger und musste zudem dringend aufs Klo, weil ich zuhause eine ganze Flasche von der grünen Waldmeisterlimonade ausgetrunken hatte, die in der gesamten Fastenzeit niemand bei uns in der Wirtschaft kaufte. Die Limonade hatte erst wieder ab Ostersonntag Konjunktur. Ausgelassen sprudelndes grünes Getränk: vorher undenkbar.

An der fünften Station las der Pfarrer Parzefall über ein Mikrofon aus dem Matthäus-Evangelium. Aus dem tragbaren, einem

Megafon ähnelnden Lautsprecher, den der Chefministrant transportierte, klang seine Stimme blechern wie die Durchsagen des Bademeisters im Schyrener Freibad:

»Auf dem Weg trafen sie einen Mann aus Zyrene namens Simon. Ihn zwangen sie, Jesus das Kreuz zu tragen. Und zum hundertsten Mal: nicht vom Beckenrand springen! Herrgott, wie oft habe ich euch Bagage das schon gesagt!«

Nun wurde es umständlich, denn der Pfarrer gab sein Mikro an einen anderen Ministranten ab, nahm dafür ein mannshohes braunes Holzkreuz entgegen und schulterte es. Danach setzte sich der Zug aus etwa dreißig Andächtigen wieder in Bewegung, und wir warteten, bis wir uns ganz hinten einreihen konnten, um nicht weiter aufzufallen. Der Andi Radlmeier, ein schon reichlich kaputter Mensch für seine knapp neunzehn Jahre, zündete sich einen Zigarillo an und haute mir im Vorbeigehen mit der flachen Hand in den Nacken. Ich ignorierte ihn.

Am Kreuzweg nahmen nie alle Praamer teil. Gut die Hälfte der Gemeinde war bereits um halb fünf Uhr früh zu Fuß zu einer Wallfahrt nach Altötting aufgebrochen. Das war ein Gewaltmarsch, bei dem man nach einer Übernachtung in Massing an der Rott am Samstagnachmittag seltsam glückserfüllt in Altötting ankam, nur um dort sofort wieder in die Kirche zu gehen und auf ein Wunder der Schwarzen Madonna zu hoffen. Es musste am Sauerstoffmangel liegen.

Ein einziges Mal war ich dabei gewesen, obwohl mich niemand gezwungen hatte. Überhaupt schickten mich meine Eltern schon seit ein paar Jahren nicht mehr in die Messe. Leider war der Sonntagsgottesdienst das alleinige wöchentliche Großereignis, bei dem alle Mädchen aus Praam auf einem Fleck versammelt waren, während sie bei der Oblaten-Verteilung an einem vorbeihuschten, in vollendeter Beherrschung ihres sakralen Laufstegs durch die Mitte des Kirchenschiffs hin zum Parzefall mit seinem Kelch und wieder zurück zum Platz. Nur deshalb ging ich freiwillig hin.

Wenn man es schlau anstellte, informierte man sich bereits längst vorm Karfreitag beim Organisten Werner über die Teilnehmerliste der Karfreitagswallfahrt und konnte so planen, welches Mädchen man auf der Wanderung näher kennenlernen wollte, immerhin hatte man beinahe zwei Tage Zeit, sofern man sie vorübergehend von den Eltern oder Großeltern isolieren konnte. Bei meiner bis dato einzigen Wallfahrt war ich leider umsonst mitgefahren, denn Karin Zellmair war kurzfristig krank geworden, und ich hatte es erst nach zwei Kilometern realisiert.

Bei Station sechs sah ich Rosa zum ersten Mal. Station sechs war die Stelle, an der sich die heilige Veronika aus der Menge der Schaulustigen löst und einem geschundenen Jesus ein Schweißtuch reicht. Der Pfarrer ließ sich an dieser Stelle einen großen weißen Schnäuzlappen von seinem Mesner geben, mit dem er sich das Gesicht abtupfte. Der Mesner war der sich fast im Krebsgang vorwärts bewegende Ehrenpräsident vom Veteranenverein Gerd Jolisch. Der Jolisch sah so alt und zerbrechlich aus, dass man gar nicht hinschauen konnte, wenn er am Sonntag in der Messe mit seiner Löschstange die Kerzen ausmachte, an die man sonst nicht herankam. Als könne er jeden Moment in mehrere Teile zerspringen.

Der Praamer Kreuzweg war nicht besonders lang, er erstreckte sich lediglich von der St. Ignatius Kirche und dem riesigen Schranner-Hof mit der Taubenburg die Hauptstraße über den ehemaligen Marktplatz, wo sich der Gasthof Hauner – unsere schärfste Konkurrenz – und der Bäcker befanden, bis hinunter zu Ziegelei und Sägewerk. Station sechs lag genau dazwischen, vor dem Ausstellungshof von Ford Sedlec. Während die jungen Männer sich die

Autos anschauten, darunter ein in der Sonne schwarz blitzender Ford Capri, den der Bogdan Sedlec selbst fuhr, blickte ich hinüber zum Kriegerdenkmal. Vor der Mauer des alten Wasserschlosses stand ein blass schimmerndes Wesen mit dunkelbraunen, kompliziert geflochtenen Haaren und starrte stumm auf unseren Zug.

Weil sie sich keinen Millimeter bewegte, wirkte sie mit ihrer vorwurfsvollen Blässe geradewegs wie in den Ort hineingesetzt. Ein Fremdkörper, eine Geistererscheinung. Erst als der Zug sich in Bewegung setzte und *Herzliebster Jesu, was hast du verbrochen* anstimmte, wandte sie den Blick langsam ab und setzte ihren Weg in die Gegenrichtung am Bach entlang fort. Es war nicht so, dass mich sofort ihre besondere Schönheit ergriffen hätte, auch fand ich sie nicht besonders ansprechend gekleidet, mit ihrer weinroten Strickjacke und der weißen Bügelfaltenhose. Mich ergriff, wie sie in ihrer Fremdhaftigkeit herausleuchtete aus dem Praamer Karfreitagsschwarz. Es war nicht nur ihre Blässe oder die mutmaßlich papierdünne Haut, es war diese Mischung aus überheblicher Teilnahmslosigkeit und spöttischer Neugier auf unsere Riten.

Sie konnte nicht aus der Gegend sein, denn hier starrte niemand einfach so einen Kreuzweg an, die heiligste Prozession des Kirchenjahres. Entweder man nahm daran teil, oder man versteckte sich schuldbewusst zuhause und öffnete niemandem die Tür.

Jetzt schlich sie davon in Richtung Fischerviertel, war schnell hinter der alten Schule verschwunden, als wäre sie nie da gewesen.

»Hast du das Mädchen drüben beim Kriegerdenkmal gesehen?«, fragte ich leise den Böhmi, während das Herzliebster-Jesu-Lied bereits bei der dritten Strophe angelangt war.

»Was ist die Ursach' aller solcher Plagen? Ach, meine Sünden haben dich geschlagen!«

»Die taugt dir, oder?«, sagte der Böhmi viel zu laut.

»Geht's noch lauter?«, sagte ich.

Der Böhmi tastete sich demonstrativ am Oberkörper nach Zigaretten ab.

»Ist vor zwei Wochen erst hergezogen«, sagte er noch lauter. »Wohnt auf dem roten Berg.« Der Architekt Zankl drehte sich zu uns um und lächelte, als wäre er unser Kumpel.

Der rote Berg hatte anfangs noch Werkvolkssiedlung geheißen, wurde aber zum roten Berg, als dort in den Fünfzigern die Arbeiter aus dem Sägewerk eine Neubausiedlung errichteten und angeblich alle von ihnen die SPD wählten. Erzählte zumindest mein Vater mit einer Ehrfurcht, als handle es sich um eine Spukgeschichte aus dem Mittelalter. Mittlerweile galt es unter den jüngeren Leuten, die es sich leisten konnten, nicht bei ihren Eltern anzubauen, als schick, auf dem roten Berg ein Grundstück zu kaufen. Die Arbeiter aus dem Sägewerk kamen ohnehin längst aus der gesamten Region, nur zwei oder drei alte Arbeiterfamilien wohnten noch dort. Die meisten Praamer Männer arbeiteten auch nicht mehr im Sägewerk, sondern fuhren mit den großen blauen Pendlerbussen, die jeden Morgen den gesamten Landkreis durchkämmten, die siebzig Kilometer in eins der großen Herstellerwerke. Eine örtliche SPD gab es schon ewig nicht mehr.

»Wo auf dem roten Berg?«, fragte ich.

»Zwischen Winkler und Berghammer, im Rondell«, sagte der Böhmi.

»Pscht«, kam es drohend plosiv aus einer der Reihen vor uns.

»Also bei der Ida Meyer, der Lehrerin?«, fragte ich.

»Genau, das ist ihre Tante.« Der Böhmi hatte inzwischen seine Zigaretten gefunden und steckte sich eine hinters Ohr.

»Jetzt reißt's euch z'sam, dahinten«, sagte jemand. Der Architekt Zankl zwinkerte uns anbiedernd zu. Jetzt drehte sich auch seine Frau Josefine um. Sie lächelte sanft. Gegen ein sanftes Lächeln von der Frau Josefine Zankl hatte keiner von uns was einzuwenden. Das war eine schöne Frau, die oft Lederröcke und hautfarbene Strumpfhosen trug. Wäre der Gedanke nicht so kokett gewesen, man hätte meinen können, sie interessiere sich für uns Jüngere.

»Wenn sie dir gefällt, kannst du ja am Montag um rote Eier bei ihr klingeln«, sagte der Böhmi.

»So wie die ausschaut, kennt die keine roten Eier«, sagte ich.

Mittlerweile hatten wir die Station *Jesus fällt zum zweitem Mal am Kreuz* hinter uns gelassen, und die Leute sangen die bei uns Jugendlichen berühmteste Strophe vom Herzliebster-Jesu-Lied.

»Doch ist noch etwas, das dir angenehme: Wenn ich des Fleisches Lüste dämpf' und zähme, dass sie aufs Neu' mein Herze nicht entzünden mit alten Sünden.«

»Die kommt garantiert aus der Stadt«, sagte der Böhmi, und eine flache Hand flog in sein Gesicht, dass es ihm den Kopf zur Seite riss.

»Saukrüppel, dich hört man bis nach vorn zum Pfarrer«, sagte Roland Böhm senior, zog seinen Sohn am Kragen von mir weg und pflügte mit ihm durch die Reihen zu sich nach ganz vorne. Fast hätte er dabei den einbeinigen Karl Roider von seinen Krücken gefegt. Der Andi Radlmeier lachte mit Zigarillo im Mund.

Der Zogo war Gott sei Dank auf Wallfahrt, sonst hätte er mich sicher auch zur Räson gerufen. Zogo nannte ich den Großvater mütterlicherseits, das stand für »Zorn Gottes«. Der Zogo war nach dem Pfarrer der kirchentreuste Mensch in ganz Praam, und es war ein Lebensschock für ihn, dass meine Mutter ausgerechnet in einen gastronomischen Betrieb eingeheiratet hatte, den Inbegriff gottlosen Handwerks gleich nach der Prostitution und der Jazzmusik. Er war auch einer der engsten Freunde vom Pfarrer Parzefall, wenn es so etwas wie Freundschaft mit Würdenträgern der katholischen Kirche überhaupt geben konnte. Dreimal in der Woche spielte der Pfarrer Parzefall mit ihm und meiner Großmutter Canasta in der Villa Zogici.

An der nächsten Station las der Parzefall weiter in sein Mikrofon, über dessen Kabel zum portablen Lautsprecher gerade erst wieder ein Jungministrant gestolpert war und es herausgerissen hatte. Der Chefministrant steckte es wieder in den Lautsprecher.

»*Und Jesus wandte sich zu ihnen um und sagte: Ihr Frauen von Jerusalem, weint nicht über mich; weint über euch und eure Kinder! Denn es kommen Tage, da wird man sagen: Wohl den Frauen, die unfruchtbar sind, die nicht geboren und nicht gestillt haben*«, las der Parzefall.

Bis heute habe ich nicht genau verstanden, was das bedeuten sollte. Es klang auf jeden Fall irgendwie apokalyptisch. Vielleicht war es so ähnlich gemeint wie die qualvoll oft wiederholte Warnung meiner Mutter: »Wenn du erwachsen bist, gehen erst die richtigen Probleme los.«

Ich bewunderte jedes Jahr wieder die resistenten alten Leute auf dem Kreuzweg. An allen Stationen musste man niederknien, und meine Knie fühlten sich nach Station neun – *Jesus fällt zum dritten Mal* – schon wie kurz vorm Meniskusriss an. Auf dem Weg zur zehnten Station kam der Böhmi zurück und sagte laut: »Selten blöder Wixer. Dem versteck ich seinen Kirsch, dem Wixer.« Jetzt schaute selbst Josefine Zankl pikiert.

»Hauen wir ab«, sagte der Böhmi nun leiser.

Ich kniff die Augen zusammen, weil ich Angst davor hatte, dass jemand mein Fehlen bemerken könnte und sich deswegen beim Zogo beschwerte. Der Zogo verfügte über ein ausgeklügeltes System an Informanten, musste man wissen.

Es roch nach Weihwasser, als wir als Letzte am Marktplatz und damit bei Station zehn eintrafen.

»Dann kamen sie an den Ort, der Golgotha genannt wird, das heißt Schädelhöhe. Und sie gaben ihm Wein zu trinken, der mit Galle vermischt war; als er aber davon gekostet hatte, wollte er ihn nicht trinken. Nachdem sie ihn gekreuzigt hatten, warfen sie das Los und verteilten seine Kleider unter sich«, sprach der Parzefall in sein Wandermikrofon, und während zum zehnten Mal alle bis auf den einbeinigen Karl Roider auf die Knie fielen, stieß mich der Böhmi in die Seite.

»Jetzt«, sagte er.

»Es ist doch eh bald aus«, sagte ich.

»Egal. Wir gehen aus Prinzip.«

Er zog mich am Ärmel des schwarzen Sakkos, das meinem Vater gehörte, zur Seite, aus der Menge heraus, den Ranken hinunter zum Bach.

Der Bach war ein Ausfluss der Schwarzen Laaber, die das Praamer Moos außerhalb des Orts durchschnitt. Im Sommer führte er oft gar kein Wasser, im Frühjahr viel zu viel. Unten am Bach warteten wir geduckt, bis der Kreuzzug weiter in Richtung Sägewerk vorangekommen war. Dann kletterten wir den Abhang hinauf, liefen die Hauptstraße zurück und bogen gleich hinter Ford Sedlec in eine kurze Seitenstraße ein. Sie war deshalb so kurz, weil sie eigentlich nur die Zufahrt zu vier Häusern bildete, bevor aus der geteerten Straße ein Feldweg hoch zum Jägerberg wurde, gesäumt von ein paar Heustadeln und zahlreichen Nutzfeldern, an deren Rand regungslose Traktoren auf das Ende der Feiertage warteten. Es war, als hätte man vergessen, Praam hier weiterzubauen.

Der Jägerberg war natürlich kein richtiger Berg, sondern nur eine Erhöhung, auf deren höchstem Punkt eine Sandgrube lag, dahinter ging es weniger steil bergab, als es vorne bergauf gegangen war. Dort fingen die unbestellten Wiesen und Waldflächen südlich des Orts an, oder wie wir das nannten: der Praam Canyon.

Die Seitenstraße hatte keinen Namen, denn keine Straße in Praam hatte einen. Auf Briefe schrieb man lediglich Praam und die Hausnummer. Wir tauften sie Hämorrhoiden-Weg, weil an ihrem Ende das Haus von Georg Mansfeld stand, der im Ort nur Hämorrhoiden-Schorsch genannt wurde. Er ging nie unter Leute, ich wusste noch nicht einmal, wie er aussah, alles, was ich wusste, war, dass er alleine wohnte und man ihn in der Wohnung schreien hörte, wenn man nur lang genug wartete.

»Das sind die Hämorrhoiden, die bringen ihn irgendwann um«, hatte uns die Frau Nowak vom Edeka-Laden vorne neben der Kirche erzählt, als sie uns beim Lauschen beobachtet hatte. Doch ausgerechnet am Karfreitag, dem Tag des Leidens, war der Mansfeld verstummt. Oder er war wirklich an seinen Hämorrhoiden gestorben.

Wir nahmen den Feldweg hoch zum Jägerberg und öffneten das Schiebetor eines heruntergekommenen Heustadels. Er gehörte mit Sicherheit einem der fünf Bauern in Praam. Der Stadel war einer unserer Treffpunkte, wir hatten hier einen schwedischen Likör mit dreiundvierzig Prozent im Stroh versteckt, der grausig süß schmeckte, wie ein überzuckerter Hustensaft. Der Böhmi hatte ihn von seinem Vater aus dem Schnapsregal gestohlen, wo der Schwede bereits seit zwei Jahren unberührt hinter dem Sherry vor sich hin gestaubt hatte. Es war eine Qual, ihn zu trinken, aber er machte in kürzester Zeit unglaublich betrunken.

Vor zwei Tagen waren wir das letzte Mal hier gewesen. Karin Zellmair, ihre beste Freundin Moni, der Böhmi und ich waren zusammen mit dem Schweden hergekommen und hatten Flaschendrehen gespielt. Jedes Mal, wenn sich ein Paar gefunden hatte, musste es am Schweden nippen und dann nach draußen vor den Schuppen gehen, um beim Zungenkuss von den anderen nicht gesehen zu werden, was die Idee der Mädchen war und sich im Nachhinein als ausgesprochen blöd für mich herausstellte. Ich erwischte anfangs gleich zweimal Moni, die sehr freundlich war, aber eine feste Zahnspange trug und nicht mit Zunge küssen wollte. Bei Karin Zellmair, die ich so schön fand mit ihren schmalen Fesseln, den kupferfarbenen Haaren und den dazugehörigen Sommersprossen, gab es überhaupt keinen Kuss. Sie sagte, wir sollten eine Minute warten, dann wieder hineingehen und uns nichts anmerken lassen. Meine Hoffnung war, dass sie es aus Prinzip so handhabte, aber der Böhmi hatte wohl bessere Karten bei ihr, wie er auf dem Heimweg andeutete. Es deprimierte mich.

»Du wolltest doch noch mal von der Karin erzählen«, sagte ich und reichte dem Böhmi den Schweden aus dem Heu.

»Ein Gentleman schweigt und genießt«, sagte er. Schraubte ihn auf.

»Du bist aber kein Gentleman«, sagte ich.

»Ich erzähl's nur, wenn du mich nicht gleich anfällst.« Er trank.

»Warum soll ich dich anfallen?«

»Weil du auf die Karin spinnst«, sagte der Böhmi und rückte vorsichtshalber einen Zentimeter von mir weg.

»Alle drei Runden mit Zunge?«, fragte ich, obwohl ich Angst vor der Antwort hatte.

»Jedes Mal«, sagte der Böhmi. Hielt mir die Flasche hin.

»Seid ihr jetzt zusammen?« Mir wurde heiß im Nacken.

»Nicht, dass ich wüsste«, und ich nahm einen langen Schluck vom Schweden.

»Hast du Feuer?«, fragte ich. Er warf mir wortlos sein Sturmfeuerzeug hin. Normalerweise führte er den Trick vor, bei dem er den Verschluss aufschnippte und gleichzeitig die Flamme anzündete. Diesmal zündete ich die Zigarette selbst an.

Ich rauchte gerne. Der Tabak, der Filter, der Rauch, all das war mit seiner Würze wie ein kleiner Imbiss, wie eine dieser Fertigsalamis, die es an der Tankstelle gab. Und das, obwohl mir als Kind andauernd schlecht gewesen war von dem kalten Rauch, der meinen Vater auf Schritt und Tritt verfolgte. Am schlimmsten war es auf den achtstündigen Autofahrten an die Adria gewesen, als wir noch in Urlaub gefahren waren. Acht unendliche Stunden, erfüllt mit dem Geruch von verbrannten Holzspänen seiner filterlosen Zigaretten. Spätestens wenn der alte Brennerpass anfing, mit den Serpentinen hinauf in die Ewigkeit und den engen Tunneln durch zersprengte Bergkämme, bei denen ich mich immer fragte, was wohl passierte, wenn man hier mitten im lichtlosen Tunnel liegen blieb, musste ich früher oder später raus aus dem Scirocco und mich übergeben. Du bist reisekrank, Konstantin, sagte meine Mutter, und ich glaubte ihr.

Der Böhmi rauchte jetzt auch. Inhalierte übertrieben.

»Habt ihr morgen ein Spiel?«, fragte ich.

»Ettenkofen«, sagte er.

»Sind die gut?«, fragte ich. Aus Höflichkeit.

»Null. Das sind Arschlöcher.« Er holte seinen kopierten Zettel vom Kreuzweg aus der Hosentasche. Dort waren in beinahe unlesbar kleiner Schrift die Texte der Lieder abgedruckt, die bei der Prozession gesungen wurden. Manchmal kopierte der Zogo diese Zettel für den Pfarrer bei uns im Büro, weil wir als Einzige im Ort einen Kopierer hatten. Mein Vater schenkte ihm die Kopien, dafür verzichtete der Parzefall darauf, ihn zu rügen, weil er nicht in die Messe ging.

Der Böhmi zündete den Liederzettel an und warf ihn auf einen Heuballen.

»Pass auf. Das brennt«, sagte ich. Wusste natürlich, dass der Böhmi wollte, dass es brennt.

»Arschlöcher«, seufzte er und lehnte sich in das Stroh zurück.

Das Feuer entwickelte sich nicht so schnell, wie ich befürchtet hatte, aber der Rauch vernebelte bald den Schuppen. Ich stand auf und schob die Tür auf. Draußen schien die Sonne, wie sie das ganze Jahr noch nicht geschienen hatte. Das Heu war noch klamm vom Winter. Ziemlich sicher würde das Feuer noch nicht einmal auf die Scheune übergreifen, sondern im feuchten Heu ersticken.

»Komm jetzt!«, rief ich. »Sonst sieht uns jemand.«

»Entspann dich«, sagte der Böhmi. »Sind doch alle auf dem Kreuzweg oder auf der Wallfahrt.« Dann kam er mit seiner Zigarette im Mund und dem Feuerzeug in der Hand aus dem Heustadel wie Clint Eastwood. Ihm folgte eine hellgraue Rauchschwade.

»Der Kreuzweg ist aber gleich aus. Beim Abschlussgebet sitzen wir wieder mit in der Kirche. Dann fällt nicht auf, dass wir weg waren.«

»Nicht blöd, Schwarzer«, sagte der Böhmi, der mich Schwarzer nannte, weil ich ausschließlich schwarz gekleidet war. Ich besaß sogar schwarze Tennisschuhe, die sehr selten waren. Wir liefen den Feldweg hinunter zurück in den Hämorrhoiden-Weg und spähten vorsichtig beim Ford Sedlec auf die Hauptstraße hinaus. Der Zug verschwand gerade in der blassroten St. Ignatius Kirche mit ihrer infamen Zwiebelspitze. Die Leute sangen dem Parzefall ein *Vater unser* nach, und wir reihten uns an seinem Ende ein, ohne dass sich jemand nach uns umdrehte.

In der Kirche nahmen wir die Treppe hoch zur Empore, die normalerweise dem Chor der Veteranen vorbehalten war, in dem auch der Zogo sang. Doch der Chor war geschlossen auf Wallfahrt, und so blieben die meisten Plätze auf der Empore leer. Hinter uns ruhte die riesige Orgel, von der ich mich immer fragte, wie sie überhaupt in die Kirche hineingekommen war. Durch den Haupteingang hätte sie nicht gepasst. Niemand spielte Orgel am Karfreitag, das war natürlich verboten.

Während der Parzefall die letzte Station vorlas, studierte ich den linken Altar, meinen Lieblingsaltar. Der Hauptaltar von St. Ignatius wurde von zwei Nebenaltären flankiert, zumindest wirkte es von hier oben aus so. In Wirklichkeit befand sich der Hauptaltar in der Apsis, und die beiden kleineren Altäre standen links und rechts an der Wand vom Kirchenschiff. Die Figur des heiligen Sebastian auf der linken Altarseite war an einen Baumstumpf gefesselt, der wie ein verkohlter Wolf aussah. Um die goldenen Pfeile in seiner Brust waren kleine Eintrittswunden mit possierlichen Blutströpfchen gemalt. Ein Pfeil steckte in seinem linken Unterarm, vermutlich deshalb, weil Sebastian die linke Hand mahnend erhoben und so seine Angriffsfläche unnötig vergrößert hatte. Wer mahnt auch so gestenreich, während er mit Pfeilen beschossen wird?

»Jesus aber schrie noch einmal laut auf. Dann hauchte er seinen Geist aus«, sagte der Parzefall jetzt wieder in sein normales Mikrofon vorne an seinem Rednerpult. Ich dachte an das weiße Mädchen beim Kriegerdenkmal vor dem Schloss. Ich sah den Böhmi an, der die Augen geschlossen hatte, als würde er schlafen. Ich nahm ihm das mit der Karin eigentlich nicht übel, dachte ich.

Der Parzefall erhob die Stimme. *»Da riss der Vorhang im Tempel von oben bis unten entzwei. Die Erde bebte, und die Felsen spalteten sich. Die Gräber öffneten sich, und die Leiber vieler Heiligen, die entschlafen waren, wurden auferweckt.«*

Der Böhmi riss die Augen auf. »Wo hast du eigentlich den Schweden hin?«

2

KRIEGERDENKMAL

Bei uns daheim stand eine Tankstelle. Es war nur eine einzige Zapfsäule mit Diesel, sie hatte aber trotzdem einigen Ärger verursacht. Installiert hatte sie mein Großvater Johann Wolff, also nicht der Zogo, sondern der Vater meines Vaters. Sie stammte aus einer Zeit, als die Wolffs noch ihr eigenes naturtrübes Bier, auch Zwickel genannt, gebraut hatten und es mit einem Siebenkommafünftonner durch den gesamten Landkreis fuhren, denn das Praamer Zwickel war eine kulinarische Besonderheit. Der Großvater hatte sich ausgerechnet, dass es ihn billiger käme, eine eigene Zapfsäule für seinen kleinen Lkw anzuschaffen und den Rest des Diesels für Preise, die unter denen in Schyren lagen, auch den befreundeten Bauern und Fahrern vom Sägewerk im Ort anzubieten. Doch schon beim Großvater Johann hatte der Missbrauch angefangen. Nachts waren wildfremde Leute auf die kurze Teerbahn neben unserem Haus gefahren und hatten getankt, ohne zu bezahlen. Daraufhin hatte der Großvater ein Schloss anbringen lassen, das er allerdings tagsüber abnahm. Weil er kein Personal beschäftigen wollte, das die Tankenden abkassierte, verließ er sich auf den Anstand der Leute. Den Fahrern, die immer seltener aus Praam stammten, war der Anstand egal, sie befüllten nach der Schicht ihre Privatautos und ließen es aufs Sägewerk schreiben. Der Fabrikant Reichelt weigerte sich irgendwann, die ausstehenden Rechnungen zu bezahlen, weshalb mein Vater die Zapfsäule trockenlegte und bald darauf auch die Herstellung und den Vertrieb vom Praamer Zwickel einstellte. Seitdem stand sie nutzlos neben unserem Haus herum, und das Gras rankte sich immer weiter an ihr hinauf.

Wie oft, wenn ich auf den Böhmi oder den Bartl wartete, saß ich auf der Zapfsäule und schaute über die Hauptstraße hinweg hinauf zum Jägerberg. Der Heustadel war nicht niedergebrannt. Aber immerhin war die freiwillige Feuerwehr da gewesen und hatte nasse Decken auf das schwelende Heu geworfen, wie meine Mutter beim Metzger erfahren hatte. Der Hämorrhoiden-Schorsch hatte den Rauch gesehen und sie gerufen. Ob er auch uns gesehen hatte, war noch nicht heraus. Auch nicht, ob jemand den Schweden gefunden und auf Fingerabdrücke untersucht hatte. Nun war Ostermontag, und seit Karfreitag hatte ich nicht mehr mit dem Böhmi gesprochen.

Wir waren mit dem Bartl verabredet, um gemeinsam »um rote Eier« zu gehen. Ich weiß bis heute nicht, woher dieser Brauch überhaupt stammte, beziehungsweise, ob es überhaupt ein echter Brauch war. So viel stand fest: Es war einer der besten Tage des Jahres. Der einzige Tag, an dem die Praamer Gesellschaft die Kombination von Schnaps und Hausbesuchen bei noch nicht volljährigen Mädchen zu hundert Prozent tolerierte, wenn nicht sogar unterstützte.

Am Ostermontag diktierte dieser merkwürdige Brauch, dass die jungen und unverheirateten Männer bei den unverheirateten Frauen klingelten und um rot gefärbte hart gekochte Eier baten. Zu den roten Eiern bekamen sie in der Regel ein Gläschen Schnaps dazu, gelegentlich eine Brotzeit und was am allerwichtigsten war: eine Audienz und gegebenenfalls ein Küsschen der Tochter des Hauses. Das war alleine deshalb so besonders erwähnenswert, weil es sich überhaupt nicht gehörte, ein Mädchen zuhause aufzusuchen, das noch bei seinen Eltern wohnte. Da die Mädchen in Praam aber in der Regel entweder für immer zuhause wohnten oder heirateten und umgehend bei den Schwiegereltern anbauten, fragte ich mich, wie man jemals mit einem Mädchen aus Praam schlafen sollte, wenn man sich nicht gegenseitig besuchen durfte. Selbst meine Eltern missbilligten das Mitbringen von Mädchen aus Praam oder Nachbarorten, weniger wegen der Moral, sondern wegen des Geredes der Leute, wie meine Mutter betonte.

Der Ostermontag befreite uns einen Tag lang zumindest im Ansatz von diesen Fesseln. Ein Höhepunkt unseres Kalenderjahres, an dem wir vollkommen legitim Mädchen unserer Wahl besuchen konnten, auch solche, die uns mit dem Arsch nicht anschauten. Vom Brauchtum geschützt zogen wir durch ihre Vorgärten und wurden mit jedem Stopp betrunkener.

Der Böhmi war der ideale Kompagnon auf dieser Mission. Niemand konnte so ungekünstelt und schnell mit Mädchen ins Gespräch kommen wie er, und das obwohl er nur einen Monat älter war als ich und die Schultern hochzog wie ein Gorilla, wenn er mit Mädchen redete. Der Böhmi war ein *ladies' man*, sagen wir's, wie's ist. Die Irritation in unserer Ostermontagskonstellation war der Bartl.

Der Bartl hieß Bartl, weil er als Einziger von uns schon mit siebzehn einen Vollbart trug. Einen dichten schwarzen Vollbart, wie er männlicher nicht ausschauen konnte, und den er schon mit fünfzehn hatte. Das war aber auch schon das Männlichste an ihm. Der Bartl war höchstens einen Meter sechzig groß, roch immer ein bisschen nach Rost und wusch nie seine langen, algenartigen Haare. Er trug jeden Tag dieselben weißen Turnschuhe mit Klettverschluss, eine graue Jeans und einen grünbraunen Pullover mit einem Muster wie eine Jagdzimmertapete. Wenn es etwas wärmer war, zog der Bartl diesen Pullover aus und hatte darunter ein T-Shirt der Band Rush an, genauer gesagt des Covers der LP *Power Windows*, auf der ein Mensch mit seltsamer Frisur vor einem Fenster sitzt, während hinter ihm ein paar futuristisch wirkende Fernseher stehen. Der Bartl hörte Rush, Saga, Marillion und Yes. Der Böhmi schimpfte ihn einen Popper.

Der Bartl würde als Erster von uns achtzehn werden. Er nahm bereits Fahrstunden und freute sich auf sein Geologie-Studium. Nicht, dass ich nicht auch aus Praam rauswollte, aber so ganz geheuer war mir die Volljährigkeit dann doch nicht. Woran meine Mutter wohl nicht so ganz unschuldig war. Ich weiß noch, wie ich in der fünften Klasse das erste Mal Liebeskummer hatte und den Fehler beging, es daheim zu erzählen. Sie hatte ihre Gabel weggelegt und gesagt: »Das stört dich vielleicht jetzt ganz enorm, aber es ist in Wirklichkeit nichts Schlimmes. Die richtigen Probleme kommen erst, wenn du erwachsen bist.« Das hatte sich eingebrannt.

Der Bartl war jedenfalls unser kleines Handicap auf der Rote-Eier-Tour. In Gegenwart von Mädchen verstummte er in der Regel vollständig und fing an, sich an eh schon offenen Hautstellen zu kratzen. Aber er war auch unser Freund, und näher würde er das ganze Jahr über keinem Mädchen kommen als am Ostermontag. Er hatte sich das verdient, an der Haustür vor so einer Unerreichbaren wie der Karin Zellmair zu stehen und mit ihr einen Eierlikör zu trinken.

Für mich war der Besuch bei Karin Zellmair in diesem Jahr ein Tiefpunkt. Sie hatte sich wirklich hervorragend zurechtgemacht, in einem blauen Kleid und einer schwarzen Strumpfhose mit blauen Absatzschuhen. Hatte dafür gesorgt, dass ihre Eltern bei einem Kriminalfilm im Wohnzimmer abgestellt waren. Und doch schien es, als empfinge sie an dem Abend ausschließlich den Böhmi. Noch nicht einmal beim Anstoßen mit dem Eierlikör sah sie mir in die Augen, geschweige denn dem Bartl. Es gab nur den Böhmi. Sie ließ uns auch nicht in die Wohnung. Aber den Böhmi nahm sie mit nach hinten in den Garten, um ihm das neue Schwimmbecken zu zeigen, das ihr Vater jetzt schon aufgestellt hatte, weil sich ein warmer Vorsommer ankündigte. Zudem war das Schwimmbecken beheizbar, schließlich gehörte dem Vater die Sanitärfirma im Ort.

Als der Böhmi wieder zurückkam, standen schon der stockbesoffene Radlmeier und zwei seiner debilen Freunde aus Salching vor dem Haus.

»Zischt's euch«, sagte der Radlmeier.

»Langsam reiten, Radl«, sagte der Böhmi. Bedeutete uns mit einem Winken, den Rückzug anzutreten. Mit dem Radlmeier war nicht zu spaßen, der hatte erst letzten Monat dem Cousin vom Böhmi auf einer Party eine volle Bierflasche nachgeworfen und ihn am Hinterkopf getroffen. Der Cousin war kurz bewusstlos gewesen, und der Radlmeier hatte sich darauf zufrieden hingelegt und war mitten auf der Party auf einem Biertisch eingeschlafen.

»Das sieht doch gut aus mit der Karin«, sagte der Bartl zum Böhmi, als wir uns von dem langen weißen Haus mit den Ziergiebeln entfernten.

»Mal schauen«, sagte der Böhmi und zog die Schultern noch höher als sonst. »Kein Stress.«

Wir liefen hinauf auf den roten Berg, wo meine letzte Hoffnung für diesen Abend ruhte: das Gespenst vom Kriegerdenkmal, von dem wir noch nicht einmal wirklich sicher sein konnten, ob es da war, ob es den Brauch kannte und akzeptierte. Auf dem höchsten Punkt vom roten Berg gab es eine Sackgasse, die in einem Rondell endete. Vier beinahe identisch aussehende Häuser mit Vorgärten standen dort, aber laut Böhmi musste es das fünfte Haus sein, das zwischen Winkler und Berghammer. Der Bartl wollte unbedingt vorher zur Kerstin Berghammer, dem mit Abstand merkwürdigsten Mädchen im Ort, vermutlich fühlte er sich mit ihr verbunden, weil sie auch fettige Haare hatte. Doch auch der Böhmi war mehr an dem neuen blassen Geschöpf aus dem Meyer-Haus interessiert als daran, einen Kokoslikör mit der immer etwas verwirrt wirkenden Kerstin Berghammer zu trinken und die mindestens drei Jahre alte Schokolade zu essen, die sie uns anbot.

Und so klingelten wir ohne Rücksicht auf den Bartl gleich beim Meyer-Haus, das sich als einziges grundlegend von den umliegenden Häusern im Rondell unterschied. Alle anderen waren weiß gestrichen, mit dunkelroten Spitzdächern, sauber rasierten Vorgärten und Garagen neben dem Hauseingang, das Meyer-Haus hingegen besaß weder eine Garage noch einen Vorgarten. Seine gesamte Gartenfläche befand sich vor dem Haus, weshalb es auch viel weiter von der Straße entfernt lag als die anderen. Das Gebäude selbst war das einzig alte im Rondell und musste hier oben sicher eine Zeit lang alleine gestanden haben. Es wirkte asymmetrisch und trotzig, mit seinem schwarzen, beinahe flachen Dach. Die Fassade schimmerte grünlich in den gerade angegangenen Straßenlaternen, die sich noch nicht ganz gegen das letzte Tageslicht durchsetzen konnten.

Ein schwarzer BMW parkte mitten im ungemähten Rasen.

Ich war mir ganz und gar nicht sicher, ob es angebracht war, hier um rote Eier zu klingeln, aber der Böhmi drückte längst auf den vergoldeten Klingelknopf an der Haustür aus schwerem Dunkelholz. Von drinnen hörten wir eine Art Gong und stellten uns im Reflex wie in Formation auf: ganz vorne der Böhmi, dann ich und hinten der Bartl, der nicht aufhörte, sich hinter dem Ohr zu kratzen, wo er eine Schuppenflechte hatte.

Die Tür ging auf, und vor uns stand ein riesenhafter Mann in einem schwarzen Rollkragenpullover. Seine Arme waren derart lang, dass er damit locker dem Bartl in dritter Reihe eine hätte patzen können. Seine aufsässigen schwarzen Locken versuchte er, mit Gel zu bändigen, was zu merkwürdigen Verwerfungen in der Frisur führte.

Er musterte uns. Fragte dann mit tiefer und dialektfreier Stimme: »Was kann ich für Sie tun?« Das war in unserer mehrjährigen Geschichte des Um-rote-Eier-Laufens definitiv der erste Mensch, der uns siezte.

»Ist Ihre Tochter da?«, fragte der Böhmi, und ich schaute zur Seite, als würde ich mich am allerwenigsten für die Tochter interessieren. Es war kurz still, und jeder konnte hören, wie der Bartl sich die Haut hinter dem Ohr abschabte.

»Was wollen Sie von Rosa?«, fragte der Riese. Seine Stimme war wirklich außerordentlich tief.

»Wir kommen um rote Eier«, sagte der Böhmi, wobei er dem Blick des Riesen standhielt.

»Wir haben keine roten Eier«, sagte der Riese.

»Es ist ein Brauch«, sagte der Bartl von hinten, eine Hand am Ohr. »Die jungen Männer holen bei den Mädchen rot gefärbte Eier ab und bekommen noch einen Schnaps dazu.«

»Woher kennen Sie Rosa?«, fragte der Riese, offenbar unbeeindruckt vom Brauchtum.

»Wir kennen sie nicht. Wir gehen zu allen Mädchen im Ort«, sagte der Böhmi.

Überraschenderweise sah der Riese jetzt mich an.

»Sie hat keine Zeit«, sagte er zu mir.

Hinter ihm schob sich ein weißes Gesicht in den Türrahmen und sagte: »Hallo.« Sie wirkte amüsiert. Hatte einen kleinen Leberfleck neben dem rechten Auge. Dazu war jede Sommersprosse wie ein mit dunklem Filzstift gemalter Punkt auf der hellen Haut. Die Haare hatte sie zu einem Kranz um den Kopf herum geflochten.

»Hallo«, sagte ich. Fühlte mich gemeint. Und auch der Böhmi ging einen Schritt zur Seite und gab den Blick auf mich frei.

»Wir haben ganz sicher keine roten Eier«, sagte der Riese.

»Aber wir haben etwas zu trinken«, sagte seine Tochter. »Ich mach das schon.« Sie nahm den Riesen bei der Hand und zog ihn mit sich nach hinten.

»Aber nicht so lange ...«, hörten wir ihn noch sagen.

»Ihr könnt leider nicht rein«, sagte das Mädchen, als sie wieder in der Tür stand.

»Hauptsache Schnaps«, sagte der Böhmi. Steckte die Hände in die Hosentaschen.

Sie lachte. Auch sie mochte den Böhmi auf Anhieb, wie vielleicht alle weiblichen Wesen.

»Wie heißt ihr?« Sie sah uns ohne jede Scheu an. Ich fragte mich, wie alt sie war. Die außerordentliche Frisur und ihre direkte Art erschwerten eine Schätzung.

»Das ist der Roland, hinter mir der Christoph, und ich bin Konstantin«, sagte ich.

»Blödsinn«, sagte der Böhmi. »Er ist der Schwarze, das ist der Bartl, und ich bin der Böhmi. Und du?«

»Rosa. Wie die Farbe«, sagte Rosa. »Von Rosalie.«

Dann drehte sie sich um und kehrte kurz darauf mit einer Flasche Wodka mit grünem Etikett zurück, auf dem ein Bison abgebildet war.

»Schnell, ihr. Jeder einen Schluck. Der Papa muss das nicht wissen«, sagte sie und reichte dem Böhmi die Flasche.

Der Wodka schmeckte nach Baumrinde, und ich musste husten. Der Bartl trank den stattlichsten Schluck, ohne sich auch nur zu räuspern. Die Flasche ging zurück an Rosa. Sie trank mehr als ich, aber nicht so viel wie der Bartl.

»Widerlich«, sagte sie, und keiner von uns wusste, ob sie einen Scherz machte.

Einen kurzen Moment lang standen wir alle schweigend da. Rosa, der Böhmi, der Bartl und ich.

»Ich muss wieder rein«, sagte sie und schaute mich erwartungsvoll an, als hätte sie mir ein Stichwort gegeben.

»Danke für den Wodka«, sagte ich.

»Wo trifft man dich?«, fragte der Böhmi.

»Wo trifft man euch?«, fragte Rosa.

»Am Sonntag in der Kirche«, sagte der Bartl von hinten. Wir schauten ihn entsetzt an.

»Da treffen sich nur alle«, sagte ich. Ein wenig zu schnell und zu entschuldigend.

»Dann komm ich da auch mal hin«, sagte sie. Schloss die Tür.

»Was für ein Auftritt«, sagte der Böhmi und nahm mich noch im Garten des Meyer-Hauses in den Schwitzkasten. »Bartl? Was sagst du? Ist das eine für ihn?«

An den folgenden Tagen war ich krank. Und es war nicht der von Eierlikör und Wodka verdorbene Magen. Es war dieses merkwürdige Fieber, das mich beinahe einmal im Monat erfasste. Das war schon als Kind so gewesen. »Deine kleine Malaria«, nannte es meine Mutter.

Noch am Donnerstag lag ich wie erschlagen im Bett, was mich einerseits ärgerte, denn es waren ja Osterferien, andererseits aber von meinen Pflichten in der Wirtschaft befreite.

An diesem verregneten späten Nachmittag saß ich in meinem schwarzen Zimmer und hörte, wie unter mir in der Wirtsstube langsam die ersten Abendgäste eintrafen. Fabrikarbeiter, vermutlich ein paar Veteranen, ausschließlich Männer. Ihre Stimmen bildeten bis nach Mitternacht eine dumpfe Geräuschkulisse, nur unterbrochen vom gelegentlichen Klirren der Krüge, wenn man sich über etwas besonders einig war. Gefolgt von harten Schlägen auf Holz, dem demonstrativen Absetzen der Biergläser.

Diese Fieberanfälle brachten nur selten eine Erkältung mit

sich. Meistens waren da nur das Fieber und Erschöpfung. »Der Schwarze hat seine Tage«, sagte der Böhmi dann. Mein Bett war ein Karussell, und ich wollte nichts lieber als aussteigen, um am Sonntag gesund genug für die Kirche zu sein. Ich wollte Rosa um jeden Preis sehen, vorausgesetzt sie tauchte dort auf. Aber je mehr ich mich darauf konzentrierte, gesund zu werden, desto schlechter ging es mir.

So eine von mir ausgehende Über-Nacht-Begeisterung für ein Mädchen war mir neu. Alle Freundinnen, die ich bis zu dem Zeitpunkt gehabt hatte, hatten sich ohne mein Zutun ergeben. Zum Beispiel letztes Jahr im Schyrener Freibad. Dort war ich auf einer Decke gelegen und hatte geraucht, und der Böhmi hatte gesagt: »Dir winkt eine.« Tatsächlich saß ein Mädchen mit einem für ihr Alter sehr großen Busen auf einer hellblauen Decke, rauchte ebenfalls und winkte mir. Wir setzten uns zu ihr, Rebekka hieß sie. Ihr Vater war Zollbeamter auf dem Flughafen und so gut wie nie zuhause, und ihrer Mutter war alles egal. Wir verbrachten große Teile des restlichen Sommers im Bungalow ihrer Eltern in Salching. Mit dem Rad waren das zwar über fünfzehn Kilometer, aber die Anstrengung war es wert. Obwohl ich Rebekkas Freund war, kam der Böhmi beinahe jedes Mal mit und sogar manchmal der Bartl, wenn ihn seine Mutter fuhr. Während Rebekka und ich in ihrem Zimmer Dinge taten, die ich noch mit keinem anderen Mädchen getan hatte, schauten sich der Bartl und der Böhmi mit Rebekkas jüngerem Bruder Horrorfilme auf VHS-Kassetten an, tranken das belgische Bier ihres Vaters, spielten mit der gelangweilten, aber hübschen Mutter Karten oder badeten in dem kleinen Pool im Garten mit Blick auf die Roggenfelder hinter Salching.

Als der Sommer vorbei war, kam ihr Vater plötzlich jeden Abend statt nur am Wochenende nach Hause. Rebekka sagte, er hätte jetzt keine Freundin mehr in München und wohne wieder zuhause. Von einem Tag auf den anderen durfte uns Rebekka nicht mehr empfangen. Es gab im Grunde gar keine Möglichkeit mehr, sie zu sehen, die Freibadsaison war vorüber, und sie ging auf die Realschule in Salching, wir aufs Gymnasium in Schyren. Die Beziehung war vorbei.

Es war nicht so, dass mich das Ende nicht betrübte, aber irgendwie erschien es mir selbstverständlich, dass sich solche Beziehungen irgendwann von selbst erledigten, weil man sie ja im Prinzip gar nicht aus eigenem Antrieb eingegangen war. Und genau dieser Antrieb hatte mir bisher gefehlt. Nicht nur mir, so gut wie alle meine Freunde und Bekannten waren mit Mädchen zusammen, weil es spätestens mit vierzehn üblich war, gelegentlich eine Freundin zu haben. Aber nie sagte jemand »Ich hab mich Hals über Kopf verliebt« oder »Das ist die Richtige«.

Hier im Fieber, in meinem kleinen schwarzen Zimmer über der Gaststube, war ich ziemlich außer mir wegen dieser Rosa und konnte es selbst kaum glauben. »Mach, dass das klappt mit ihr«, sagte ich zu niemandem Bestimmtem in das müde Glühbirnenlicht hinein und schwitzte kalt vor mich hin.

Der überfallartige Schlaf in den Fieberphasen tat mir nicht gut. Wenn ich danach im eigenen Schweiß aufwachte, fühlte ich mich wie angeschossen. Ich versuchte also, die Augen so lange wie möglich offen zu halten und auf das Misfits-Poster mit dem weißen Schädel zu fixieren. Mein Zimmer vollständig schwarz zu streichen, war mir von meiner Mutter nicht gestattet worden, weshalb ich Unmengen schwarzer Poster aufgehängt hatte. Die Wirkung war aber in etwa dieselbe.

An diesem Donnerstag lag ich also am späten Nachmittag in meinem Zimmer und starrte abwechselnd auf den Misfits-Totenkopf oder ins Nichts, bis meine Mutter anklopfte. Ich wusste, dass es meine Mutter war, denn mein Vater hatte nie den Anstand anzuklopfen.

»Telefon für dich«, sagte sie. Schaute mich dabei an, als hätte ich meiner Schwester die Haare abrasiert.

»Kannst du überhaupt aufstehen?«, fragte sie misstrauisch.

»Nicht, wenn es schon wieder der Roland ist«, sagte ich. Der Böhmi rief dreimal am Tag an, nur weil ihm langweilig war ohne mich. Während der kleinen Malaria konnte ich seinen fordernden Tonfall schlecht ertragen.

»Es ist ein Mädchen«, sagte meine Mutter, was genauso unwahrscheinlich klang, als hätte sie gesagt, es ist der Papst.

Kurzer Schüttelfrost.

»Eine Rosalie«, sagte meine Mutter.

»Wer?« Ich stieg aus dem Bett. Ein ungläubiges Kopfschütteln auf zwei Beinen aus Pudding. »Ach so, die«, spielte ich alles herunter.

»Wer ist das?«, fragte meine Mutter.

»Vom roten Berg«, sagte ich. Als ob das irgendetwas erklärte.

In dem engen Flur, der unseren Privateingang mit der Küche und dem Treppenhaus verband, stand das cremefarbene Telefon auf einem runden Holztisch, der wackelte, solange ich ihn kannte. Ich hielt den kühlen Hörer ans Ohr.

»Ja?«

Meine Mutter stand an der Türschwelle zur Küche, ohne sie zu überschreiten. Mit einem unwirschen Kopfschütteln versuchte ich, sie zu verscheuchen.

»Hallo Konstantin Wolff, hier ist Rosa Meyer«, sagte Rosa.

»Hast du die Nummer aus dem Telefonbuch?«, fragte ich.

»Nein, ich hab verschiedene Zahlenkombinationen ausprobiert«, sagte sie.

»Haha«, sagte ich. »Warum rufst du an?«

»Weil du nicht anrufst.«

»Hätte ich denn sollen?«

»Hättest du denn gewollt?«

»Ich denke schon.«

Ich sah meine immer noch im Gang herumlungernde Mutter kraftlos an, bis sie endlich in der Küche verschwand. Ich holte tief Luft.

»Treffen wir uns?«, fragte ich.

»Jetzt?«, fragte sie zurück.

»Ich weiß nicht. Ich bin krank.«

»Was hast du denn?«

»Fieber«, sagte ich.

»Fieber ist keine Krankheit, nur ein Symptom. Bist du morgen früh wieder gesund?«

»Kann sein.«

»Und zeigst mir den Ort?«, fragte sie.

»Das dauert nur eine Viertelstunde«, sagte ich.

»Was dauert eine Viertelstunde?«

»Dir den Ort zeigen.«

»Gut. Ich komme um neun zu den Soldaten.«

»Okay«, sagte ich, und ich fühlte mich, als hätte ich gerade einen Tausendmeterlauf hinter mir.

»Werd gesund«, sagte Rosa und legte auf.

In dieser Nacht, der Nacht vor dem Treffen, hatte ich noch mal einen massiven Fieberschub. Ich lag auf dem Rücken und spürte den Schweiß, der um meinen Hals hing wie ein nasses Handtuch. Meine Haare klebten am Kissen, und ich träumte, obwohl ich wach war. Ich lief durch die Straßen, die hinter unserem Haus ins alte Fischerviertel führten. Dort standen die Häuser nicht wie sonst in Praam Zaun an Zaun, sondern waren durch Wiesen und verwilderte Grasflächen getrennt. Im Traum schossen überall aus den

Wiesen riesige Hochhäuser empor und verschachtelten sich zu immer kolossaleren Gebilden. Ich riss die Augen auf, um die Türme nicht mehr sehen zu müssen, aber ich war zu müde, um sie dauerhaft offen zu halten. So vergingen Stunden.

Am nächsten Morgen, beim Frühstück in der Küche, leistete mir meine Mutter kurz Gesellschaft, mein Vater kaufte auf dem Großmarkt ein.

»Schön, dass du wieder auf den Beinen bist«, sagte sie. »Kannst du in der Wirtschaft helfen?«

»Nein«, sagte ich. »Ich bin noch zu krank.«

»Dann leg dich wieder ins Bett.«

»Ich muss nur kurz weg«, sagte ich.

»Wohin denn?« Sie stand auf und schaltete das Radio aus, das im Hintergrund leise spielte, so als erforderte meine nächste Antwort absolute Stille.

»Ich treff den Bartl«, sagte ich und schob meinen Teller mit dem Marmeladenbrot weg, von dem ich nur einmal kurz abgebissen hatte.

»In aller Früh?«, fragte sie. »Ist das den Bartls recht?«

»Ich leih mir nur ein paar Platten aus. Ich brauche etwas Neues.«

»Aha. Was Neues brauchst du«, wiederholte sie abfällig. Sie, die nie ihre Untertöne im Griff hatte. »Hast du noch nicht genug Schallplatten?«

Ich zog meinen schwarzen Anorak an. Es regnete, aber der Regen war nicht kalt. Er hatte etwas Gebrauchtes, Öliges, aber er stach nicht mehr. Ich zwang mich zum Langsamgehen, obwohl mir nach Laufen war. Im Magen tat sich viel zu viel. Ich werde eines Tages enden wie der Hämorrhoiden-Schorsch, dachte ich.

Das Kriegerdenkmal an der Schlossmauer war den in beiden Weltkriegen verstorbenen Soldaten aus Praam gewidmet. Es bestand aus drei Gedenktafeln. Die beiden äußeren mit den Namen aus dem Zweiten Weltkrieg flankierten eine dritte erhöhte, die gleichzeitig als Sockel für eine Bronzeskulptur diente: Ein Soldat half einem gestürzten Kameraden auf, vielleicht ließ er ihn aber auch entkräftet fallen, gab ihn auf. Der stehende Soldat starrte ins Leere. Ihm fehlten, wie oft bei solchen Figuren, die Pupillen, er wirkte wie erblindet. Der Soldat am Boden hatte dagegen die Augen geschlossen. Das Denkmal gehörte dem Krieger- und Veteranenverein, der in der Wirtschaft meines Urgroßvaters am 10. Oktober 1904 gegründet worden war. Er bestand damals aus Soldaten und Veteranen aus dem Deutsch-Französischen Krieg. Zwei hatten im Unterelsass gekämpft, und der Mesner Jolisch hatte angeblich sogar an der Schlacht um Paris teilgenommen, behauptete zumindest der Zogo. Eingraviert wurden jedoch erstmals die Toten aus dem Ersten Weltkrieg, der in Praam dreiunddreißig Opfer forderte, im Zweiten Weltkrieg waren es dann schon einundsiebzig Gefallene und dreiundzwanzig Vermisste.

Das Kriegerdenkmal lag gegenüber von der Bushaltestelle, an welcher der Bus zum Carossa-Gymnasium hielt, deshalb verbrachte man hier als Kind zwangsweise eine gewisse Zeit. Auf der mittleren und ältesten Gedenktafel stand zudem der Satz:

Der Praamer Kriegerverein soll allzeit dem Seelenheil seiner verstorbenen Mitglieder gereichen, an die Waffentaten der Lebenden erinnern und stets Muster und Beispiel für junge Soldaten abgeben. Das Jahresfest ist immer am Volkstrauertag auszurichten.

Rosa kam zu spät und erwischte mich beim Anstarren der Tafel.

»Seid ihr für Krieg?«, fragte sie. Deutete aus der Entfernung auf die Soldaten. Sie trug einen blauen Regenmantel mit einer breiten Kapuze, sah darunter noch blasser aus als bei ihr zu Haus.

»Wer ist wir?«, fragte ich.

»Ihr aus dem Ort hier«, sagte sie und kam näher.

Ich hielt mich am Revers des stehenden Soldaten fest.

»Ich glaube nicht, dass hier jemand pro Krieg ist«, sagte ich steif.

»Aber pro Gott.« Sie lachte und zog die Kapuze vom Kopf. Wieder diese komplizierten Zöpfe.

»Tut mir leid, ich wollte dich nicht beleidigen. Wohnst du schon immer hier?«

»Ja. Aber es fühlt sich länger an«, sagte ich. »Und du?«

»Ich bin aus München.«

»Eine Münchnerin«, sagte ich und fühlte mich ein bisschen besser. Gegen Münchner hatte ich eine Menge Vorurteile in der Hinterhand, falls sie noch mal überheblich wurde.

»Wie findest du unser Schloss?«, fragte ich und schaute über das Kriegerdenkmal hinweg. Sie zuckte mit den Schultern.

»Hast du es gar nicht bemerkt?«, fragte ich und zeigte in die Richtung. Zugegebenermaßen konnte man von hier aus nicht besonders viel erkennen. Nur den Turm mit der schwarzen Zwiebel, von dessen Außenwänden die weiße Farbe abblätterte. Auf seiner Spitze ein schiefes Kreuz, von Wind und Wetter verbogen. Sie stellte sich auf die Zehenspitzen, um über die brüchige Steinmauer zu schauen, aber sie war zu klein.

»Es ist ein Wasserschloss«, sagte ich entschuldigend.

»Was ist ein Wasserschloss?«, fragte sie.

»Es hat einen Wassergraben.«

»Kann man rein?«

»Nein, Privatbesitz. Der Eingang ist verbarrikadiert.«

»Wem gehört es?«, fragte sie und drehte sich wieder zu mir.

»Weiß keiner so genau. Gebaut hat es der Gaugraf Engilmar von Praamgau«, sagte ich, weil das jedem Praamer Kind schon in der Grundschule eingebläut wurde. Rosa lachte, wie jeder lachte, der den Namen das erste Mal in voller Länge hörte. *Gaugraf Engilmar von Praamgau.*

»Gut, dann musst du mir eine andere Sehenswürdigkeit bieten. Eine, die nicht verbarrikadiert ist.« Sie klatschte in die Hände, als müsste sie mich aufwecken.

»Mach dir nicht zu viel Hoffnung«, sagte ich.

Der Marktplatz war eigentlich kein Platz, sondern nur eine breite Kreuzung ohne Bürgersteig. Hier konnte man sich entscheiden, ob man nach Schyren wollte oder hinauf auf den roten Berg. Nach Salching vorbei an unserem Wirtshaus oder in Richtung Bundesstraße durch den kleinen Ort Oberholzingen, ohne dass ich je von einem Unterholzingen gehört hätte.

»Warum bist du nach Praam gezogen?«, fragte ich und sah sie an, wie sie fast neben, aber doch leicht vor mir ging, obwohl sie nicht wissen konnte, wo ich hinwollte. Der blaue Regenmantel gab nichts von ihrer Figur preis. Dass sie mir bis zum Kinn ging, war noch meine detaillierteste Beobachtung.

»Ich bin nicht hergezogen. Das war mein Vater.« Sie lächelte. »Nachdem meine Mutter gestorben ist«, fügte sie hinzu, lächelte aber immer noch.

»Das tut mir leid«, sagte ich.

Sie wartete einen Moment, bevor sie weiterredete. »An Krebs. Mein Vater ist Notar, seine meisten Kunden bedient er ohnehin brieflich. Die Stadtwohnung war zu teuer für uns alleine, meine Tante hat hier ein Haus. Er will in Schyren ein Büro mieten.«

»Und deine ganzen Freunde?« Ein Praam ohne meine Freunde war für mich unvorstellbar. München allerdings auch.

»Familie ist wichtiger«, sagte sie.

»Ja«, sagte ich, obwohl ich das ganz und gar nicht fand.

Am Marktplatz war der Bäcker, da wollte sie kurz hinein. Sie kaufte einen Amerikaner für sich und einen für mich, während ich auf sie wartete. Obwohl es immer noch nieselte, setzten wir uns draußen vor den Laden auf die Holzbank, auf der ich sonst mit dem Böhmi und dem Bartl saß.

»Danke für den Amerikaner«, sagte ich, obwohl mir die von unserem Bäcker eigentlich viel zu süß waren und ich sie mied.

»Hat euer Ort ein Wappen?«, fragte sie und bohrte mit dem Finger ein Loch in die Mitte ihres Amerikaners.

»Es ist jetzt auch dein Ort«, sagte ich. Schaute sie von der Seite an. Bei dem trüben Licht wirkten ihre Augen beinahe schwarz. Ihre Nase war im Grunde zu markant für ihr feines Gesicht. Aber das sah gut aus.

»Es gibt tatsächlich ein Wappen. Mit einem Kreuz und einem Krebs drauf.«

»Einem Krebs?«, fragte sie. Es klang eher nach »Keks?«, weil sie endlich in ihren Amerikaner biss.

»Wir waren wohl früher recht erfolgreich im Fangen von Flusskrebsen, unten in der Schwarzen Laaber«, sagte ich. Wischte mir den Mund ab.

»Wir«, sagte sie. Lachte. Ich schämte mich kurz, und das ärgerte mich.

»Gehst du auch auf das Gymnasium in Schyren?«

»Nein, ich fahre nach Landshut«, sagte sie.

»Das sind über dreißig Kilometer«, sagte ich.

»Meine Tante unterrichtet dort Geschichte, und sie sagt, es ist ein viel besseres Gymnasium als das in Schyren. Nach Schyren schicken sie nur die Dörfer, sagt sie.«

»Geht da ein Bus?« Ich ignorierte vorerst die Frechheit mit meiner Schule.

»Von Schyren aus geht ein Zug. Ich muss jeden Tag um fünf aufstehen.«

»Das ist eine gerechte Strafe, wenn du dir zu schade für das Carossa bist«, sagte ich dann.

»Du hast ganz glasige Augen.« Sie rückte näher, stützte sich kurz mit den Händen auf meinen Knien ab, während sie mir in die Augen schaute.

»Vielleicht hab ich doch noch Fieber«, sagte ich.

»Dann leg dich doch wieder hin. Was machst du überhaupt hier, wenn du krank bist?«, fragte sie.

Reichte es ihr schon? Hatte ich alle ihre Vorurteile gegen Landeier bestätigt?

»Ich sitze hier mit dir«, sagte ich. »Das kann ich auch krank.«

»Keine Angst. Ich bin noch mindestens vier Jahre da«, sagte sie und schnippte mir einen Brösel in die Haare. Dann stand sie auf und zog ihre Kapuze wieder über den Kopf.

»Gehst du?«, fragte ich wehleidig.

»Ich muss nach Hause. Aber wir sehen uns bald«, sagte sie und winkte bereits.

»Und wann?«, fragte ich.

»Am Sonntag. In der Kirche. Ich will dich beten sehen.«

3
APFELGARTEN

Meine Schwester sagt: »Schau um Himmels willen auf die Straße, Konsti!«

Sie hat recht. Während meiner Tirade auf Tante Ulla mit ihren falschen roten Haaren habe ich überwiegend meine Schwester Elli angeschaut und bin mit den rechten Reifen auf den nassen Sand am Fahrbahnrand gekommen.

Ich sage: »Tut mir leid«, und setze mich wieder aufrecht hin, weil ich im Schimpfen einen Buckel gemacht habe. Ein paar Meter spüre ich noch den nassen Kiessand am Reifen, bis er sich wieder an der nagelneuen Bundesstraße abgerieben hat. Der Gemeinde Schyren geht offenbar nie das Geld aus. Es vergeht kein Jahr, in dem ich nicht zurückkomme und eine neue Straße, einen neuen Kreisverkehr, zwei neue Supermärkte oder wenigstens eine neue Fahrbahnkennzeichnung vorfinde.

Elli sagt: »Sie ist immerhin seine Schwester.«

Ich sage: »Dann soll sie warten bis zur Vollstreckung und nicht jetzt schon eine Hyäne sein. Dass sie als erste Amtshandlung ins Haus geht und den Fernseher mitnimmt, ist eine Frechheit. Wahrscheinlich war das Blut auf dem Glastisch noch nicht trocken.«

Meine Schwester zündet sich eine Zigarette an. Sie hat mit elf angefangen zu rauchen und nie wieder damit aufgehört.

Ich sage: »Mach doch bitte das Fenster auf.«

Sie sagt: »Du wirst schon nicht ersticken.«

Ich mag sie eigentlich dafür, dass sie immer noch raucht. Trotz ihrer drei Kinder, ihrer halben Stelle als Lehrerin und ihres Juristen lebt sie lässiger als ich. Lehnt ab, was ihr nicht ins Konzept passt, setzt ihre Zäsuren da, wo sie will, das muss auch der Mann so schlucken. Sogar die Kinder. Ich hingegen suche verzweifelt nach Konvention, ich bin nur unfreiwillig so frei. Ich lebe nur deshalb so ungebunden, weil sich mir die konventionelle Welt nie erschlossen hat. Was ich schade finde.

Natürlich öffnet sie trotzdem das Fenster, weil sie versteht, dass es nicht auf Kleinigkeiten ankommt, weil sie im Gegensatz zu mir weiß, dass ein kategorischer Widerspruch nur das aufhält, was momentan wichtiger ist. Das hat sie damals schon verstanden, deshalb ist sie von Praam auch nicht in die Knie gezwungen worden, deshalb hat sie es nicht eilig mit dem Wegziehen gehabt, es war ihr klar, dass es von selbst vorangeht, wenn man nur will. Mir hat so ein Selbstvertrauen immer gefehlt. Ich konnte nichts abwarten.

Draußen spinnt der Oktober herum, unentschlossen zwischen strafendem Herbstgewitter und dem letzten Aufbäumen des Sommers. Gerade regnet es wieder, und man hört ein leises Donnern in der Ferne, aber es ist immer noch bizarr warm. Wir passieren die immer feuchten Wiesen vom Praamer Moos, die jeden Morgen eines gesamten Jahrs in denselben jenseitigen Nebel gehüllt sind, der sich an den Trauerweiden entlang der Schwarzen Laaber hinaufhangelt wie ein Efeu aus Ektoplasma.

Kurz danach fangen schon die Ausläufer Schyrens an. Die Erdbeerfelder, die beiden eingemeindeten Bauernhöfe, die früher eigenständig gewesen sind, damals noch mit einem kleinen grünen Ortsschild als Einöde gekennzeichnet. Der Peugeot-Händler und das Fabrikgebäude eines Verpackungsherstellers, das die Hälfte seines Parkplatzes für die Gebrauchtwagen vom Peugeot-Händler vermietet hat. Früher stand das ausgebleichte Ortsschild mit der Aufschrift *Markt Schyren* in der lang gezogenen Rechtskurve vor dem Volksfestplatz, jetzt steht es stichgelb und selbstreflektierend beinahe zwei Kilometer weiter draußen, wo vorher das grüne kleine Schild den langen Bauernhof an der Schwarzen Laaber, die Roidermühle, angezeigt hat.

In Schyren findet der Leichenschmaus, die sogenannte Kremess, statt. In Praam ist dafür kein Platz. Das Gasthaus Wolff gibt es nicht mehr, es ist jetzt die Pizzeria Napoli und gehört einem freundlichen Mann und seiner Familie aus Istrien. Mein Vater hat das Gasthaus mithilfe der Schwester verkauft, als er zu alt wurde. Bis zuletzt hat er weiter in der viel zu großen Wohnung über der Gaststube gewohnt, die Familie aus Istrien besitzt ein eigenes Haus in Schyren, sie haben nur das Gasthaus gepachtet. Meine Schwester ist am Ende viel beim Vater gewesen, hat ihm aus einer Bundesliga-Chronik vorgelesen, mit ihm Karten gespielt und Fernsehen geschaut. Immer umtobt von ihren drei Kindern, denen sie nur dann Aufmerksamkeit geschenkt hat, wenn ihr das Getobe zu laut wurde. Das hat ihm gut gefallen, und ich bilde mir ein, dass die letzten beiden Jahre nicht seine schlechtesten waren. Nach dem Tod meiner Mutter ist überhaupt vieles besser für ihn geworden, weil er wegen seines körperlichen Verfalls kein schlechtes Gewissen mehr haben musste. Das Wirtshaus war auch weg, er enttäuschte jetzt niemand mehr.

Meine Schwester ist sofort gekommen, nachdem die Frau aus Istrien, die auch für den Papa sauber machte, ihn im Glastisch gefunden hat. Sie ist also schon beinahe eine ganze Woche in Praam, nur die Kinder hat ihr Mann, der Jurist, vorhin nach der Beerdigung genommen und sich mit ihnen in den Zug gesetzt. »Fahrt heim, irgendwann ist es auch wieder gut mit dem Trubel«, hat sie gesagt. »Sterben ist nichts für Kinder.«

Den Leichenschmaus kann man freilich nicht in der Pizzeria Napoli stattfinden lassen, obwohl die Pizza dort gut ist. Zur Konkurrenz, dem Haunerwirt, geht man anstandshalber auch nicht, also hat meine Schwester den kleinen Saal vom Klosterbräustüberl gemietet und Schweinebraten mit Knödeln und Salat für dreißig Personen vorkochen lassen, obwohl ich ihr gesagt habe, ich würde doch nicht auch noch für die ganzen Hyänen ein üppiges Festmahl auf den Tisch stellen. Die Vorspeise ist eine Maronisuppe. Mich hat sie nicht nach Geld gefragt. Sie hat gesagt: »Das zahlt der Papa«, und ich habe gesagt: »Ich glaube nicht, dass ihm so ein Menschenauflauf getaugt hätte.«

Worauf sie gesagt hat: »Wenn ihm Menschenaufläufe nicht getaugt hätten, warum ist er dann Wirt gewesen?«

Und ich: »Weil der Opa schon ein Wirt war.«

Und sie: »Als ob der Papa sich jemals nach dem Opa gerichtet hätte oder der Opa ihm etwas aufgezwungen hätte. Außerdem ist es doch egal, ob es ihm taugt, er wird sich nicht bei uns beschweren. Ich will das so haben.«

Als wir am Klosterbräustüberl mit seinem neuen länglichen Wintergarten ankommen, halte ich nicht an, sondern fahre einfach weiter. Meine Schwester beschwert sich nicht, schaut mich noch nicht mal fragend an. Sie ahnt vielleicht, was ich vorhabe, und weiß, dass es keine Rolle spielt, ob wir ein paar Minuten zu spät kommen. Ich fahre ihren ächzenden weißen Passat weiter den Klosterberg hinauf, in Richtung des alten Sanatoriums bis zu den Obstgärten.

Mein Vater hat hier öfter gehalten und gesagt: »Das sind die besten Äpfel in der Gegend. Wegen der Hanglage.« Dann ist er über den Zaun gestiegen, hat eine Handvoll Äpfel von den klösterlichen Apfelbäumen gerissen und in eine Plastiktüte getan.

»Da brenn ich einen draus.« Das hat er immer so begeistert gesagt, dass wir uns auf den Schnaps freuten, obwohl wir wussten, dass Schnaps scheußlich schmeckt und wir ihn eh nicht probieren durften. Aber seine Begeisterung für die Klosteräpfel war immer ansteckend. Grade weil er sonst für nichts eine Begeisterung zu zeigen schien. Weder Unmut noch Begeisterung, in der Regel war seine Einstellung zu allen Dingen ein wissendes Nicken.

Das Kloster Schyren ist ein Ungeheuer, ein schlafender Riese, es umspannt die halbe Länge des Klosterbergs. Für einen Sakralbau aus dem 12. Jahrhundert sieht es seltsam formal und sparsamst überlegt aus. Am östlichen Rand, zum Ort hin, stößt der weiße Kirchturm von Schyren euphorisch in die Luft, die Obstgärten an den Klosterhängen liegen ganz im Westen, wo das alte Sanatorium die Klostergründe beschließt. Ich steige aus und lehne mich an den Drahtzaun. Der Apfelgarten sieht aus, wie er immer ausgesehen hat, das zertrampelte Gras, die an Holzpflöcke angebundenen Jungbäume. Elli bleibt im Auto sitzen und lässt das Fenster hinunter.

Sie fragt: »Das sind Winteräpfel, oder?«

Ich zucke mit den Schultern, lehne weiter am Zaun.

Sie fragt weiter: »Holst du dir gar keine?«

»Ich bin nicht so der Apfeltyp.«

4

SÄGEWERK

Das Fieber war weg, und ich wollte sie unter keinen Umständen verpassen. Die Sonntagsmesse begann um halb zehn, und ich stand mit dem Bartl bereits um neun vor dem schweren Eichenportal und wartete auf Rosa. Außer uns waren nur die Frauen da, die noch auf den Friedhof gingen, der direkt hinter der Kirche lag. Sie brachten frische Blumen oder gossen die Pflanzen auf den Gräbern, sie wischten mit alten Geschirrtüchern über die Marmorplatten, schabten Wetterreste aus den Gravierungen und flüsterten ein paar Gebete, aber scharf genug, damit andere sie hörten. Um Viertel nach neun kamen die Männer, stellten sich in kleinen runden Grüppchen auf das Plateau vor dem Haupteingang unmittelbar an der Praamer Hauptstraße und rauchten Zigaretten oder Zigarillos. Die Jüngeren versammelten sich an der längst zugemauerten Ostpforte, neben der eine Gedenktafel für den Gaugrafen Engilmar angebracht war, der angeblich irgendwo unter der Kirche mit seiner Frau in einem Grab aus Rotmarmor begraben lag.

Die Jüngeren standen streng getrennt nach Mädchen und Jungen. Normalerweise lungerten auch wir an der Ostpforte herum, um uns die Mädchen anzuschauen, aber ich nahm nicht an, dass Rosa schon in einen Freundeskreis integriert war, und erwartete ihr Eintreffen deshalb auf dem vorderen Plateau. Kurz vor halb stieß auch der Böhmi zu uns, eine Zigarette in der Hand.

»Ist sie schon da?«, fragte er.

»Wer?«, fragte ich.

»Iris Berben«, sagte der Böhmi.

»Yes«, sagte der Bartl und ließ sich vom Böhmi Fünf geben.

»Nein, sie ist nicht da«, sagte ich betont ernst, um ihnen den Iris-Berben-Spaß zu nehmen.

Obwohl uns das rügende Blicke von echten Chormitgliedern einbrachte, setzten wir uns erneut auf die Empore. Die allgemeine Unruhe ebbte langsam ab, ein letztes Rascheln der Gesangbücher, ein paar vereinzelte Schnäuzer, und der Gottesdienst begann.

Sie kam alleine und fünf Minuten zu spät, ein Sakrileg. Doch es kam noch schlimmer. Weil sonst nichts frei war, setzte sie sich zu den männlichen Zweit- und Drittklässlern in die rechte zweite Reihe ganz außen und löste damit eine Welle des Räusperns aus. Ich sah jetzt nur noch ihren braunen Haarkranz. Sie drehte sich nicht um, sie konnte auch nicht wissen, dass wir nahezu über ihr saßen.

Es war ein zähes Hochamt. Der Organist Werner blies uns seine bleiernen Fußbässe und klirrenden Dreiklänge ins Genick. Der Pfarrer Parzefall war wütend. Er wetterte gut eine halbe Stunde gegen das Ausbleiben der jungen Leute bei den zurückliegenden Ostermessen und kündigte Konsequenzen an.

»Wenn wir jetzt dann nach der Eucharistie aus der Kirche hinausgehen«, schloss er seine Brandrede, »sind wir alle auf unserem weiteren Weg: die einen hin zur ewigen Strafe, die Gerechten ins ewige Leben.«

»Und der Rest zum Wirt«, sagte der Böhmi. Lachte und verschluckte sich an seinem eigenen Lachen.

Der Werner schmetterte einen weiteren Schubert hinunter ins Kirchenschiff, und ich wünschte, der bereits mit fünfundzwanzig ergraute Klavierlehrer Michaelis würde stattdessen eine seiner berühmten Rhythmus-Messen spielen. Nicht, dass mir die Musik wirklich besser gefallen hätte, aber der Schlagzeuger aus Schyren war zu meinem großen Vergnügen nicht in der Lage, leise zu spielen, und übertönte jedes Mal Orgel, Gitarre und Bass. Er war der katholische Keith Moon.

Jetzt gleich würde sich entscheiden, ob Rosa zur Kommunion nach vorne ging oder ob sie sitzen blieb. Ich setzte aus. Zu oft hatte ich schon die salzigen Finger vom Parzefall im Mund gehabt. Es war ihm einfach nicht abzugewöhnen, den Kommunionsteilnehmern die Oblaten in den Mund zu stecken, statt sie ihnen in die Hände zu geben. Es hätte doch auch in seinem Interesse sein müssen, nicht jedem im Ort ins Maul zu langen. Aber wahrscheinlich war auch das eine Art der Machtausübung für ihn.

Mir hatte der Parzefall schon als Kind Angst gemacht. Selbst bei meinen ersten bewussten Kirchenbesuchen war er mir fürchterlich anklagend vorgekommen. Ich hatte sofort ein schlechtes Gewissen, wusste aber nicht, was ich getan hatte.

Zugegeben, ich war öfter beim Zogo zu Besuch, wenn der Parzefall zum Canasta-Spielen da gewesen war, und es war immer erstaunlich friedlich zugegangen, dafür, dass hier zwei der schärfsten Choleriker im Ort zusammensaßen.

Und trotzdem glaubte ich, dass die Freundlichkeit nur eine Rolle war und der priesterliche Furor sein wahres Ich. Er war der Kettenhund Gottes und ließ sich selbst jeden Sonntag von der Leine.

Rosa stand jetzt auf und schloss sich tippelnd den jüngeren Mädchen im Mittelgang an. Ob sie mit dem seltsamen Tippeln die anderen parodierte, war schwer zu sagen. Ich war mir aber sicher, dass sie das kleine Schauspiel für mich aufführte. Als sie vorm Parzefall stand und er sie prüfend ansah, sperrte sie den Mund auf wie ein grade geschlüpfter Jungvogel, völlig übertrieben. Nicht nur ich fand das komisch, auch der Böhmi musste lachen, was ihm endgültig ein Knie vom Nebenmann einhandelte, dem Eichbauer senior aus dem Tenor. Der Parzefall war kurz irritiert, aber statt sich wie üblich mit dem Daumen an den Zähnen seiner Opfer festzuhalten, ließ er die Oblate einfach in Rosas Mund fallen.

»Souverän, deine Rosemarie«, sagte der Böhmi.

»Rosalie«, sagte ich.

»Wer ist souverän?«, fragte der Bartl, der hinter uns saß, weil er in derselben Reihe keinen Platz mehr bekommen hatte. Der Böhmi hörte ihn gar nicht.

Als die Kirche aus war, gerieten wir in einen Stau auf der engen, sich ins Schiff hinunterplagenden Holztreppe. Überall drückten die Leute wie bei einem Feueralarm. Als wir endlich draußen waren, regnete es nicht nur in Strömen, es war auch weit und breit keine Rosa zu sehen. Wir standen ziellos herum. Selbst die anderen beiden wirkten enttäuscht. »Gehen wir noch ins Jugo?«, fragte der Böhmi.

»Nein, muss heim, wir gehen in den Wald«, sagte der Bartl. Seine Eltern waren beide Biologielehrer, die sich jeden Sonntag mit ihm auf einen ausgiebigen Waldspaziergang begaben. Er war wirklich nicht zu beneiden.

»Da gehörst du hin, du Waldschrat«, sagte der Böhmi.

»Muss du da wirklich immer mit? Du bist doch keine sechs mehr und lässt dir von deinem Vater die Winterschlafgewohnheiten vom Wiedehopf erklären«, sagte ich, der normalerweise nicht so gehässig zum Bartl war.

»Der Wiedehopf ist ein Zugvogel«, sagte der Bartl und kratzte sich hinterm Ohr.

»Dann spielen wir eben ohne dich Tischtennis«, sagte der Böhmi zum Bartl. »Wir würden dich eh nur abziehen.«

»Gewaltmenschen«, sagte der Bartl und ging durch den mittlerweile nur noch leichten Regen weg, die Hauptstraße hoch.

Der Böhmi packte mich am Arm. »Los, Schwarzer. Niederlage des Jahrhunderts.«

Ich seufzte und schaute mich noch einmal um. Keine Rosa. Dann halt Tischtennis.

Das Jugendheim stand direkt neben der blassroten Ignatius-Kirche und war eigentlich nur ein Anbau vom neuen Pfarrhaus, in dem der Parzefall mit seiner Haushälterin, dem mürrischen Fräulein Fanni, wohnte. Das alte, komplett aus Holz erbaute Pfarrhaus war 1957 wegen Morschheit abgerissen worden, es sei das Schmuckstück von Praam gewesen, behauptete mein Vater, wegen des langen Dachs, das fast bis zum Boden hing. Der Anbau vom neuen Pfarrhaus verfügte über zwei separate Eingänge. Durch den einen ging es zur katholischen Bücherei, wo man sich Hörspiele, Bücher und Bildbände über Fußballweltmeisterschaften, aber auch Musikkassetten ausleihen konnte, Alben von Wolfgang Ambros, U.F.O., Roland Kaiser und Jean Michel Jarre.

Durch den anderen Eingang ging es ins Jugendheim, einen lang gestreckten Gemeinschaftsraum mit einer Tischtennisplatte und einer selbst gezimmerten Bar.

Außer uns war an dem Tag niemand im Jugo. Die Jüngeren wussten, dass der Sonntag nach der Kirche unsere Zeit war, und die Älteren kamen nicht mehr. Spätestens mit achtzehn gingen sie nicht länger ins Jugo, sondern ins Pils Pub in Schyren oder in ihre Vereinshäuschen. Da gab's den FC Praam 1932, den Eisstockverein, den Fahnenweihverein, die Laaber-Schützen, den Billard-Club Black Eight, den Laabertal-Löwen Dartclub oder die Juniorabteilung des Kriegervereins, was immer das sein sollte.

Und die Mädchen in unserem Alter ließen sich sowieso nicht mehr hier blicken, sie waren mittlerweile liiert mit Fußballspielern aus der Kreisklasse oder Bauunternehmersöhnen aus Schyren, Salching oder Landshut. Und so waren der Böhmi und ich auch an diesem Sonntag Anfang April alleine im Jugo und spielten Tischtennis, während wir eine Alice-Cooper-Platte hörten, die jemand liegen gelassen hatte.

Ich haute dem Böhmi einen gepfefferten Aufschlag ins Feld, als sich draußen ein kalkweißes Gesicht gegen das Fenster drückte. Auf das Gesicht folgte ein Mittelfinger. Der Böhmi retournierte meinen Aufschlag ohne Mühe, und der Ball sprang von der Platte hinter mir gegen die Wand, ohne dass ich reagieren konnte.

»Ja, sie schau an. Frech«, sagte der Böhmi.

»Sie hat mir den Mittelfinger gezeigt«, sagte ich.

»Und das mit Inbrunst.« Der Böhmi balancierte seinen Schläger auf der Handfläche.

»Und jetzt?« Ich wollte auch mit dem Schläger herumspielen. Er fiel mir aus der Hand.

»Jetzt gehst du raus zu ihr. Du hättest eh verloren.«

»Ich seh sie nicht mehr. Sie ist wieder weg«, sagte ich und hob den Schläger auf.

»Jetzt hau schon ab, ich klapp die Platte hoch und spiel gegen mich selbst. So bleibt's wenigstens spannend«, sagte der Böhmi.

»Affe«, sagte ich und ging nach draußen.

»Hallo«, sagte Rosa, die in ihrem blauen Regenmantel vor der Tür wartete. Sie war stärker geschminkt als bei unserem letzten Treffen. Zu ihrem Glück regnete es nicht mehr.

»Was sollte der Finger?«, fragte ich.

»Weil du dich so wichtig nimmst«, sagte sie. Steckte die Hände in die hinteren Hosentaschen.

»Ich hab nur Tischtennis gespielt«, sagte ich. Traute mich gar nicht, sie direkt anzuschauen, ihre Schminke hatte etwas Respekteinflößendes.

»Aber sehr wichtig gespielt«, sagte sie.

»Ich dachte, du wärst schon weg. Wo warst du?«, fragte ich.

»Auf dem Friedhof«, sagte Rosa. Unter ihren Augen lag ein dickes, künstliches Schwarz, und ihre Wangen waren röter als in Echt.

»Was hast du da gemacht?«, fragte ich.

»Zeit totgeschlagen«, sagte sie. »Inschriften gelesen. Gewartet, bis die meisten heim sind. Gehen wir da rein?« Sie deutete auf die Tür zum Jugendheim.

Ich schüttelte den Kopf. »Zu viel Böhmi. Vielleicht auf den Kinderspielplatz am Ortseingang. Wir sitzen da oft, da sind nie Kinder.«

»Nein.« Sie senkte den Kopf ganz leicht, wurde leiser. »Da sieht uns doch jeder.«

»Ist das schlimm?«

»Ich bin vierzehn, du Schlauberger. Und ich bin grade erst hergezogen. Das muss ich meinem Vater nicht antun. Noch nicht.«

»Ich verstehe«, sagte ich. »Dann lass uns zum Sägewerk gehen. Sonntags ist da keiner.«

Rosa zuckte mit den Schultern. »Sägewerk klingt interessant.«

Das alte Sägewerk stand nach einer Reihe von Wohnhäusern am östlichen Ortsausgang von Praam. Das eigentliche Werk war ein längliches Gebäude aus Holz, wobei die Länge auf die Baustämme abgestimmt war, die dort von der Bandsäge zerlegt wurden. Der vordere Teil war mit Mauern verstärkt, hier befand sich eine Werkstatt, die es erst seit dem Großbrand gab. Das Werk lehnte gegenüber vom roten Berg an einem erhöhten Waldstück, das sich von Praam aus gute anderthalb Kilometer in Richtung Schyren auf der Hügelkette, dem sogenannten Hohen Rücken, erstreckte. Als Kinder hatten wir den Wald Dunkelkammer genannt, weil er in seinem Innern ein finsteres Loch war, in das wir die schlimmsten Geschichten hineindachten. Sogar bei Tageslicht blockten die dicht gepflanzten Fichten beinahe jeden Sonnenstrahl ab. Der Wald gehörte überwiegend dem Schyrener Kloster, das Sägewerk nutzte den Praamer Teil davon zur Holzverarbeitung. Das meiste Holz wurde dennoch vom Fabrikbesitzer Reichelt im gesamten Süden zusammengekauft.

Zirka dreihundert Meter rechts neben dem Sägewerk stand die wesentlich später erbaute Ziegelei, beide Fabriken gehörten dem Unternehmer Henri Reichelt, einem hageren Zigarrenraucher und Junggesellen mit einem kalten Händedruck, der bei seiner Mutter wohnte und abends gelegentlich alleine bei uns in der Wirtschaft saß, wenn seine Arbeiter längst zuhause bei ihren Familien waren.

Sein Vater hatte sich vor sechs Jahren mit siebenundsechzig erschossen. Meinen Vater hatte das auf seltsame Weise mitgenommen, er redete auch heute noch gelegentlich über den alten Reichelt. Im Gegensatz zum spröden Henri sei der August Reichelt ein in der ganzen Region berüchtigter Holzhändler gewesen. »Der hat nie schriftliche Verträge abgeschlossen, nur seinen eigenen Handschlag gelten lassen. Und nach jedem erfolgreichen Großeinkauf hielt er auf dem Gelände des Sägewerks ein Sauf- und Fressgelage, bei dem die gesamte Belegschaft eingeladen war.« So was erzählte er. In Praam hätten sie den alten Reichelt einen Rosstäuscher genannt, einen Preller und Schacherer. Doch sie hätten es immer mit Ehrfurcht gesagt.

»Wir schlichen über den Parkplatz vorbei an mehreren übers Wochenende abgestellten VW-Montage-Bussen, zwei riesigen Holzladern und dem einstöckigen, verwitterten Verwaltungsgebäude. »Das Sägewerk wird vielleicht bald abgerissen«, sagte ich. Etwas Romantischeres fiel mir nicht ein.

»Dann genieß ich es wohl besser noch«, sagte sie und schaute skeptisch in die bleiernen Wolken. Danach ging es an der Holzhalle entlang, auf einem ungeteerten Weg durch den Matsch hinein ins Depot.

Der Geruch von nassem Holz war überwältigend. Hunderte Stapel von Baumstämmen erstreckten sich bis an den Waldrand. Der gigantische Baumfriedhof verdankte seine Existenz vor allem dem großen Windwurf, so nannte man den schweren Sturm, der im letzten Herbst vor allem im Schwarzwald verheerende Schäden angerichtet hatte. Henri Reichelt hatte reflexartig einen Riesenbestand an vom Wind abgeernteten Bäumen aufgekauft und lagerte sie hier im Freien, was sie frisch hielt, bis mit ihnen Dachstühle gebaut werden konnten. Es fing wieder an zu regnen.

»Wenn wir uns zwischen die Holzstapel stellen, werden wir nicht so nass«, sagte ich, weil die aus den Stapeln überstehenden Holzstämme kleine Vordächer bildeten.

»Du bist ja ein richtiger Pfadfinder«, sagte Rosa.

Ich wusste nichts mit ihrer Ironie anzufangen, machte ein Geräusch, als wüsste ich nicht, wovon sie redet.

»Unheimlich hier«, sagte sie.

»Warum?«, fragte ich. Obwohl ich ihrer Meinung war.

»Wenn man hier eine Leiche versteckt, findet man sie garantiert eine Ewigkeit nicht.« Sie stieg auf einen der vorderen Stapel, klemmte für den Halt einen Fuß zwischen die Stämme und ließ ihren Blick über das Meer aus Dunkelholz schweifen.

»Irgendwann riecht man es doch«, sagte ich nach oben.

»Es riecht doch hier immer nur nach frischem Holz. Das Holz überschmeckt alles.« Sie atmete mit übertrieben ausgebreiteten Armen die Luft ein.

»Wie riecht eine Leiche?«, fragte ich.

»Süß. Wie Apfelstrudel«, sagte Rosa nach unten.

»Woher willst du das wissen?«

»Bei uns im Haus ist die Frau aus dem ersten Stock in ihrer Wohnung gestorben, und niemand hat es gemerkt. Wochenlang ist praktisch die gesamte Mieterschaft an der Wohnung vorbeigelaufen, aber keinem ist aufgefallen, dass Frau Bungert nicht mehr rausgeht. Bis es irgendwann nach Apfelstrudel gerochen hat.«

»War sie alt?«, fragte ich.

»Gar nicht. Sie war fünfunddreißig. Sie ist im Bad von einer Leiter gekippt und mit dem Kopf auf dem Waschbecken aufgeschlagen. War Grundschullehrerin.«

»Was hat sie auf der Leiter gemacht?«, fragte ich.

»Eine Glühbirne gewechselt? Einen Chagall aufgehängt? Keine Ahnung«, sagte Rosa.

»Oje«, sagte ich und kam mir etwas blöd vor, weil mir nichts Besseres einfiel. Das Thema war mir nicht geheuer. Wegen ihrer Mutter.

»Kennst du die Witze vom Sägewerk-Arbeiter, der fünf Bier bestellt?«, fragte sie und hielt eine Hand nach unten, bei der sie Daumen und Ringfinger weggeklappt hatte.

»Der ist schlecht«, sagte ich. Lachte. Weniger wegen dem Witz, sondern weil diese zierliche weiße Erscheinung bei strömendem Regen oben auf dem Baumdepot saß und Sägewerk-Witze riss.

Ich stieg zu Rosa auf den Holzstapel, setzte mich neben sie. Sie ignorierte mich, richtete den Blick auf den schmatzenden Boden zwischen den Baumstämmen. Überall lagen Zigaretten und vereinzelte Bierflaschen im Dreck, von denen die Etiketten in Fetzen hingen. Rosa machte einen Satz hinunter und zog etwas unter einem Holzstapel hervor. Dann kletterte sie wieder zu mir hoch, hielt mir ein halbnasses Sexmagazin hin. Lachte heiser, gar nicht mädchenhaft. Das Magazin hieß *Pink*, und darauf war eine Mulattin mit einem großen Busen abgebildet, die ein rotes Stierkampfjäckchen und eine goldene Kette trug. *Sensation! Rodeln im Oberhofer Loch* stand aus mir unerfindlichen Gründen auf der Titelseite. Doch dann kapierte ich, worüber Rosa wirklich lachte. Rosa und *Pink*.

»Mein Vater hat eins, das *Frech* heißt«, sagte sie. »Und deiner?«

Mein Reflex war, meinen Vater zu verteidigen, es machte mich sogar wütend, dass sie ihm etwas unterstellte, aber dann musste ich daran denken, wie der Bartl und ich zuhause im Keller der Bartls diverse Heftchen gehortet hatten, die wir entweder hier im alten Sägewerk gefunden hatten oder die der Böhmi besorgt hatte.

»Hat keine, glaub ich. So was passt nicht zu ihm. Aber ein paar Horror- und Gewaltfilme hat er. Hinter der Couch, in einer Schachtel.«

»Welcher ist der beste?«, fragte Rosa.

»*Gesichter des Todes*«, sagte ich.

»Kenn ich«, sagte sie.

Ein Flugzeug flog über uns hinweg.

»Fliegt aber sehr tief. An einem Sonntag«, sagte sie und hielt die Hände über den Kopf, als würde es sich noch rentieren, den Regen abzuhalten.

»Das sind die Amis«, sagte ich.

»Was für Amis?«, fragte Rosa und nahm die Hände wieder runter.

»Hier gibt es überall Soldaten. Der Truppenübungsplatz ist nur vierzig Kilometer weg. Einmal im Jahr wird ein Panzermanöver veranstaltet. Das geht auch durch Praam. Die Straßen haben Risse danach, es dauert ewig, bis man sie wieder repariert hat. Den Amis ist das egal.«

»So was gibt es bei uns nicht«, sagte Rosa und kratzte sich vehement an der Hand.

»Schäl dir nicht die Hand ab«, sagte ich.

»Ich habe Neurodermitis. Wie du«, sagte sie.

»Nein«, sagte ich. »Gar nicht.« Ich hatte nur Schuppen. »Wie kommst du darauf?«

»Deine komische grünliche Haut. Ganz empfindliche Haut. Ganz empfindliche Seele. Sehe ich sofort.«

»Ich habe keine grünliche Haut«, sagte ich. »Du spinnst wohl.«

»Doch, hast du. Schau, die vielen Äderchen«, sagte Rosa und fuhr mit ihren Fingern über mein Gesicht und meinen Hals. Ihre Fingerkuppen waren rau.

»Du bist eine ziemliche Klugscheißerin«, sagte ich.

Sie zog die nassen Seiten des *Pink*-Magazins auseinander.

»Hier«, sagte sie und warf mir die sich bereits auflösende Frau aus der Heftmitte hin. Sie trug ein Fußkettchen und war weißblond, was nicht zu ihrem schwarzen Riesenbusch passte.

»Was soll ich damit?«, fragte ich.

»Das weißt du doch besser als ich«, sagte sie.

Ich rührte das Heft nicht an. Sagte eine Weile nichts.

»Wie die Challenger explodiert ist«, sagte Rosa. »Das wär auch was für *Gesichter des Todes*.«

»Wie um Gottes willen kommst du denn jetzt darauf?« Ich fragte mich, was sie bezwecken wollte. Wollte sie testen, wie viel Exzentrik ich aushielt?

»Da hab ich die ganze Nacht geweint und gekotzt«, sagte sie. »Ich habe mir vorgestellt, wie es alle zerfetzt. Wie so hauchdünne Knochensplitter aus fünfzehn Kilometer Höhe auf das Land zurückregnen und einen berühren, und man weiß nicht, was es war. Eins dieser weißen Dinger vielleicht, die man manchmal im Haar hat. Baumsamen, Blütenreste, ein Stofffussel, Asche. Ein Knochenfussel. Mir wird gleich wieder schlecht.« Rosa sprang von dem Stapel in den Matsch. Sie wirkte ganz und gar nicht wie jemand, dem gleich schlecht wurde.

»Du bist wirklich sehr seltsam«, rief ich nach unten und dachte an ihren Vater, den Riesen. Wie er da gestanden hatte, wie ein Zirkusdirektor.

Rosa tanzte unten im Schlamm des Baumfriedhofs zu einer nicht hörbaren Musik, vollführte eine schlampige Pirouette.

»Die Astronauten sind aber nicht explodiert. Die Kapsel hat das ausgehalten. Sie haben sich zu Tode geprellt, als sie mit dreihundert Kilometer pro Stunde auf den Atlantik gefallen sind«, rief ich. P.M.-Magazin-Fachwissen.

»Aber so stelle ich es mir nicht vor«, sagte Rosa.

Eine Haarsträhne hing ihr in den Mund. Sie kaute darauf herum.

Ich kletterte hinunter zu ihr. Sie spuckte in den Matsch.

»Wie ekelhaft muss ich mich noch benehmen?«, fragte sie.

»Es reicht«, sagte ich und nahm sie in den Arm.

Sie roch nach Zitrone, doch der erste Kuss schmeckte nach nichts.

5
REGEN

In den folgenden Wochen wurde aus den engsten zwanzig Quadratkilometern der Welt ein großer Abenteuerspielplatz. Plötzlich gab es all die geheimnisvollen Orte aus meiner Kindheit wieder, die Grenzen waren nicht mehr erkennbar, es war wieder alles möglich. Ich war wieder neugierig auf Praam, weil Rosa neugierig war.

Wir hörten überhaupt nicht mehr auf, uns zu sehen. Als hätten wir das nie anders gemacht. Wir trafen uns auf der Holzbrücke vor den Gurkenfeldern, auf der gusseisernen Bank hinterm Schrannerhof und im Sägewerk. Wir unterhielten uns über Nick Cave, das Leben in München und in Praam, über die besten Gebäckstücke und über Tom Sawyer. Über meine Schwester, worin wir uns ähnlich waren und worin nicht, und darüber, dass Rosa als Einzelkind die meiste Zeit alleine zuhause war, während meine Eltern sich niemals woanders als zuhause aufhielten. Wir sprachen über ihren Vater und ihre Mutter, als sei sie noch lebendig. Den Krebs ließen wir aus.

Sie so verlässlich zu treffen ließ den Alltag verstummen. Die Stunden am Carossa, die Hausaufgaben, das Arbeiten am Ausschank, sogar das Plattenhören mit dem Bartl und das Biersaufen an der alten Bushaltestelle mit dem Böhmi – das waren nur noch geisterhafte Vorgänge, die sich wie von selbst erledigten. Die Zeit hatte keine Zähne mehr, kaute mich nicht mehr klein, sie verging jetzt mit der allergrößten Selbstverständlichkeit bis zum nächsten Treffen mit Rosa. In nur wenigen Tagen hatte ich ein blindes Vertrauen entwickelt.

An einem Freitag nach der Schule wanderten wir über die Gurkenfelder zur Brücke am Bach am Nordwestende von Praam. Wir unterhielten uns darüber, was wir später im Leben vorhatten. Rosa wollte vielleicht Architektin werden, und ich wusste es nicht.

»Was machst du, wenn dein Vater dich fragt, ob du das Gasthaus übernimmst?«, fragte Rosa und steckte sich den Zeigefinger in den Mund, in den sie sich einen kleinen Splitter von dem Holzgeländer gezogen hatte.

»Das macht er nicht«, sagte ich. »Da müsste ich schon selbst fragen.«

»Und wenn er doch fragt?« Sie nahm den Finger wieder aus dem Mund, musterte ihn, ob er blutete.

»Dann sage ich natürlich Nein. Oder vielleicht auch Ja, wer weiß.«

»Das mag ich an dir«, sagte sie.

»Was meinst du?«, fragte ich.

»Dass es dich in Wirklichkeit gibt«, sagte Rosa.

»Du sprichst in Zungen«, sagte ich. Sah sie an: die weißen Arme in einem weißen T-Shirt, die geflochtenen Haare mit Spritzern roter Farbe vom späten Nachmittagslicht. Ihre Augen nur Schlitze, weil die Sonne fast auf Augenhöhe stand.

»Vielleicht bist du nur zu faul, dir eine Fassade zuzulegen, aber man merkt dir immer an, was du denkst. Den mysteriösen Fremden spielst du besser nicht, falls du mal Schauspieler wirst.« Sie blinzelte.

»Das klingt ernüchternd«, sagte ich.

»Nein, das klingt ziemlich sympathisch.«

Von hier aus hatte man eine gute Sicht auf die Rückseite von Praam, schaute auf den Schrannerhof, der mit seinen Gerätehallen die Ignatius-Kirche bis auf den Turm verdeckte. Er bestand aus vier gleichgroßen Gebäudeflügeln, die ein Rechteck bildeten, und glich einer Festung. Der Hof gehörte Alfons, dem immer leicht gebückt gehenden Großcousin meines Vaters, und irgendwann würde er seinen feschen Söhnen gehören, von denen jeder ein brillanter Fußballspieler war. Sie waren die meiste Zeit sonnengebräunt von der Feldarbeit und wirkten ungemein vital mit ihren dichten Locken und den kräftigen Oberarmen. Der Böhmi nannte sie die Magic-Schranner-Boys. Wir mieden sie, und sie mieden uns, hatte ich Rosa erklärt. Die entfernte Verwandtschaft änderte daran nichts.

Der Hof grenzte im Westen an das alte Schulhaus, das nur noch Grundschüler beherbergte, seine östliche Grundstücksgrenze war der westliche Graben vom Wasserschloss.

Bei einem unserer ersten Ausflüge hatte ich mich mit Rosa auf den gewaltigen Innenhof geschlichen und ihr den alten Taubenschlag, das sogenannte Taubenschloss, gezeigt. Es stand in sechs Metern Höhe auf zwei Holzpfosten, war eigentlich kunstvoll verziert, aber mittlerweile komplett mit Taubenkot bedeckt. »Wer hält sich schon freiwillig Tauben? Die können doch nichts außer scheißen«, hatte sie gesagt.

Ich lehnte am Brückengeländer, Rosa stand ein paar Schritte entfernt, sah sich geschäftig um, bewegte dabei die Hände. Irgendwie blieb sie immer in Bewegung, das imponierte mir.

»Was wird hier eigentlich angebaut?«, fragte sie und zeigte auf die Felder auf der Rückseite von Praam.

»Gurken«, sagte ich. »Im Sommer fährt hier der Gurkenflieger auf und ab.«

»Der was?«

»So eine monströse Landmaschine mit riesigen Flügeln, auf denen geflüchtete Erntehelfer aus Ungarn und Rumänien liegen und die Saatlinien ziehen. Der Böhmi hat das auch mal gemacht. Einen ganzen Tag lang bei sengender Hitze.«

Rosa ging rüber zum Grenzstein, der am Rand des Gurkenfelds steckte. Fuhr mit der Hand über die graue Oberfläche, die ein bisschen Moos angesetzt hatte. »Was ist das für ein Ding?«, fragte sie. »Die sehe ich öfter.«

»Das sind Grenzsteine. Die markieren exakt den Grundbesitz der Bauern. Jeder Meter zählt«, sagte ich.

»Aber kann man die nicht einfach versetzen?«, fragte Rosa.

»Auf gar keinen Fall«, sagte ich. »Dann kommen die Feldgeschworenen.«

»Bitte wer?«

»Feldgeschworene. Das sind geheime Personen, die nur der Bürgermeister kennt. Sie sind bei jeder Grenzsteinlegung oder Änderung dabei und vergraben geheime Zeichen, die im Boden nicht verfaulen, damit sie sofort beweisen können, wenn jemand den Grenzstein versetzt hat. Gab's schon im Mittelalter.«

»Ganz schön geheim hier alles«, sagte sie. «Wollen wir den Stein wegnehmen und nach einem dieser Zeichen graben?« Sie hatte den Gesichtsausdruck eines Springteufels. »Und dann versetzen wir alles.«

»Lieber nicht«, sagte ich.

»Angsthase«, sagte sie.

»Wär schön, wenn wir uns irgendwann nicht mehr heimlich treffen müssten«, sagte ich.

»Findest du?« Sie kam zu mir rüber und steckte ihr T-Shirt in die Jeans. Trotz ihres Parfüms roch sie ganz sanft nach Schweiß, süßlich und geräuchert.

»Ohne Geheimnistuerei müssten wir nicht immer irgendwo im Gras liegen«, sagte ich.

»Es kommt jetzt ein ganzer Sommer. Da würden wir doch sowieso im Gras liegen«, sagte Rosa. »Die Regenzeit ist vorbei.«

Sie schien zunächst recht zu behalten. Am Georgitag lieh ich ihr das Fahrrad meiner Schwester, damit wir ein paar Stunden wegfahren konnten. Wir folgten der Bahnstrecke aus Schyren in Richtung Salching. Auf ihr verkehrten diese roten und nur störrisch anfahrenden Züge, die wir bedauernd Bockerlzug nannten. Die Aschenbecher hatten längst Rost angesetzt, und aus den Sitzbezügen drängten die Spiralfedern. Im Winter fiel entweder die Heizung aus, oder sie ließ sich nicht mehr regulieren, was den Wagen so heiß machte, dass man in Unterwäsche hätte mitfahren können.

Als der Weg sich verengte und von der Bahnstrecke wegführte, hielt Rosa an und schüttelte den Kopf.

»Was ist?«, fragte ich.

»Das artet mir zu sehr in Sport aus«, sagte sie. »Ich mag nicht mehr.«

Wir setzten uns auf den Boden, mitten in eine dieser breiten Furchen von den großen Traktoren. Es war der bisher wärmste Tag im Jahr, und die in den Regentagen vollgelaufene Spurrille der Riesenreifen war grade erst ausgetrocknet. Die Maisfelder erhoben sich erst zaghaft, aber verschafften uns schon genügend Sichtschutz zur Landstraße hin.

Wir saßen in der Furche, und ich lachte, weil Rosa Allison aus *Breakfast Club* imitierte, darüber, wie sie »Ich bin eine Nymphomanin« sagte. Es war eins unserer Lieblingswörter neben »kopulieren«, »Penetration« und »Fellatio«. Wir hatten natürlich noch nicht miteinander geschlafen – wo auch –, aber grade deshalb amüsierten uns diese sturen Fachbegriffe, sie waren eine Art ironischer Code für das, was wir bald vorhatten.

Wir ließen die Fahrräder stehen und durchquerten das Feld, bis wir an eine unbestellte sumpfige Wiese mit verwachsenen Bäumen kamen, die zu einem Privatgrundstück in Untereiling gehörte, über das wir uns zur Straße stahlen, indem wir über den Zaun kletterten. Das Dorf war deutlich kleiner als Praam, aber hier gab es einen kleinen Marktplatz, auf dem ein Gasthaus schon im April Eis verkaufte, und ein paar Holzbänke auf der Wiese neben der kleinen Wegkapelle. Dort teilten wir uns ein Bier und aßen Wassereis.

»So was gibt es in München nicht«, sagte ich triumphierend.

»Haufenweise«, sagte Rosa und biss in das Holzstück ihres Orangeneises, das schon weg war, während ich gerad erst angefangen hatte. Sie war ein rapider Eisesser, wie ich nur selten einen gesehen hatte. »Du hast wirklich keine Ahnung von der Stadt, was?«

Ich antwortete nicht. Ärgerte mich. Ein wenig über sie, ein wenig über mich.

»Dann erzähl doch von der Stadt. Mach mir doch mal die Stadt schmackhaft«, sagte ich.

Sie nahm das Holzstück aus dem Mund und legte es auf den Tisch. Räusperte sich.

»Ich will dir die Stadt nicht schmackhaft machen. Es ist mir auch ganz egal, ob du sie magst oder nicht.«

»Erzähl trotzdem, was du jetzt machen würdest, wenn du daheim wärst«, sagte ich und zog das Bierglas zu mir heran.

»Nichts«, sagte sie. »Im Olympia-Einkaufszentrum mit meiner Freundin Jana sitzen. Eis essen. Oder mich bei meiner Mutter in der Praxis langweilen, eine Zeitschrift lesen.«

Ich sah sie mir genau an. Ob und wie sie sich veränderte, wenn sie über ihre Mutter sprach. Aber da passierte nichts Dramatisches.

»Deine Mutter hatte eine eigene Arztpraxis?«, fragte ich. Das Eis schmeckte mir jetzt nicht mehr, aber für das Bier war der Eisgeschmack noch zu präsent.

»Mit einer Kollegin zusammen«, sagte sie und wickelte sich eine Haarsträhne um die Nase.

»Hast du dich gut mit deinen Eltern verstanden?«, fragte ich.

Sie stand auf. Ging um die Bierbank herum und setzte sich neben mich. Legte den Kopf auf den Tisch direkt vor mir, als wäre sie todmüde. Ich streichelte ihn.

»Ja«, sagte sie. »Wahnsinnig gut sogar.«

Ende April waren wir abends hinter dem Sägewerk auf dem Baumfriedhof verabredet, als der Regen doch wieder anfing. Den ganzen Tag war das Licht schon faulig gelb gewesen, die Sonne war bloß unentschlossen hinter einem Wolkenvorhang herumgewandert, ohne sich ganz zu zeigen.

Aus dem Bürohaus vom Sägewerk sah ich den Wieland herauskommen, er war unser anderer Nachbar neben den Späthartls. Man konnte sich zu hundert Prozent darauf verlassen, dass der Wieland um Punkt sechs das Büro abschloss, kurz nachschaute, ob sich noch jemand auf dem Gelände befand, und dann den einen Kilometer mit dem Auto nach Hause fuhr.

Unten an der Straße, am Ortsende neben dem Sanitärgeschäft Zellmair, blickte ich am Schlagbaum vorbei auf den Hof des Sägewerks und der Ziegelei. Als der Wieland fertig war mit seiner Inspektion, stemmte er die Hände in die Hüften und schaute nach oben in das nahende Dunkelgrau.

Der Wieland war Prokurist im Sägewerk. Am Vortag wären wir ihm fast in die Arme gelaufen, weil Rosa zu früh dran war. Gerade noch hatte ich sie zurück zur Straße winken können. Wir hatten auf dem Bürgersteig gewartet, demonstrativ arglos an den Zaun vom Sanitärgeschäft gegenüber gelehnt.

»Der Wieland war übrigens dabei, als der Reichelt Senior sich erschossen hat«, hatte ich gesagt. Ich war ein bisschen stolz auf diese Schauergeschichte. »Der Reichelt hat mit dem Wieland bei sich zuhause zu Abend gegessen. Die Männer haben über das Geschäft geredet, Adele Reichelt hat ihnen eine Fischsuppe gekocht, Henri war bei uns im Wirtshaus. Danach hat sich der alte Reichelt kurz aufs Klo entschuldigt, und dann ist eine Weile nichts passiert. Irgendwann hat es gekracht, und im Klo lag der Reichelt mit einer Kugel aus seinem alten Revolver im Schädel.«

»Das klingt ja wie aus Via Mala.« Rosa schien ziemlich begeistert. Ich hatte ihren Geschmack getroffen. »Weiß man warum?«, hatte sie nachgefragt.

»Nein, nichts weiß man. Ganz ruhig und zufrieden hat der Reichelt angeblich beim Abendessen noch gewirkt. Dem Sägewerk ging's mit den Finanzen nicht so gut, aber die Ziegelei hat das locker aufgefangen. Manche Leute in Praam behaupten, der Reichelt habe sich wegen seiner Frau erschossen, weil sie ihn so drangsaliert hat.«

»Klingt nicht besonders plausibel. Und außerdem dumm.«

»Du kennst die Frau nicht, die ist wirklich merkwürdig«, hatte ich gesagt. Und ihr von der schwarzen Dele erzählt.

Die Witwe Reichelt kleidete sich nach dem Selbstmord ausschließlich in Schwarz, womit sie ihren Namen weg hatte. Überall, wo sie hinkam, brachte die schwarze Dele irgendetwas mit, bevorzugt Minzschokolade, und sie spendete großzügig allen Vereinen und der Kirche. Immer wenn ich sie sah, wirkte sie noch dürrer und wirrer, also würde sie sich langsam auflösen. Nur ihr Haar blieb ein voluminöses Nest aus stark gefärbten schwarzen Drähten, ihr Rouge war so dunkel, dass es wie Hämatome wirkte, und ihre Stimme so nagend, dass man sie bis in mein Zimmer hinauf hörte, wenn sie unten am Ausschank von den Albino-Hasen erzählte, die sie züchtete.

Die Theorie, dass die schwarze Dele ihren Mann in den Wahnsinn getrieben hatte, hielt sich hartnäckig, allerdings gab es auch solche, die die Rolle vom Wieland an jenem Abend hinterfragten. Manche älteren Frauen bekreuzigten sich, wenn der Wieland an ihnen vorbeiging, als wäre er ein schlechtes Vorzeichen. Sie nannten ihn heimlich »Sensenmann«.

»Wo wohnt die schwarze Dele?«, hatte Rosa gefragt, ihren Fuß in den Zaun verhakt.

»Die Villa steht oben über dem östlichen Ortsrand«, hatte ich geantwortet. »Da, wo der Hohe Rücken anfängt. Das Haus mit der Birkenallee.«

»Das mit der eigenen Straße?« Rosa war angefixt. »Lass uns da hingehen. Und nach Minzschokolade fragen.«

»Auf gar keinen Fall«, hatte ich gesagt. Entschieden. »Mir macht die schwarze Dele Angst. Und in der Villa soll immer noch der Geist vom Reichelt am Klo sitzen. Hinter dem Garten ist noch dazu so ein alter Polenfriedhof aus dem Krieg. Ich glaub, die Dele stammt auch aus Polen.«

»Langsam hast du mich so weit. Praam ist eine Schau.«

»Dabei wollte ich dir eher das Gegenteil beweisen.«

»Wolltest du nicht.«

Während ich auf sie wartete und darauf, dass der Wieland Feierabend machte, wurde mir langsam kalt. Irgendwann stieg er endlich in seinen roten Toyota Starlet und fuhr nach Hause, während der Wind noch mehr von den schwarzgrauen Wolken über dem Sägewerk anhäufte. Der ganze Tag war eine Plage gewesen, angefangen von einem unangekündigten Test im Biologie GK bis hin zu einer Geburtstagsgesellschaft im Gasthaus. Nur Rosa konnte ihn retten.

Ich war unschlüssig, ob ich sie hier am Schlagbaum abfangen oder zwischen den toten Baumstämmen auf sie warten sollte. So machten wir es normalerweise, weil es ein Spaß war, nicht zu wissen, wo der andere saß, und im schlimmsten Fall ein paar Minuten durch das Holzlabyrinth schleichen zu müssen.

Doch noch bevor ich am Schlagbaum und dem seit Jahren ungenutzten Pförtnerhaus vorbei war, ging ein Sturz aus Wasser in den Hof vom Sägewerk nieder, und ich war innerhalb von wenigen Sekunden triefnass. Der Regen war noch kälter als befürchtet.

Ich lief zum Holzlager und stellte mich auf der Rückseite der Haupthalle unters Vordach mit Blick auf den Baumfriedhof. Von Rosa nach wie vor keine Spur. Ich hätte nach ihr rufen können, aber die Vorstellung, ihren Namen laut zu rufen, fühlte sich an, als würde ich sie und unser Spiel kompromittieren. Außerdem war ich mir sicher, dass sie nicht hier war. So was spürt man, wenn man verliebt ist und fixiert. Alle Sinne sind dann hochempfindlich, alle Antennen empfangen. Man sieht mehr als sonst, man hört besser, und alles riecht nach irgendetwas.

Ich wartete beinahe eine halbe Stunde und sang Lieder vom weißen Album der Beatles vor mich hin, das mir mein Onkel Albert überspielt hatte. Es hörte nicht auf zu regnen, aber die Enttäuschung darüber, dass sie nicht gekommen war, ließ mich den Regen teilnahmslos ertragen, er war ja nur die Untermalung meines eigentlichen Leids. Schließlich sah ich auf die Uhr. Die Zeit hatte wieder Zähne.

Auf dem Weg nach Hause lief ich zurück zur Markplatz-Kreuzung und bog in die Praamer Hauptstraße ein.

»Bub, geh schnell heim, wirst sterbensnass«, rief mir die Nowak vom Edeka-Laden aus hinterher. Sie hatte ihre Ladentür offensichtlich nur wegen mir aufgerissen, musste mich durch die Glastür gesehen haben.

»Bin ich schon«, rief ich zurück.

Durch den Regen hindurch spiegelte sich ein schwächelndes Abendrot auf der nassen Hauptstraße, glühte wie ein mattes Leuchtfeuer, das mir den Weg nach Hause wies. Ich ging durch den Haupteingang direkt in die Wirtsstube, wo der Fernseher eingeschaltet war und die Arbeiter durcheinander nach Getränken riefen und mich nicht weiter beachteten. Meine Mutter stand an der Theke und sah mitgenommen aus. Sie hatte eigentlich immer noch ein mädchenhaftes Gesicht, das sie aber unnötig streng machte, indem sie sich ihre Haare strikt nach hinten legte und am Hinterkopf mit Spangen festnagelte. An diesem Tag fehlten ein paar Spangen.

»Du bist ganz nass«, sagte sie.

Das Mitgenommene stand ihr, fand ich.

»Wir haben beim Christoph Platten gehört«, sagte ich.

Ich setzte mich an den Belegschaftstisch, ein Katzentisch, links im Eck neben der Theke an der Wand, damit er der zahlenden Klientel keinen Platz wegnahm. Irgendwann brachte mir unsere Serviererin eine Cola-Mix und ein Kinderschnitzel, weil ich nicht viel Hunger hatte.

Gegen acht ging mein Vater nach oben ins Wohnzimmer, um mit meiner Mutter bei einer Zigarette und einem Glas Rotwein die Tagesschau anzuschauen. Das machten sie immer so. Meine Mutter erledigte danach meist noch Schreibangelegenheiten und ging früh zu Bett, der Vater wieder hinunter in den Ausschank. Vor ein paar Jahren noch waren meine Schwester und ich fester Bestandteil des Fernsehrituals gewesen, und egal wie horrend die Nachrichten ausfielen, diese tägliche Versammlung war der Höhepunkt unseres Familienlebens. Es bestand kein Bedarf an Konversation, das erledigte die Tagesschau, es war ein Treffen ohne Pflichten, Aufgaben oder Gäste. Niemand redete, aber man fühlte sich auch nicht unwohl. Dennoch hatte ich mich vor ein paar Jahren aus dem Happening zurückgezogen, weil ich einfach lieber alleine Musik hörte, statt mich mit Ajatollah Chomeini zu beschäftigen. Meine Schwester war dem Team Tagesschau treu geblieben.

An diesem Abend saß ich im schwarzen Zimmer und achtete auf die Texte der Cure-Platte, die Rosa mir geliehen hatte. In dem Song, der gerade lief, ging es um den blinden Glauben an Trends, zumindest wenn mein Englisch reichte. Aber ich konnte nicht anders, als es wie eine Botschaft Rosas aufzufassen. »In der Menge hinterlässt du keine Spuren«, sang Robert Smith, und obwohl ich wusste, dass das Schwachsinn war, sagte mir Rosa dadurch: »Lass uns zusammen Spuren hinterlassen.«

Irgendwann hörte ich dumpf durch die Kopfhörer meinen Vater rufen. Wahrscheinlich nicht das erste Mal. Mein Vater rief sonst nie nach mir. Er hob überhaupt nie die Stimme. Selbst in der Wirtschaft, wenn er einen Streit zwischen Betrunkenen schlichtete, blieb er leise, als wär ihm jedes laute Wort zu anstrengend.

Als ich ins Wohnzimmer kam, dieses für immer hellbraune Ensemble aus Raumteiler, Couch, Sesseln und einem Schaukelstuhl aus Bambusholz, saßen meine Eltern bereits in einer Reihe mit meiner Schwester auf der Couch und starrten in den Fernseher. Mein Vater winkte mich zu sich. Ich setzte mich auf den Boden, lehnte mich an den gläsernen Couchtisch.

»Schau«, sagte er. »Jetzt ist es so weit. Wie in Harrisburg.«

»Unsinn«, sagte meine Mutter.

Im Fernseher saß die Nachrichtensprecherin mit einer aufgeplusterten Jacke in teilnahmslosem Braun und einer allen Naturkatastrophen trotzenden Frisur. Hinter ihr war eine Landkarte zu sehen, die für mich auf den ersten Blick keinen Sinn ergab. Ganz oben standen in Großbuchstaben die Namen der Länder NORWEGEN, FINNLAND, SCHWEDEN und DÄNEMARK. Es waren Länder, die mich nicht interessierten, in denen in meiner Wahrnehmung nie etwas passierte.

Unter DÄNEMARK stand in normalen Buchstaben *Bonn* geschrieben, und rechts daneben auf einer nicht enden wollenden grünen Fläche, die wohl die Sowjetunion darstellte, waren ein Turm und eine Art Silo abgebildet, darunter stand *Tschernobyl,* was mir rein gar nichts sagte. Erst dann fiel mir die Nachrichtenüberschrift in großen gelben Lettern unterhalb der Landkarte auf: *Nuklearbrand nicht unter Kontrolle.* Okay, *Nuklearbrand* klang unschön. Von Harrisburg hatte ich natürlich schon mal gehört. Obwohl es mich interessierte, kämpfte ich gegen die Müdigkeit. Zudem war ich noch getroffen von Rosas Ausbleiben, vorhin im Sägewerk.

»Es scheint sicher, dass der Reaktorkern teilweise oder auch ganz geschmolzen ist«, sagte die Nachrichtenfrau. Dann folgte ein Bericht, in dem ein Sprecher der sowjetischen Regierung etwas vor einem dunkelblauen Hintergrund verlas. *Sowjetisches Fernsehen heute Abend* stand auf dem Bild. Der sowjetische Sprecher trug einen braunen sehr gut sitzenden Anzug, eine große Vertrauen einflößende Brille und fand genau den richtigen Rhythmus zwischen Vom-Blatt-Ablesen und In-die-Kamera-Schauen. Ich hatte nicht das Gefühl, jemand in die Augen zu blicken, der nur mühsam eine Panik unterdrückte.

»Das ist jetzt der GAU«, sagte mein Vater, als habe er das schon immer vorhergesehen. In Wirklichkeit hatte ich ihn zumindest in meiner Gegenwart noch kein einziges Mal von Atomkraft reden hören.

»Unsinn«, sagte meine Mutter. Legte ihre Hände unter ein Kissen auf ihrem Schoß. »Es ist nur eine Havarie.«

»GAU hat auch die Sprecherin gesagt«, sagte mein Vater.

»Was ist ein GAU?«, fragte meine Schwester, schüttelte ihre Locken, als müsste etwas aus ihnen herausfallen. Das Schütteln ihrer unbezwingbaren Locken war ihr bevorzugter Ausdruck dafür, wenn sie etwas nicht verstand und genauer wissen wollte. Es war eine kleine Erpressung. Sag mir alles, oder ich schüttle mich weiter.

»Ruhig jetzt«, sagte mein Vater. Der sonst nie jemand zur Ruhe rief. Wenn wir ihm zu laut waren, machte er einfach nur den Fernseher lauter.

»Die bei dem Unglück freigesetzte Radioaktivität werde noch gemessen, hieß es«, sagte jemand im deutschen Fernsehen, der den Bericht aus dem sowjetischen Fernsehen kommentierte.

Nun folgte ein Archivbeitrag aus einer Schaltzentrale, in der Männer mit weißen Kitteln etwas an Apparaturen einstellten, vermutlich eine Aufzeichnung aus dem Kernkraftwerk, das es erwischt hatte. Eine Sprecherstimme erzählte von Kilowatt, Energieblöcken und Reaktoren, und ich fragte mich, warum die Stimme nicht sagte, was eigentlich los war. Die Fachbegriffe verstand doch niemand, der nicht auf Physiker studiert hatte. Die Stimme sprach weiter, jetzt sah man endlich einen Sprecher, der vor der breiten Fotografie einer Stadtlandschaft über die Stimmung in Moskau berichtete. Ich fand es verstörend, dass er die Zuschauer direkt ansprach und in die Kamera schaute, das aber weiter in seinem mechanischen Sprecherton tat. Dieser deutsche Korrespondent war dem sowjetischen Sprecher äußerlich nicht unähnlich, nur sah er wesentlich besorgter aus, und weder Kleidung noch Brille saßen so gut wie beim russischen Kollegen.

»Sowjetische Bürger, jedenfalls hier in der Hauptstadt, zeigten sich weitgehend uninformiert. Als ich heute Morgen auf der Straße und im Aufzug nach dem Unfall in Tschernobyl fragte, entgegneten die meisten Leute: Welcher Unfall?«

Hier kam er zwei, drei Zentimeter auf die Kamera zu, weitete kurz sie Pupillen, um die Ratlosigkeit der Bürger von Moskau dramaturgisch darzustellen. Danach folgte wieder die Nachrichtensprecherin mit der Trutzfrisur.

Draußen regnete es immer noch, man konnte im ersten Stock hören, wie der Regen unten auf die Praamer Hauptstraße fiel, spitz wie Kieselsteine. Ich hatte gerade noch Geduld für das Statement von Innenminister Zimmermann, der mit einem breiten Mund versicherte, eine Gefährdung für die Bundesrepublik sei absolut auszuschließen. Die Gefährdung bestünde nur in einem Umkreis von dreißig bis fünfzig Kilometer um den Reaktor. »Wir sind 2000 Kilometer weg«, sagte er beinahe schmunzelnd.

Ich wollte weg aus dem Wohnzimmer. Wollte meine Ruhe haben.

»Da schau, überhaupt keine Gefahr für uns«, sagte meine Mutter. Mein Vater schüttelte empört den Kopf. Er war unrasiert, sogar auf den Wangen perforierten schwarze und weiße Barthaare seine Haut, so als wollten sie ausbrechen.

»Was ist denn jetzt ein GAU?«, fragte Elli noch mal.

»Ein GAU ist eine Katastrophe. Für alle, nicht nur für die Russen«, sagte mein Vater.

»Können Sie ausschließen, Herr Minister, dass es ein vergleichbares Unglück auch in der Bundesrepublik geben könnte?«, fragte der Hinterkopf des Interviewers, während ich schon an der Tür stand und noch die Antwort abwartete.

»Das lässt sich ausschließen, ein solcher Reaktor, wie ihn die Sowjetunion hier gefahren hat und wo das Unglück passiert ist, wäre bei uns in der Bundesrepublik Deutschland überhaupt nicht genehmigungsfähig«, sagte der Innenminister. »Er hat ein Kühlsystem, wir haben vier, wir haben eine vierfache Sicherheit, deswegen sind die deutschen Reaktoren die teuersten, aber auch die besten in der Welt.

Seine Selbstgefälligkeit wirkte auf mich abstoßend und beruhigend zugleich. Der Mann war ein Arsch, aber er fühlte sich als Herr der Lage, auch wenn er wahrscheinlich nicht die geringste Ahnung hatte, wie schlimm der Unfall wirklich war. So Leute muss es auch geben, dachte ich mit der Hand am Türgriff. Wenn jeder alles erst im Detail ergründet, bevor er sich äußert, steht die Welt still. Unwissen, gut präsentiert, vermittelt mehr Sicherheit als die ehrlichste Ratlosigkeit. Ich musste an den Böhmi denken.

»Psssst«, sagte mein Vater, obwohl keiner etwas gesagt hatte.

Die Nachrichtensprecherin war wieder im Bild und sprach von einer radioaktiven Wolke, die sich nach Nordwesten sichelförmig ausbreite, sie treibe aber im Grunde wieder zurück an ihren Ursprungsort, behauptete sie.

»Wer weiß, ob der Regen da draußen überhaupt noch sauber ist«, sagte mein Vater.

»Jetzt hör auf, Karl, du machst den Kindern Angst«, sagte meine Mutter. Legte sich ein zweites Kissen in den Schoß. Schön sah sie jetzt aus mit beiden Händen so scheu unter dem Kissen und ihrer aufgebrochenen Frisur. Mein Vater schaltete auf den österreichischen Sender zur *Zeit im Bild* um, wo ich gerade noch aufschnappte, dass die Strahlung in Österreich trotz gestiegener Werte nur ein Tausendstel des Werts betrug, der als gesundheitsschädlich galt. Dann reichte es.

Eine halbe Stunde später, als schon *Ein Platz für Tiere* lief, klopfte meine Mutter.

»Rosa ist am Telefon«, sagte sie, und ihr Mund war ein Strich. Ich versuchte, nicht sofort vom Bett aufzuspringen, und ging betont langsam hinter meiner Mutter nach unten zum Telefon.

»Hast du die Nachrichten gesehen?«, fragte Rosa.

»Ja«, sagte ich. Drückte den Hörer eng an den Kopf. »Warst du deshalb nicht beim Holz?«

»Nein«, sagte sie, »da wusste ich doch noch nichts. Mein Vater hat mich in Schyren abgeholt und ist urplötzlich mit mir ins Eiscafé gegangen.«

»Was für ein Eiscafé?«, fragte ich.

»Keine Ahnung, irgendein Eiscafé halt, mit Tischen und Eisbechern«, sagte Rosa.

»Dann wart ihr beim Seethaler«, sagte ich.

»Kann sein. Ich konnte auf jeden Fall nicht Nein sagen, weil das ein Gespräch über die Zukunft war.«

»Welche Zukunft?«, fragte ich.

»Dass wir hier nur übergangsweise sind, bis wir uns alle erholt haben, bis er eine berufliche Perspektive hat. Dass wir uns hier nicht festleben sollen, dass ich dir keine Hoffnungen machen soll.«

»Mir? Keine Hoffnungen? Weiß er denn, dass wir uns näher kennen?«, fragte ich. »Hast du ihm was erzählt?« Ich war fast stolz.

»Der Bäcker hat ihm erzählt, dass wir uns treffen«, sagte sie.

»Aber wir waren doch nur einmal beim Bäcker«, sagte ich mehr zu mir selbst, ahnend, dass das für die Praamer als Sensationsnachricht vollkommen ausreichend war.

»Hat er dir was verboten?«

»Er erteilt grundsätzlich keine Verbote. Er ist doch der sanfte Riese«, sagte sie. »Seine Enttäuschung ist schlimmer als jedes Verbot.«

»Was sagst du zum GAU?«, fragte ich, weil ich nichts von der Enttäuschung ihres Vaters hören wollte.

»Ich weiß nicht. Das ist so weit weg, meint mein Vater. Beunruhigt wirkt er schon, aber beunruhigt wirkt er ja auch sonst.«

»Die Russen …«, fing ich an.

»Ukrainer meinst du«, sagte Rosa.

»Natürlich.« Ich kam mir dumm vor. Hatte keine Lust mehr, den Satz zu beenden. »Wann sehen wir uns?«, fragte ich stattdessen.

»Am Donnerstag«, sagte sie. »Wenn es nicht regnet. Man weiß noch nicht, was im Regen ist, sagt mein Vater.«

»Wasser ist drin. Wir finden eine Lösung«, sagte ich.

»Sehr lustig«, sagte sie, ohne abfällig zu klingen, und legte auf.

Als ich zurück in mein Zimmer gehen wollte, kam mir meine Mutter aus dem Wohnzimmer entgegen. Sie hatte ihr Haar wieder geordnet, so als hätte der Tag gerade erst begonnen. Sie stellte sich mir an der Treppe in den Weg.

»Mach dir keine Sorgen wegen der Havarie. Das ist weit weg«, sagte sie, und ihre Fingerspitzen berührten meinen Pullover am Ellenbogen.

Sie sprach sonst nie Unannehmlichkeiten direkt an.

»Ich mach mir eh keine Sorgen«, sagte ich und fühlte ein Kratzen im Hals. Oft ein Vorbote der kleinen Malaria.

»Diese Rosa Meyer magst du, oder?«

»Was?«, fragte ich, weil ich hoffte, mich verhört zu haben. Mit meiner Mutter über Rosa zu reden, war beinahe so schlimm wie dieser grauenvolle Moment mit zwölf, wo ich wehrlos in der Badewanne lag und sie hereinkam und mich einfach aufklärte, mir dann die Haare wusch und wieder ging.

»Ich hab gehört, dass ihr euch trefft«, sagte sie und rückte nochmals ihr eh ohnehin fürchterlich symmetrisches Haar zurecht.

»Was gehört?«, fragte ich. Leicht ungehalten schon.

»Nicht in dem Ton«, sagte sie. »Ich hab's halt gehört. In Praam reden die Leute, weißt du doch. Vor allem über uns.«

Das sagte sie immer genau so: »Vor allem über uns.« Weil wir das Gasthaus hatten, weil wir angeblich die geldigen Leute waren, weil wir nicht regelmäßig in die Messe gingen.

»Dass sich dein siebzehnjähriger Sohn mit einem Mädchen trifft, ist dir also nicht recht? Soll er lieber im Rosenkranz sitzen und wie ein Geisteskranker eine Stunde lang dasselbe Verserl wiederholen?«

»Motz mich nicht an«, sagte sie betont gefasst. »Du kannst dich treffen, mit wem du willst. Ich weiß nur, dass die Meyers hier nur vorübergehend sind, bis sie sich wieder situiert haben. Die haben kein Interesse an Praam.«

»Das geht dich doch alles überhaupt nichts an«, sagte ich und trat gegen das Treppengeländer, sodass es nachvibrierte.

Mein Wutausbruch ließ ihr Gesicht versteinern. Sie sagte nichts weiter, sondern schritt bloß betont würdevoll an mir vorbei die Treppe nach oben. Mir war klar, dass sie in den nächsten zwölf bis achtzehn Stunden kein Wort mehr mit mir wechseln würde.

In meinem Zimmer hörte ich die Pogues. Das nervöse *The Sick Bed of Cúchulainn* wiegelte mich weiter auf, ich trommelte mit den Fingern auf dem schwarzen Schreibtisch den polternden Rhythmus mit und zeichnete gleichzeitig an einem fiktiven Plattencover einer fiktiven Band herum. Ich dachte an Rosa und daran, dass ihr Vater und meine Mutter uns quasi synchron bescheinigt hatten, wie aussichtslos die Beziehung war. Ich schaute aus dem Fenster hinunter auf die Praamer Hauptstraße in Richtung Ortsausgang. Kein einziges Auto fuhr. Der Regen war unsichtbar auf den schwarzen Feldern hinter dem Ortsschild. Nur unter der über der Straße gebogenen Straßenlampe vor unserem Haus wurde er sichtbar, wenn er auf den Mittelstreifen fiel.

6
WASSERSCHLOSS

»Tiefkühl ist King«, sagte der Böhmi. Es war Mittwochnachmittag, und wir standen im *Zeitschriften Riederer* in Schyren. Der Böhmi hätte eigentlich in der Berufsschule sitzen müssen, hatte sich aber nach der dritten Stunde krankgemeldet. Erkältet war er tatsächlich, da er am Vortag im Regen mit dem Motorrad ohne Helm über den Jakobiweg von Schyren nach Praam gefahren war.

Der Jakobiweg kürzte die Strecke von Schyren nach Praam um beinahe zwei Kilometer ab, er war nicht geteert und führte aus Schyren hinaus unter dem Kloster vorbei, den Hohen Rücken entlang und endete am östlichen Ortseingang unterhalb der Villa Reichelt in Praam. Vor der Säkularisation hatte das Kloster den Benediktinern gehört, die hatten den Jakobiweg zusammen mit Lehnarbeitern des damaligen Praamer Schlossherrn gebaut. 1986 nutzten den Jakobiweg außer Sonntagsspaziergängern und unbehelmten Motorrad-Rasern wie dem Böhmi hauptsächlich die Nonnen vom Armen Franziskanerorden, die zu Fuß gingen oder mit dem Damenfahrrad nach Praam oder darüber hinaus radelten.

Wir standen vor den Musikmagazinen, und der Böhmi kaute auf einem Kaugummi herum, den er grade erst im Supermarkt geklaut hatte. Der Böhmi klaute nicht, weil er kein Geld hatte, sondern weil er sich wehren wollte, sagte er. Wogegen?, fragte ich dann. Gegen die Struktur, sagte er, ohne sich weiter erklären zu wollen.

Ich hatte am Mittwoch immer die fünfte und sechste frei, und so verabredeten wir uns regelmäßig bei den Zeitschriften und danach in der gegenüberliegenden Pizzeria Garda. Diese beiden Stunden, in denen die meisten noch im Grundkurs Physik saßen, waren mit die schönsten der ganzen Woche. Ich liebte es sehr, zu einer Zeit frei zu haben, wo wirklich jeder andere Mensch einer Verpflichtung nachging. Wenn man dann durch Schyren lief, war es, als hätte man einen versteckten Garten entdeckt.

Überhaupt war die Kollegstufe eine große Erleichterung nach all den Jahren restriktiven Schullebens. Dem Unterricht fernbleiben zu können ohne die Unterschrift der Eltern, die geringeren Wochenstunden, das Ablegen von Physik und die Tatsache, dass die meisten schon einen Führerschein hatten und sogar in der kleinen Pause im Auto rauchend mit Van Halen durch die Klostersiedlung von Schyren bretterten. Die fünfzehn Minuten der kleinen Pause reichten völlig aus. Drei zum Auto, vier für *Panama*, eine fürs Vorspulen zu *Hot For Teacher*, fünf für den Song, zwei zum Parken und eine zu spät zurück im nächsten Kursraum.

Die Autos waren die Autos unserer Eltern: ein roter Golf, auf dessen Armaturen immer eine Schicht Zigarettenasche lag, bis man einstieg und sie durch die Lüftung in der Luft verteilte, ein goldfarbener 280er-Mercedes und ein grauer Audi 80 Quattro mit speziellen Boxen im Kofferraum, die bei den ersten Schlagzeugschlägen von *Panama* die Karosserie erzittern ließen.

Der Druck, die notwendigen Punkte und Noten fürs Abitur zu sammeln, oder auch das Abitur selbst konnten mich nicht unterkriegen. Mit meinen Leistungskursen in Deutsch und Englisch war ich ja jetzt spezialisiert, ich konnte meine Stärken betonen. Da war ein Licht am Ende des Tunnels, und es kam immer näher.

Es regnete seit Montag in einer Tour, gelegentlich nieselte es nur, aber es hörte nie ganz auf. Kalt war es geworden, beinahe undenkbar, dass ich mit Rosa noch vor ein paar Tagen in Untereiling auf den Bierbänken gesessen und Eis gegessen hatte.

»Warum ist Tiefkühl King?«, fragte ich den Böhmi.

»Weil das ganze Gemüse jetzt versaut ist von dem radioaktiven Regen.« Er zog an seinem Kaugummi, bis eine feuchte Schnur draus wurde, die er aus dem Mund baumeln ließ.

»Aber hieß es nicht gestern im Radio, die Wolke wäre längst wieder weg?«, fragte ich.

»Schwarzer, hast du Hirnbrand? Der Schaden ist doch längst angerichtet. Es regnet seit Tagen.«

Er löste die Heftklammern eines Anthrax-Posters aus der Heftmitte heraus und ließ es unter seiner Lederjacke mit den zahlreichen silbernen Reißverschlüssen verschwinden. Während der Böhmi noch ein weiteres Poster aus einer anderen Zeitung stahl, überflog ich die Schlagzeilen der Tageszeitungen. Von einer Wolke über Deutschland war nirgendwo die Rede. Dafür Havarie und Nuklearbrand in Russland.

»Glaubst du wirklich, dass bei uns so viel Strahlung niederging?«, fragte ich den Böhmi.

»Das musst du unseren Atomminister fragen. Der beantwortet dir das sicher gerne und vollkommen wahrheitsgemäß.«

»Wer ist denn der Atomminister?«, fragte ich.

»Na, der Strauß halt«, sagte der Böhmi und zog seine Lederjacke mit den silbernen Reißverschlüssen bis zum Hals zu. »Los, hauen wir ab. Ich brauch Nudeln.«

Am nächsten Tag im Leistungskurs Deutsch erzählte mir der Bartl, dass seine Eltern mit dem Geigerzähler den Garten abgelaufen waren.

»Und?«

»Noch nichts«, sagte der Bartl.

»Noch?«

»Ich darf doch bitten, die Herren«, sagte der Lehrer Spittel, und der Bartl sagte nichts mehr, schaute in seine *Iphigenie auf Tauris*.

Als wir aus der Schule kamen, regnete es in Strömen. Leoprecht Leitner, der Kollegstufensprecher, nahm den Bartl und mich im neuen silbernen Golf II seiner Mutter mit nach Praam, bevor er nach Salching weiterfuhr.

Der Bartl bat darum, vor der Haustür abgesetzt zu werden.

»Du kannst doch auch vom Konstantin aus zu Fuß gehen«, sagte Leo Leitner.

»Es ist nur wegen dem Regen«, sagte der Bartl. Kratzte sich. »Weiß man ja nicht, was drin ist.«

»Alles Propaganda der Grünen. Zukunftsangst schüren. So geht der moderne Wählerfang«, sagte Leo Leitner, dessen Vater Bürgermeister von Salching war. Ich fragte mich, ob es hier in unserer Gegend außer den Eltern vom Bartl überhaupt Grüne gab.

»Schnösel«, formte der Bartl nur für mich sichtbar mit den Lippen, als er sich zu mir umdrehte, bevor er ausstieg.

Zuhause setzte ich mich an den Personaltisch, bestellte Rouladen mit Chinakohl und schaute der Katl, unserer Schankhilfe, dabei zu, wie sie acht Weizengläser auf ein und dasselbe Tablett stellte und sie zum Stammtisch brachte, der sich angeregt über den Reaktorbrand unterhielt und über die Russen mit ihrem Kommunismus und die daraus resultierenden schlechten Sicherheitsvorkehrungen. Danach ging ich hoch ins schwarze Zimmer und las eine Weile im *Silmarillion*. Ich ließ die Tür nur angelehnt, damit ich das Telefon hörte und schneller rangehen konnte als meine Mutter. Leider schlief ich über dem Buch ein und wurde von dem weit entfernten Klingeln eines Telefons geweckt. Ich fühlte mich kränklich, als meine Mutter an die Tür klopfte und sagte: »Für dich.«

»Mein Vater hat mir verboten, rauszugehen«, sagte Rosa. Ich stand barfuß im Flur, hob die Zehen an, um sie von den kalten Fliesen fernzuhalten. Der Hörer war zentnerschwer.

»Nicht dein Ernst. Warum denn?«

»Wegen dem Regen. Unsere Nachbarn haben schon ein undichtes Küchenfenster mit Brettern vernagelt.«

»Absurd.«

»Wo treffen wir uns?« Ihre Stimme war leiser geworden. »Das Holzlager ist wahrscheinlich längst davongeschwemmt worden. Wir brauchen was mit Dach.«

»Mein Zimmer hat ein Dach«, sagte ich.

Mir war natürlich klar, dass das nicht ging. Es war vollkommen unmöglich, jemanden in mein Zimmer zu schmuggeln, ohne dass die Gäste und damit das halbe Dorf davon erfahren hätten, denn auch wenn man den Hintereingang benutzte, musste man am Gästeklo vorbei. Und selbst wenn es uns gelungen wäre, uns unentdeckt durch den Hintereingang einzuschleichen, wäre da noch meine Mutter gewesen, die den ganzen Tag rastlos durchs Haus geisterte, sofern sie nicht gerade in der Küche stand.

»Nein. Tut mir leid. In vier Jahren vielleicht«, sagte sie.

»Dann weiß ich auch nichts«, sagte ich. Dann doch enttäuscht.

»Ich weiß was«, sagte sie. Schnalzte mit der Zunge.

»Und was?« Ich war erstaunt. Bisher hatte ich immer die Orte vorgeschlagen. Das war doch auch mein Vorrecht als Einheimischer.

»Triff mich doch in dem kaputten Bushäuschen. Weißt du, welches ich meine? Hinter der Kreuzung. Um fünf«, sagte sie.

»Okay«, sagte ich. »Dann bis fünf.«

Ich hörte, wie sie auflegte. Schnell und entschieden wie immer.

Wenn man an der Kreuzung am ehemaligen Marktplatz links abbog und weiter auf dem Gehweg lief, kam man an der schmaleren Ostseite des Wasserschlosses vorbei. Auch von hier blockierte die Mauer die Sicht, dahinter die Zwillingsbirken, deren schüttere Kronen fast das Schloss selbst überragten. An der Hauptstraße stand die alte Bushaltestelle, hinter der die Nordmauer begann. Hier stand ich um zwei Minuten vor fünf und wartete auf Rosa. Die Milchglas-Rückwand hatte jemand eingeworfen, und das Blechdach war an einer Stelle tief eingedellt, so als hätte jemand Schweres längere Zeit drauf gestanden. Die Streben waren rostig, und in die modrige, teils schon von Moos überwucherte Holzbank hatten Jugendliche Bands, Fußballvereine oder Initialen eingeritzt. Das K & K an der linken unteren schmalen Vorderkante war von mir. Das hatte mal Karin Zellmair gegolten. Ich kratzte mit dem Finger an einem der Buchstaben herum, keine Ahnung ob an meinem K oder ihrem.

»Was machst du da?«, fragte Rosa, und ich fuhr zusammen. Ohne den geringsten Ton war sie hinter mir aufgetaucht.

»Nichts«, sagte ich und richtete mich umständlich auf.

»Hast du unsere Initialen ins Holz geritzt?«

»Nein. Natürlich nicht«, sagte ich. Zog die Schultern hoch, machte den Böhmi-Gorilla.

»Schade«, sagte Rosa und strich sich eine nicht existente Strähne hinter die Ohren.

»Soll ich?«, fragte ich.

»Auf keinen Fall«, sagte sie. »Wolff?«, fragte sie. »Wie viele Freundinnen hast du schon gehabt?«

»Insgesamt?«

»Nein, nur heute.« Sie lächelte mit dieser etwas zu groß geratenen oberen Reihe aus Vorderzähnen, die genauso weiß waren wie ihre Haut. »Natürlich insgesamt.«

»Zwei, glaube ich«, sagte ich und unterschlug dabei Sabine aus Oberpfeffenhausen, die auf der Party vom Böhmi mit vier verschiedenen Jungs, darunter ich und der Böhmi, herumgeknutscht hatte. Wir waren nur vier Wochen zusammen. Die vier Wochen bis zur nächsten Party.

Bisher hatte ich gedacht, Rosa würde dieses Thema absichtlich vermeiden. Ich wollte nämlich nicht wissen, mit wem sie schon aller zusammen gewesen war.

»Soso. Glaubst du«, sagte sie. Sah mich belustigt an.

»Du bist nass«, sagte ich. »Hast du keinen Schirm?«

»Kein Schirm«, sagte sie und rieb sich den Regen aus dem Deckhaar zwischen ihren geflochtenen Zöpfen. Sie trug eine schwarze weite Hose und weiße Turnschuhe mit dunkelblauen Streifen, darüber ihre dunkelblaue Regenjacke einer teuren Marke.

»Keine Angst vor dem radioaktiven Niederschlag?«

»Dafür hab ich doch die Regenjacke. Außerdem ist mir die Strahlung egal.« Sie sprach schneller als sonst.

»Die Strahlung ist dir egal?«, fragte ich, gespannt auf eine amüsante neue Rosa-These. Doch die kam nicht.

»Hör mal, Wolff, meine Mutter ist gerade erst gestorben. Wir sind in ein unbekanntes Dorf gezogen. Mein Vater hat eine Depression, ich bin auf einer neuen Schule. Ich hab dich kennengelernt. Ich brauch jetzt keine Strahlung.«

Ich war geschmeichelt, in einem Satz neben den Katastrophen zu stehen. Nur, dass sie mich plötzlich Wolff nannte, schmeckte mir nicht.

»Verstehe. Tut mir leid. Was machen wir hier?«, fragte ich.

»Wir verstecken uns gleich«, sagte sie. Bohrte ihren Finger in meine Seite.

»Vor wem?«

»Vor dem Wetter. Vor den Leuten. Vor der Strahlung, vor der du so viel Angst hast.«

»Und wo?«

»Vielleicht kommst du selbst drauf.«

»Im Schloss?«, fragte ich. Weil ich natürlich schon die ganze Zeit daran dachte.

»Warum nicht?«, sagte sie.

»Und wie willst du da reinkommen?«

»Bist du hier der Ureinwohner oder ich?«

»Ich kenne tatsächlich eine Stelle. Aber die ist nicht ganz ohne«, sagte ich.

»Auf der Nordseite, direkt hinter uns.« Ich machte eine Kunstpause. »Aber man muss klettern können.«

»Kein Problem.« Sie schaute mich fest an, als hätte ich sie zu einem Wettkampf aufgefordert.

»Dann schnell, bevor es dunkel wird«, drängte ich. Weil ich nicht wollte, dass alle Initiative von ihr ausging.

Hinter dem kaputten Bushäuschen gab es einen Trampelpfad, der an der Nordmauer vom Schloss entlang auf die Gurkenfelder hinausführte. Das nasse kniehohe Gras in der Mitte des Pfads streifte unsere Hosen, färbte sie noch dunkler. Die Stelle, an der die Mauer eingestürzt war, sah tatsächlich nicht gerade einladend aus. Ein dichtes Gestrüpp aus kargen Büschen hatte sich in die entstandene Lücke gedrängt, aber immerhin bildete das zusammen mit den unteren Mauerresten eine Art Podest. Ich kletterte rechts von dem Loch auf die Mauer und reichte Rosa die Hand. Sie schüttelte den Kopf, kletterte mir hinterher, machte es keinen Deut schlechter als ich.

Es regnete wieder stärker, als wir auf der Schlossmauer standen und für einen kurzen Moment zuschauten, wie der Regen lautlos in den Wassergraben unter uns fiel. Von hier oben konnte man auch das lange Stallgebäude rechts vom Haupthaus sehen. Aus der Schule kannte ich Bilder vom Schloss, so wie es früher ausgesehen hatte, weit vor dem Ersten Weltkrieg. Es gab keine Mauer und kein Tor, den Wassergraben durfte jeder überqueren, jeder konnte in den Park. Auf dem Bild waren auch die langen Stallungen zu sehen gewesen.

»Wie kommen wir über das Wasser?«, fragte Rosa.

»Eine Brücke gibt es nur am Haupteingang. Wir müssen am Graben entlanglaufen, einmal ganz herum.«

»Da unten ist es schlammig«, sagte sie.

»Wahrscheinlich. Vielleicht doch keine so gute Idee?«

»Würdest du mich denn nicht gerne in einem echten Schloss küssen?«, fragte sie. Strich sich ein paar Haarsträhnen aus dem Gesicht, die sich beim Klettern aus den Zöpfen gelöst hatten.

»Dann ab in den verstrahlten Schlamm«, sagte ich und ließ mich sitzend von der Mauer in das nasse lange Gras am Wassergraben unten fallen. Ich sank sofort bis zu den Knöcheln ein, Wasser lief in meine Turnschuhe.

»So gefällst du mir, Wolff«, sagte sie und lächelte durch den Regen nach unten. »Wie ist es?«

»Schlammig«, sagte ich, woraufhin auch sie sich fallen ließ. Beim Landen kippte sie nach vorn. Blieb auf den Knien sitzen.

»Alles gut?«, fragte ich.

»Sehr gut«, sagte sie und stand auf. Ihre Hose war unterhalb der Knie tiefschwarz und nass.

Bei der Umrundung des Wassergrabens kamen wir an der Rückseite des Schrannerhofs vorbei, die aussah wie eine Feuerwand.

»Keine Fenster?«, sagte Rosa. »Schade, wenn man schon mal neben einem Schloss wohnt, oder?«

»Der letzte Gaugraf wollte wohl keine Zuschauer«, sagte ich.

Sie nahm meine Hand, ließ sich von mir bis zum verketteten Haupttor ziehen. Vor uns leicht rechts erhob sich das Haupthaus mit seinem steilen Giebeldach. Neben dem Haupthaus stand der weiße Zwiebelturm mit dem schiefen Kreuz, auf seiner Westseite zwei kleine Fenster übereinander wie Schießscharten und ganz oben unter der Zwiebelhaube ein einziges großes. Die Fassade des Turms war ziemlich heruntergekommen, und auch das Haupthaus sah nicht gerade frisch gestrichen aus, nur die Stellen, wo die weiße Farbe intakt geblieben war, leuchteten blass in den Regen hinein. Man spürte förmlich, wie die frühe Dunkelheit heranbkroch, sich durch den Regen in den Schlossgarten wand.

Die geländerlose Brücke, über die wir den Hof betraten, war breit genug für ein Auto und an den Rändern so überwuchert, dass man das Wasser im Graben durch das hohe Gestrüpp nur erahnen konnte. Dahinter führte ein moosiger Kiesweg aufs Schloss zu, teilte sich aber nach wenigen Metern. Rechts beschrieb er eine Kurve hin zum Haupthaus. Geradeaus führte er zu den Ställen. Zwischen Stall und Schloss konnte man noch eine Art Gartenanlage erahnen. Auf einem Pfeiler saß die bronzene Skulptur eines Uhus, der uns interessiert zuschaute.

Rosa zog mich an der Hand zum Haupteingang.

»Wer hat hier zuletzt gewohnt?«, fragte sie.

»Mir hat jemand erzählt, dass der Schlossbesitzer das Schloss mal als Familienwohnung untervermietet hat. Da wurde es auch zuletzt von außen angestrichen. Komisch war das. An irgendeinem Montag ging ich zur Schule, und dann war es plötzlich weiß. Ist eine Weile her, wie man sieht.«

»Wem gehört es?«

»Dorfgeheimnis. Man weiß es nicht genau. Der Besitzer will anonym bleiben«, sagte ich. Sie verdrehte die Augen.

»Aber in einem so kleinen Ort bleibt das doch nicht geheim.«

»Dann find's du doch raus«, sagte ich, zog sie zu mir. Sie lehnte sich mit dem Rücken an mich, ich küsste sie im Nacken. Sie wand sich aus meiner Umarmung. Schaute mich regenbegossen, aber gut gelaunt an.

Die grüne Holztür unter dem Eingangsportal war recht schmal, der Griff war nicht mehr dran, man sah noch seine Umrisse und das Schlüsselloch. Die Tür ließ sich nicht öffnen, und der Turm besaß keinen eigenen Eingang. Im Erdgeschoss gab es zwei große Fenster, aber die waren außen mit Spannholzplatten verbarrikadiert. Kein Zugang.

»Schade«, sagte Rosa. Hüpfte auf der Stelle. »Meine Schuhe sind so nass.«

»Vielleicht über die Rückseite«, sagte ich. Deutete rechts am Zwiebelturm vorbei.

»Na dann los.« Rosa rieb sich die Hände.

Der Turm teilte das Schloss im Grunde in zwei Hälften. Links das Haupthaus, rechts das kleinere, an dessen Seite wir uns auf die Rückseite vorarbeiteten, vorbei an sich in alle Himmelsrichtungen spreizenden Zweigen, Sträuchern und Gebüschen. Wir mussten jetzt auf Höhe des Kriegerdenkmals sein. Wir kamen an einem Kellereingang mit einer Stahltür vorbei, in dem das Wasser ganz sicher einen halben Meter hoch stand.

Allerdings verließ mich die Zuversicht, dass ich das Schloss jemals von innen sehen würde. Merkwürdig, dass man aufwuchs, ein waschechtes Schloss vor der Haustür, aber nie betrat es jemand. Die Erwachsenen ignorierten es, und wir machten es ihnen nach. Es verfiel einfach so vor sich hin. Hätte wenigstens jemand eine gute Geistergeschichte dazu erfunden. Aber nichts. Da musste erst Rosa kommen.

Auf der Rückseite vom Haupthaus war zu meiner Erleichterung ein Fenster zerbrochen. Ich hätte keins einwerfen wollen. Ich deutete darauf.

»Nicht, dass schon jemand drin ist«, sagte ich. Lächelte Rosa schief an.

»Sehen wir ja dann«, sagte sie und machte eine Handbewegung, als verscheuche sie ein Insekt.

Vom oberen Fensterrahmen standen noch längere Glaszacken ab, unten und auf der Seite war die Scheibe gründlicher herausgebrochen. Ich kletterte voran, scheute die Glaszacken und reichte Rosa die Hand nach draußen.

»Danke«, sagte sie. »Aber ich brauch beide Hände, sonst skalpiere ich mich.« Immer auf den Schock aus.

Das leere Zimmer, in das wir einstiegen, schimmerte gelblich, als hätte sich das Abendrot vor dem Regen hier hinein geflüchtet. Schmale Dielen, die jemand brachial mit dunkelbrauner Farbe nachlackiert hatte. Tiefgelbe Latexfarbe schützte die Wand, kein Schimmel. Rechts von uns ein Türrahmen ohne Tür, dunkelrote Glanzfarbe. Neben dem Türrahmen ein kleiner Schrank aus Holz, bei dem die Tür fehlte, daneben am Boden eine Käfigkonstruktion. Wie ein Laufstall für kleinere Tiere, mit einer Art Laubengang und darunter Trennplatten aus hellem Holz, die fast so etwas wie einzelne Zimmer und einen Flur innerhalb des Käfigs ergaben. Der Käfig selbst war weiß gestrichen. Bis auf Staub, Sägespäne und ein paar kleinere schwärzliche Klumpen war er leer.

Der Raum kam mir erstaunlich niedrig vor, immerhin befanden wir uns in einem Schloss, es gab auch keinen Stuck oder eine Deckenbemalung. Er hätte auch ein Zimmer in einem ganz normalen Haus sein können. Es roch ein bisschen nach alten Bananen oder nach unserer Waschmaschine, wenn seit einem halben Jahr niemand das Flusensieb gereinigt hatte.

»Und, was sagst du?«, fragte ich.

»Hat was.«

»Hab mir mehr Prunk vorgestellt.«

»So wie Neuschwanstein? Neupraamstein?« Sie fand das anscheinend lustig.

»In etwa«, sagte ich ernst. Roch an ihrem regennassen Hals.

Ihr Zitronenparfüm lenkte von dem Bananenaroma ab. Ich beschloss, in der Nähe ihres Halses zu bleiben.

Durch den kirschroten Türrahmen ging es in eine ehemalige Küche. Auch der Raum war leer bis auf eine alte Spüle, rostig, aber noch mit einem Rohr in der Wand verbunden. Ich drehte den Wasserhahn auf, aber die Rohre im Haus blieben tot. Nicht einmal ein fernes Gurgeln. Eine Vorratskammer schloss sich an, weiße Schränke, wacklige, an die Wand geschraubte Regale, braune und grüne Flecken, leer geräumt. Wir verließen die Küche. Die Tür am anderen Ende des Raumes hing nur noch halb im Scharnier, dahinter Dunkelheit.

»Wir müssen schon was Bequemeres finden«, sagte Rosa.

»Eine Gaugrafen-Suite mit Himmelbett«, sagte ich.

»Genau«, sagte sie knapp, als wollte sie nicht, dass außer ihr noch jemand sarkastisch war.

Es folgte ein langer Gang mit tief hängenden schweren Querbalken, die irgendjemand weiß angestrichen hatte. Dahinter kam eine Tür aus Holz.

»Die führt garantiert in den Saal«, sagte ich und zog daran. Sie war wie zugenagelt.

Vom Saal hatte man uns in der Schule erzählt. Angeblich hatten die Gaugrafen dort noch im letzten Jahrhundert mit der adligen Sippschaft diniert und sich gehen lassen. Aber vielleicht hatte ich diese Vorstellung auch nur aus Filmen.

Rosa lief ohne mich den Gang hinunter, tiefer in die Dunkelheit hinein. An zwei Stellen klafften massive Löcher in der Wand, aus denen rote Ziegel wie Innereien herausschauten, als hätte ein Ungeheuer zwei Stücke aus der Wand gebissen. Das Schloss kam mir vor wie ein vor Langem untergegangenes Schiff, das man gerade erst geborgen hatte.

»Wo willst du hin?«, fragte ich nach vorne in die Dunkelheit.

»Nach oben. Wo es heller ist«, sagte sie. Fand im Dunkeln eine Holztreppe, die ich erst sehen konnte, als ich ihr ein paar Meter den Gang hinunter gefolgt war. Das nächstbeste Licht kam jetzt von oben. Vor uns musste der Haupteingang liegen.

»Findest du nicht, dass es hier komisch riecht?«, fragte ich.

»Es modert nur«, sagte sie.

Ich fragte mich, warum sie eigentlich so neugierig war. Es war doch im Grunde fürchterlich hier. Porös und unfertig zugleich. Lieblos. Nichts erinnerte an ein Schloss, wie man es sich ausmalte. Ich hielt es hier nur wegen Rosa aus, ihr schien es zu gefallen. Aber vielleicht war sie einfach so. Vielleicht hatte sie wirklich keine Angst und war bloß zutiefst neugierig.

Ich war als Erster oben. Rosa hatte ich auf der nach links geschwungenen Holztreppe überholt. Sie ließ sich Zeit, fuhr mit den Fingern das raue Treppengeländer entlang.

»Hier oben riecht es ja noch schlimmer«, sagte ich und schaute mich um. Die Decke im ersten Stock war niedriger als unten.

Rosa erwiderte nichts darauf. Roch sie das nicht?

Oben war ein weiterer Gang mit einer offenen Tür auf der rechten Seite, aus der gelbes Tageslicht drang. Vielleicht ein Schlafzimmer. Anstelle eines Betts lagen unterhalb des Fensterbretts jetzt zwei löchrige Matratzen.

Es hatte aufgehört zu regnen, der Himmel war sogar kurz vor Sonnenuntergang noch einmal aufgerissen. Das warme Licht machte den Raum zum bisher freundlichsten. Links an der Wand stand ein mattgrüner runder Plastikhocker und auf ihm einer dieser runden Vogelkäfige, die man normalerweise an der Decke aufhängte, die dünnen Gitterstäbe weiß lackiert. Darin winzige graue Federn und kleine Holzstückchen.

»Die haben hier Tiere gehalten«, sagte ich mehr zu mir selbst.

»Vielleicht haben sie sie bei satanistischen Ritualen geopfert«, sagte Rosa.

»Ach komm.«

»Hat der Wolff Angst?«, fragte sie. Was mich richtig wütend machte. Ich wollte nicht ihr ängstlicher Zögling sein, dem sie mutig die Welt zeigte. Es war aber nicht nur der gekränkte Stolz, das Schloss hatte sich allgemein auf mein Gemüt geschlagen. Der Flusensiebgeruch, die Löcher in den Wänden, der Verfall.

Ich packte Rosa, halb im Spaß, doch ich packte sie viel zu grob. Sie sagte nichts dagegen. Ließ sich packen. Wir torkelten Richtung Fenster. Ich hielt sie an der Hüfte fest, atmete in ihre Kopfhaut. Dann ließ ich sie los. Ich schämte ich mich für meinen Ausbruch, aber Rosa drehte sich um und zog mich am Pulli zu den Matratzen. Ließ sich drauf fallen, wartete, bis ich hinterherfiel.

Ich wollte gerade ihre Jacke aufmachen, als plötzlich irgendetwas krachte. Etwas Entferntes. Ich richtete mich auf. Da war der Wind, der irgendwo durch ein offenes Fenster kam, das Vibrieren der Scheiben, das Klappern der Scharniere. Als wäre der Wind jetzt durch die Räume auf dem Weg zu uns. Dann war es wieder still.

»Hier ist irgendwo ein Fenster offen«, sagte ich.

Rosa nutzte mein Zögern, um ihre Jacke und ihren Pullover selbst auszuziehen. Sie trug nur noch ein weißes T-Shirt. Ich küsste sie und schob das T-Shirt hoch.

»Wolff«, sagte sie leise.

Als müsste ich ihr etwas beweisen, schob ich meine Hand forsch in ihre Unterhose. Den Knopf ihrer Jeans öffnete ich nicht, um nicht den Moment durch unbeholfenes Herumnesteln zu verderben. Der Knopf drückte von oben auf meinen Mittelhandknochen, während meine Finger sich an kurzen, stachligen Haaren entlang nach unten tasteten.

»Das ist gut, Wolff«, sagte sie, und ich begriff, dass es meine Schuld war, wenn ich ihre Kommentare unangenehm fand. Sie legte eben Wert auf Konversation, sie tat es beim Essen, beim Fahrradfahren, sie tat es jetzt. Es war nicht ihre Schuld, dass mir so vieles unangenehm war. Sie war einfach nicht so erzogen, dass ihr Dinge andauernd unangenehm waren. Ich öffnete nun doch den Knopf ihrer Hose. Rosa hatte den Kopf zur Seite gedreht.

»Alles gut?«, fragte ich.

»Alles gut«, sagte sie. »Keine Sorge.«

Ich musste an den leisen seltsamen Teil aus *Panama* denken, den Sprechgesang von David Lee Roth. *We're ridin a little bit hot tonight. I can barely see the road from the heat comin' off of it.* Dieses Gefühl, als wäre ich ganz woanders. Elendig heißer Sommer, ganz und gar nicht in Praam. Weite Strecken ohne Unterbrechungen. Nicht alle zwei Kilometer ein Dorf und eine Kirche.

Ich zog meine Jacke aus und Rosa mir den Pullover über den Kopf. Sie legte mir die Hände auf den Bauch und stieß mich sanft um, sodass ich mich auf die andere Matratze rollen lassen konnte. Sie legte sich auf mich, ihre Brüste waren so klein, dass sie noch nicht einmal hingen, als sie sich über mich beugte und meinen Gürtel aufmachte. Dann drückte sie ihre Hände gegen meine Schläfen. Bewegte sich auf mir. Ich folgte ihrem Rhythmus, weil ich selbst keinen hatte. Der Wind schmiss erneut ein Fenster auf. Glas zerbrach. Ich setzte mich auf. Rosa hörte auf.

Ich schaute aus dem Fenster. Die Sonne war weg. Der Wind riss an der großen Buche vor dem Fenster.

»Der Geruch ist schlimmer geworden«, sagte ich.

»Bleib bei mir«, sagte sie und drückte mich nach unten. Öffnete meine Hose.

Als sie fertig war, wirkte sie unentschlossen. So als hätte sie etwas vergessen.

Sie roch an ihren Fingern. Dann reichte sie mir ein Taschentuch aus ihrer Jacke. Ich zog mich an. Wieder hörten wir das Fenster schlagen. Der Wind quälte weiter die Buche, und es fing erneut an zu regnen. Wie das ungeduldige Tippen von Fingernägeln auf dem Fensterbrett. Ich stand wieder, aber ich war nicht in Praam, ich war noch in David Lee Roths Panama. Irgendwo, wo es keine gelben Ortsschilder gab, nur Straßen und weite Strecke.

I can barely see the road.

Und wie in den Fieberträumen diese sensationelle Gewissheit, wie hilflos und brüchig man eigentlich war. Die Knochen nur mageres Holz und die Haut nur eine dünne Rinde, die man jederzeit abkratzen konnte. Furchterregend und schön zugleich.

»Schön mit dir«, sagte ich und wollte Rosa noch einmal anfassen, aber sie schob meine Hand weg und sagte: »Mit dir auch.« Sie küsste mich auf den Mund, stand auf und zog sich an.

Sie öffnete die Tür in den nächsten Raum. Vielleicht eine Art langes Speisezimmer, beinahe ein kleiner Saal. Drei ältere Holzstühle aufeinandergestapelt in der Ecke, gleich links, wenn man aus dem Schlafzimmer hereinkam. Sonst nichts. Am Ende des Zimmers war ein Fensterkreuz, zwei Flügel, der rechte offen, das Glas zerbrochen, verstreut auf dem Boden. Von daher zog es. Der dunkle April, den der Wind über die Südseite ins Zimmer holte, vertrieb endlich den süßlichen Geruch.

Ich ging rüber und schloss das Fenster, schob die Glasscherben mit dem Fuß zur Wand. Rosa stand in der Mitte des Raums. Noch mehr lange Strähnen ihres dunkelbraunen Haars waren ihr aus den Zöpfen gefallen, hingen ihre Stirn herunter, immer noch feucht vom Regen. Ihre Jacke war offen, der Saum ihres Pullovers hatte sich am Gürtel ihrer Hose verfangen. Sie war so blass, sie konnte gar nicht echt sein. Sie hatte die Hände nach unten ausgestreckt, die Handflächen offen, die Finger gespreizt, so als nehme sie Kontakt mit Erdgeistern auf. Ihre Handflächen waren ein wenig zu faltig, wie viel ältere Hände.

Links führte eine offene Tür hinaus in den Gang, der an den beiden Zimmern vorbeiführte. Draußen wurde es dunkel. Das Licht wich aus dem Stockwerk.

»Lass uns gehen, bevor wir nichts mehr sehen«, sagte ich.

»Hast du Angst?«, fragte sie.

»Ja«, sagte ich.

»Wovor?«, fragte sie.

»Vor Vampiren.«

»Woher kommt das?«

»Von den ganzen Vampirfilmen.«

»Ich mag dich so, Wolff.« Sie kam mir hinterher, strich mir von hinten über die Schulter.

Ich betrat den Gang. Beinahe kein Licht mehr. Da war der Geruch wieder. Stärker als vorher. Altes Blumenwasser. Noch etwas anderes. Eine kleine offene Tür nach oben ins Schwarze unmittelbar vor uns.

»Riechst du das?«, fragte ich.

»Tote Tiere vielleicht«, sagte sie. »Die ganzen Käfige.«

Ich konnte nicht genau sagen, warum ich die kleine Holztreppe hinaufging, dem Geruch und der Dunkelheit entgegen. Warum ich mich so entschlossen an der unverputzten Wand weiterzog, mich noch nicht mal umschaute, ob Rosa mir folgte. Vielleicht weil der Tag zu sehr nach ihrer Vorstellung abgelaufen war. Weil *ich* dem Tag die letzte Wendung geben wollte, eine, die sie nicht vorhergesehen hatte.

Oben war eine Tür. Nur angelehnt. Ich öffnete sie, stand im Dachstuhl. Irgendwo kam noch Licht her. Irgendwo mussten ein oder zwei Fenster sein, sonst hätte ich nichts sehen können in dieser Kathedrale aus Holzbalken. Ich schaute nach oben. Hinauf in den Dachstuhl. Wie er spitz zulief, sein Ende nicht erkennbar in dem wenigen verbleibenden Licht. Die Wohnräume des Schlosses machten ja nur zwei Drittel des Gebäudes aus, der Rest war Dach, ehrgeizig erhoben über Praam, die einzige Konkurrenz zum Kirchturm. Dann ging ich zu den Fenstern. Und ungefähr zehn Meter vor dem rechten hing ein Mann.

Ich trat an ihn heran, in einer plötzlichen Seelenruhe, als würde ich nur meine Pflicht tun. Er trug einen schwarzen Anzug. Kopf nach unten geneigt, weißes Hemd, offener oberster Knopf, die Augen auf den Boden gerichtet, die schwarzen Augen einer Puppe, tief in die Höhlen gerutscht. Weißes Haar, hohe Stirn, Seitenscheitel, Locken, die sich gegen die Frisur wehrten. Ein weißer Vollbart, sehr gepflegt. Arme, die am Körper hingen, als ob sie demnächst abmontiert würden. Handgelenke. Die Adern dick, die Haut grünlich. Finger.

Ich hatte einen Gedanken, ganz langsam, ganz klar, ohne Panik: Jetzt nicht wegschauen, Schwarzer, sagte ich mit der Stimme vom Böhmi zu mir. Du willst doch immer so viel mehr sehen und wissen. Jetzt nicht wegschauen. Die gelben Ortsschilder sind fort. Hier fängt die grenzenlose Landschaft an. Die weite Strecke. Jetzt nicht wegschauen.

Sein Hals. Kein Seil. Stattdessen ein dünner durchsichtiger Plastikschlauch. Wie aus dem Krankenhaus. Die Haut schwarz, wo er anlag. Die Wangen so glatt und ausgeprägt, dort, wo der Vollbart nicht hinreichte. Der Plastikschlauch kam von einem Querbalken herunter. Kein Hocker, kein Stuhl. Vielleicht irgendwo ins Dunkle gekippt. Ich zog mir den Pullover über die Nase. Da war eine Lache unter dem Hängenden.

»Oh Gott«, sagte jemand hinter mir.

Ich drehte mich zu schnell um, streifte mit der Schulter das Bein des Mannes, rannte in Rosa. Köpfe zusammen, beide benommen auf den Boden. Ihr Blick auf den sanft schwingenden Mann.

»Das gibt Ärger«, sagte sie.

»Deshalb der Gestank«, sagte ich.

»Das ist das Blut, das sich zu Schwefel abbaut«, sagte sie.

Ich sagte nichts dazu. Was auch. Woher wusste sie so was?

»Bald ist er voller Gas«, sagte Rosa. Sie hatte sich aufgesetzt und sah dem hängenden Mann beim Ausschwingen zu.

Ich verstand sie nicht, verstand gar nichts mehr. Ich stand auf, zog sie hinter mir her, die Treppe hinunter. Den Weg zurück. Es war jetzt wirklich dunkel, als wir am Wassergraben im Regen entlang der Mauer liefen, Hand in Hand. Die Straßenlaternen draußen in Praam spendierten uns ein bisschen Licht, als wir über das Loch in der Mauer umständlich nach draußen kletterten. Rosa riss sich die Hose kaputt.

Kein Kuss auf der Kreuzung. Kein Abschied. Sie hob nur kurz die Hand, lief langsam den roten Berg hinauf, ich die Praamer Hauptstraße hinunter, im Regen, vorbei am Ford Sedlec, vorbei am Edeka-Laden, kein Blick nach rechts zum Schloss, nur nach vorne. Dort, wo Praam aufhörte und die Maisfelder anfingen, man konnte das Ende schon sehen. Kurz davor das Gasthaus Wolff, die Wirtsstube hell erleuchtet. Der Geruch von Schweinefleisch und Kartoffeln schon unten am Eingang, das Geräusch der Gläser. Die Knochen so dünn, die Haut so leicht abkratzbar.

I can barely see the road.

7
KREMESS

Ich muss an die Relativitätstheorie denken. Früher war ich beruhigt, dass es eine scheinbar simple Formel gibt, die alles zusammenhält. Dabei liegt gerade in dieser Annahme der gravierende Fehler. Denn selbst die Relativitätstheorie ist – wie ihr Name schon andeutet – relativ und besagt im Grunde nur, dass zwar alle Vorgänge bestimmten Gesetzen unterliegen, diese Gesetze sich aber einer noch viel mächtigeren Variablen unterordnen müssen – dem Kontext. Und der Kontext ist übermächtig. Hat man das begriffen, ist plötzlich nichts mehr simpel, sondern alles immer jeweils ganz anders. Sogar die Zeit, ob man es glaubt oder nicht.

Raum und Zeit sind überhaupt die subjektivsten Größen, genau diese Grundregel menschlicher Verunsicherung stellt die Relativitätstheorie nämlich auf. Zugegeben, normalerweise vergeht die Zeit für die meisten Menschen gleich schnell oder langsam, aber taucht beispielsweise mitten in der nördlichen Oberpfalz ein Schwarzes Loch auf, kann man seine Uhr in der Oberpfalz wegschmeißen, in Hamburg wird sie aber noch wie eh und je die Zeit messen.

In einer menschlichen Vita gibt es eine Menge schwarzer Löcher. Kleine Anomalien, die unser Raum-Zeit-Gefüge zerknüllen wie ein Stück Papier. Die banalste und vermutlich doch zerknüllendste Anomalie ist der Tod. Wenn der Tod jemanden verschluckt, saugt er immer auch ein paar Naturgesetze vorübergehend mit ins Nichts, zumindest für die, die er unmittelbar betrifft. So entsteht schon mit der Sekunde des Todes auf der Stelle ein neues Paralleluniversum mit neuer Zeit und neuem Raum. Ein vollkommen neuer Kontext, in dem neue Regeln gelten. Wer jemand verliert, der einen unmittelbaren Einfluss auf sein Leben hatte, dessen Uhr geht anders. Während es für den Rest der Menschheit scheint, als wäre nichts gewesen.

Das ist vielleicht der Grund, warum ich gerade in Superzeitlupe wahrnehme, wie die Bratensoße pechartig von dem Stück Braten tropft, das ich auf der Gabel vor meinem Gesicht halte, damit ich nicht hinschauen muss, wo ich nicht hinschauen will. Meine Zeit hier an dem langen Tisch im kleinen Festsaal vom Klosterbräustüberl vergeht sichtbar langsamer als bei den anderen Trauergästen. Die Bratensoße fällt in bauchigen Tropfen zurück auf den Teller und spritzt in aller Ruhe über den Tellerrand auf die rotweiße Papiertischdecke. Ich schaue auf die Gabel, auf die ferromagnetischen Zinken, die vom 40-Watt-Licht des Lampenschirms direkt über mir gelblich schimmern, ich schaue auf die Gabel, damit ich nicht zu meiner Schwester schauen muss. Die eben noch geweint hat wie eine Fontäne und jetzt vollkommen entrückt mit der entfernten Verwandtschaft und den Wixern aus Praam herumscherzt.

Es sind tatsächlich einige gekommen, von denen ich gedacht hätte, sie schneiden sich eher den Hals durch, als noch mal mit jemandem aus unserer Familie am selben Tisch zu sitzen. Doch natürlich ist der Tod der beste Wiedergutmacher.

»Mei, der arme Wolff senior. Er hat's halt auch nicht leicht gehabt mit seinem Sohn. Immer nur in Schwarz lief der rum. Hätt' man sich gleich denken können, dass der eine Störung hat.« So in etwa. Man findet schon was. Schließlich ist so ein Tod für viele immer auch ein Startsignal für die eigene letzte Runde, da wird man nachsichtig. Sich mit einem Toten verbrüdern ist ja meist auch gefahrlos. Der Tote lässt einen nicht auflaufen und sagt: »Nein, mit dir Arschloch nicht.« Und selbst unausgesöhnt ist eine Beerdigung und der folgende Leichenschmaus eine Festivität, auf die man auch ohne Weiteres ungeladen und mit Ressentiments kommen kann. Es kann einem ja niemand die Anteilnahme für die Überlebenden verbieten. Beileid sticht immer. Ich bin mir sicher, dass hier mindestens sieben Leute am Tisch sitzen, die meine Schwester nicht eingeladen hat.

Ellis einst mächtige schwarze Locken sind an der Stirn platt gedrückt von ihrem schwarzen Hut und sehen gräulicher und brüchiger aus als früher. Nur an den Seiten kräuseln sie sich vital wie immer, während sie einen Beilagensalat weiterreicht. Sie sitzt ganz unten am Kopf des Tisches, ich ihr schräg gegenüber, neben mir Tante Ulla mit ihren hässlichen roten Haaren, die so fremd und so wenig nach Mensch riechen, als wäre sie ein Cyborg mit Perücke.

Rosa war nicht auf der Beerdigung, es ist also praktisch ausgeschlossen, sie hier auf der Kremess zu treffen. Trotzdem halte ich durch die Gabel und die tropfende Bratensoße hindurch Ausschau nach jemandem mit weißer Haut und schwarzen Augen. Ich stelle sie mir mit vierzig ein bisschen wie Joan Crawford in *Johnny Guitar* vor, so streng und bestimmt, aber auf eine Weise auch schwer verletzt von den Jahren. Ohne dass ich wüsste, wie es ihr seit Praam ergangen ist. Wahrscheinlich hatte sie eh nicht mehr den alten Nachnamen. Die Suchmaschinen haben bis jetzt eisern geschwiegen.

Der Böhmi ist auch nicht da, natürlich nicht, und das nehme ich ihm nicht übel. Es gab immer diese unausgesprochene Übereinkunft zwischen uns, dass wir zusammenhalten, solange wir in Praam sind. Danach galt »every man on his own«, wie wir damals sagten.

Ich vermute, ich könnte die Zeit auch wieder schneller machen, wenn ich wollte. Ich glaube, auch das gehört zur Relativitätstheorie, dass Einzelne die Zeit um sie herum beschleunigen oder verlangsamen, wenn sie im Kopf stark genug sind. Oder die Zeit irgendwann wieder zurückschnellt wie ein überdehntes Gummiband. Und dass wir deswegen im größten gemeinsamen Nenner aus leicht variierten und ausgeleierten Zeitleisten leben, einem temporalen Konsens quasi. Wenn man sich nicht konzentriert, rutscht man sofort zurück in die Allgemeinzeit. Ich lasse die Sekunden noch ein bisschen weiter tropfen. Während ich Zeit anhäufe und erstarrt dasitze, bewegen sich die anderen Gäste längst weiter fort, in Silben, Bissen von ihrem Essen und Zügen aus ihren Gläsern.

Neben Tante Ulla sitzt eine Frau, die dem Gesicht nach Karin Zellmair sein könnte. Neben ihrem Teller liegt eine Schachtel Zigaretten. Die Frau, die Karin Zellmair sein könnte, trinkt einen Apfelsaft und schaut auf ihr Telefon. Ich rutsche mit dem Stuhl zurück, sodass ich hinter Tante Ulla vorbei unter den Tisch auf die Schuhe schauen kann. Die Fesseln, klar, das ist Karin Zellmair.

Ich sage: »Karin. Entschuldigung«, und schalte auf allgemeine Zeit um. Es klappt.

Sie lächelt. »Ach so, jetzt erkenn ich dich erst, Konstantin. Der ... Bart. Mein Beileid.«

»Danke, aber er ist ganz pflegeleicht.«

Sie schaut verwirrt, aber dann lacht sie wirklich von Herzen. »Nein, nicht der Bart. Dein Papa natürlich. Ach, du wieder.«

»Kein Problem. Er war ja eh nicht mehr so gesund.«

»Aber es ist doch schade. Oder?«

»Ja, ja. Sehr schade natürlich. Wie geht's dir, Karin? Gut siehst du aus.«

»Danke, aber das muss ja gelogen sein.« Sie streicht sich über die Wangen, glättet sie verstohlen. Sie hat Falten, aber das ist ja gut. Es würde mir Angst einjagen, wenn die Leute sich nicht veränderten. Niemand will die Leute zurück, wie sie mit sechzehn waren. Ein schreckliches Alter, um darauf stehen zu bleiben.

»Ja, gut geht es. Der Roger ist leider in der Firma. Der wollte natürlich gern kommen. Sag deiner Schwester nochmals Danke für die Einladung. Sehr schönes Sterbebild auch. Da sieht er aus wie ein berühmter Musiker.«

Ich mustere ihre Zigaretten. »Hat mein Onkel fotografiert.«

Sie fragt: »Was machst du?«

»Ich schreib für ein paar Magazine und Agenturen. Wird man nicht reich.« Ärgerlich, dass ich das sage. Will ich Mitleid oder Beileid? Bin ich gestorben oder mein Vater?

Sie sagt: »Ja, das glaube ich. Bist du verheiratet?« Sie schaut auf meine Hände und ich auf ihre Zigaretten. Ich bitte Tante Ulla, die Plätze zu tauschen, um mich nicht bei jedem Satz um sie herumbiegen zu müssen, außerdem geht sie das Gespräch nichts an. Karin Zellmair hält mir damenhaft die Hand hin, als ich mich neben sie setze. Ich nehme sie und gebe ihr einen Kuss auf die Wange. Ihre Sommersprossen hat sie überschminkt.

Ich frage: »Was war die Frage?«

»Ob du verheiratet bist.«

»Ich? Nein. Bin viel gereist.«

»Na ja, das ist ja gar nicht so schlecht. Wir sind lange Jahre gar nicht mehr verreist außer schnell mal zum Gardasee. Aber mittlerweile wieder Langstrecke, jetzt, wo die Kinder allein bleiben können. Vier Wochen Philippinen zuletzt. Mit dem Boot rüber nach Hongkong und Vietnam. Warst du schon mal da?«

»Auf den Philippinen noch nicht.«

Karin Zellmair lächelt und legt eine Hand auf ihre Zigarettenschachtel.

Sie fragt: »Gehst du mit, eine rauchen? Rauchst du?« Ihr braun gebranntes Gesicht ohne Sommersprossen lächelt.

Ich sage: »Wie ein Schlot.«

Draußen in Sichtweite vom Klosterbräustüberl steht ein altes

Silo, das demnächst abgerissen werden soll, hat meine Schwester erzählt. Es gehört zum klösterlichen Bauernhof. Um ihn herum hat sich eine Neubausiedlung geformt, weil das Kloster einen Teil seines Grundbesitzes an die Gemeinde Schyren verkauft hat. Schade um das Silo, ich bin ja gleich hier ums Eck in den Kindergarten gegangen. Das Silo war immer ein Zeichen, dass der Nachmittagsspaziergang durch die Klosteranlage zu Ende ging. Ich habe die Spaziergänge nach dem Mittagsschlaf gehasst, weil es immer dieselbe langweilige Strecke war. Über den Klosterbauernhof, hoch zur Realschule und wieder runter in die Plantagen, nach hinten zum Sanatorium und über den Jakobiweg wieder zurück und den ganzen Klosterberg hinauf, in Zweierreihen und Hand in Hand. Erst wenn das Silo in Sicht kam, wusste ich, dass die Tortur ein Ende hatte. An nichts kann ich mich so deutlich und mit so viel Abscheu aus meiner Kindergartenzeit erinnern wie an die Spaziergänge.

Karin Zellmair zündet sich eine Zigarette an, und jetzt sehe ich die ganzen Beine. Schwarzer Lederrock, blickdichte Strumpfhose, Lederschuhe mit kleinen Absätzen, weil sie eh ziemlich groß ist. Sie schaut auch auf meine Schuhe, redet mit Zigarette im Mund, was ich sehr gut finde.

»Was ist aus der Rosa Meyer geworden?«

Ich sage: »Ich weiß es nicht. Wirklich keine Ahnung. Hast du noch Kontakt mit dem Böhmi?«

Karin Zellmair muss kurz lachen und dann husten. »Natürlich nicht.« Sie zuckt mit den Schultern. »Ja, ja, die Jugendlieben.«

Ich sage: »Vor Rosa fand ich dich gut.«

Sie zeigt mir ihre Vorderzähne, beißt sich auf die Lippen. Sagt: »Ich erinnere mich. Aber die Rosa hat besser zu dir gepasst. Und sie war auch schöner.«

Ich frage: »Sie ist in Praam geblieben, oder?«

Sie sagt: »Eine Zeit. Dann ist sie wieder zurück in die Stadt.

Wir waren ja nie so speziell miteinander. Obwohl sie eine Nette war. Aber sie war ja auch in Landshut auf der Schule und später natürlich immer nur bei den Schranners.«

Ich sage: »Ja, ich weiß.«

»Aber es gibt immer noch die Kanzlei von ihrem Vater in München.«

Nachdem sie fertiggeraucht hat, begleite ich Karin Zellmair wieder in den kleinen Festsaal zurück zum Leichenschmaus und muss stehen bleiben, bevor ich wieder Platz nehme. Wo vorher meine Schwester gesessen ist, am Tischende, mit ihren übertriebenen Gesten, den kräftigen Seitenlocken und den verweinten Augen, sitzt jetzt die schwarze Dele. Sie sitzt nur da, in einer grauen Turmfrisur umspannt von einem schwarzen transparenten Schleier, die behandschuhten Hände gefaltet und die knochigen Ellenbogen auf dem Tisch. Die schwarze Dele blickt den ganzen Tisch bis ganz zum Ende hinunter, wo ein paar mir unbekannte Kinder laut sind. Ihre Augen sind dunkle Löcher. Ich will mir gar nicht vorstellen, wie alt sie ist, und ich habe keine Ahnung, wie ich sie draußen übersehen konnte, wie sie überhaupt hier hereingelangt ist. Auf der Beerdigung war sie nicht.

Ich frage Tante Ulla: »Wo ist die Elli hin?«

»Holt die Nachspeise.«

Ich frage: »Was gibt's?«

Tante Ulla sagt: »Nusskuchen und ein bisschen Apfelkompott.« Sie schaut durch die schwarze Dele hindurch, so als säße die da gar nicht unten am Tischende.

8

ALBERT

»Kadaver-Gehorsam« nannte mein Onkel Albert die Hörigkeit gegenüber der Kirche in Ortschaften wie Praam. Albert war Redakteur bei einer Passauer Tageszeitung.

»Bei euch glauben die Leute dem Pfarrer mehr als der Presse«, sagte er.

»So schlimm ist es auch wieder nicht«, sagte ich.

»Es ist sogar noch viel schlimmer. In so kleinen Orten gibt es ja keine zeitgemäße Moral. Der Klerus sagt spring, und Praam springt. Nach Moralmaßstäben aus dem Mittelalter«, sagte er und schaute auf seine lila Armbanduhr. Dann bestellte er sich bei der Katl ein Bier. »Wenn euer Pfarrer eure Katl gestern als Hexe bezeichnet hätte, dann würde sie heute schon mit den Daumen an die Fersen gebunden in der Schwarzen Laaber treiben.«

»Na ja«, sagte ich.

Albert trank hemmungslos auf unsere Kosten, wenn er zu Besuch war. Er bedankte sich noch nicht einmal, ging einfach davon aus, dass er so viel Bier und Essen bekam, wie er wollte, weil er der Bruder meiner Mutter war. Manchmal glaubte ich, er war auch nur deswegen hier. Wir waren sein privates kleines Gasthaus.

Dieses Mal hatte ihn aber angeblich seine Zeitung nach Praam geschickt. Wegen dem Suizid im Schloss. Im Geiste sah ich schon das Kästchen in der *Passauer Allgemeinen* und die Überschrift RAUM GÄUBODEN: SELBSTMORD IM SCHLOSS. Die vorangestellte Einordnung in eine Region außerhalb Passaus machte so einen Kasten bedeutungslos für Passauer. Dafür brauchte man eigentlich keinen hierher zu schicken.

Albert war Redakteur für den Lokalteil. Es war nicht mehr als ein Einkommen für ihn, zumindest war er nie als passionierter Lokaljournalist aufgefallen. Viel lieber fotografierte er Studentinnen aus Passau und München und stellte die Bilder im Café eines Freundes in der Altstadt aus. Er war vierunddreißig und von allen Verwandten am öftesten zu Besuch. Die knapp hundert Kilometer hinderten ihn nicht daran, zumal er in Schyren Abitur gemacht hatte und dort regelmäßig alte Freunde besuchte, mit denen er Schwarzen Afghanen rauchte, bis er sich nicht mehr von der Stelle rühren konnte. Mit Dope muss man umgehen können, sagte Albert und gab mir nie etwas ab. Er hatte Politikwissenschaft an der Universität in Regensburg studiert, Schwerpunkt Guerilla und Bürgerkrieg, und war nach dem Praktikum bei der *Passauer Allgemeinen* als fester Redakteur übernommen worden.

»Albert, wie ist es bei dir?«, fragte mein Vater und setzte sich halbherzig an den Tisch, zündete sich eine Zigarette an und war bei der Antwort von Albert schon wieder im Aufstehen begriffen. Es war eine einzige flüssige Bewegung, die er im Umgang mit seinen Gästen perfektioniert hatte, weil ein kurzes Dazusetzen natürlich immer sehr persönlich wirkte.

»Passt. Bisschen viel Trara in der Redaktion wegen dem Kernkraftwerk«, sagte Albert und deutete in die Richtung einer imaginären Ukraine. »Und kann ich noch ein Helles haben? Ich glaub, sie hat's vergessen.«

»Katl, noch ein Helles«, sagte mein Vater, ohne sich nach ihr umzuschauen. »Ich hab sofort gesagt, das ist ein GAU.« Dann ging er zum nächsten Tisch.

Es war Samstag. Der erste Tag gänzlich ohne Regen. Gegen Mittag stand das Wasser nur noch in den Mitten der Wiesen und in den Straßenrinnen. Gestern Abend hatten wir in den Nachrichten Infrarotbilder vom brennenden Kraftwerk gesehen, die ein französischer Satellit geschossen hatte. Warum das keiner löscht, hatte die Elli meinen Vater gefragt. Weil ein nukleares Feuer nicht so einfach ausgeht, war seine Antwort. Auch meine Eltern hatten einen Vorrat an Milchpulver gekauft, mehr wahrscheinlich als alle anderen, weil sie beim Großhandel einkaufen konnten. Dennoch verwendeten sie weiterhin normale Milch. Die verseuchte kommt erst in ein paar Tagen in den Vertrieb, wussten die Eltern vom Bartl. Die auch überlegt hatten, die komplette Erde in ihrem Garten auszutauschen, worin die Gärtnerei Hirschberger aber keinen Sinn gesehen hatte bei dem Sauwetter. In Passau waren noch einen Tag lang alle Sportplätze geschlossen, wie Albert erzählte, und im Radio wurde empfohlen, keine Pilze zu sammeln und zu essen in den nächsten hundert Jahren.

»Konan«, sagte Albert, der mich Konan nannte, wie in *Conan der Barbar*. »Deine erste Leiche. Oder?«

»Ja«, sagte ich. »Natürlich. Was denkst du denn?«

»Macht dich fertig, oder? Du siehst nicht grade gesund aus«, sagte Albert, der selbst ziemlich gesund aussah mit seinen halblangen schwarzen Haaren und einem dichten schwarzen Vollbart.

»Nur leichtes Fieber«, sagte ich.

»Ich hab mal einen erfrorenen Penner gesehen. Und eine tote Frau in der Badewanne«, sagte Albert.

»Im Ernst?«, fragte ich.

»Was denkst du denn, in Passau passiert jede Woche so was. Glaubt man nicht, was alles passiert, vor allem nachts. In der Stadt sterben einfach mehr Leute, weil's mehr gibt. Und es gibt hin und wieder den ein oder anderen Mord, da musst du dir nichts vormachen. Am Tag immer alle ganz brav, Drei-Flüsse-Idyll und so, aber kaum geht das Licht aus – zack!«

»Das ist hier sicher nicht anders«, sagte ich. Hörte nur oberflächlich zu, weil ich an Rosa dachte. Andauernd. Ich hatte sie seit Mittwoch nicht mehr gesehen, und sie hatte nicht angerufen. Das war völlig gegen unsere Konvention, und in mir regte sich leichte Panik.

»Ich war heut früh schon in Schyren auf der Polizei. Es wird zwar Montag erst in der Presse bekannt gegeben, aber die wissen natürlich schon, wer der Tote ist«, sagte Albert.

»Und wer?«, fragte ich. Jetzt hatte er meine Aufmerksamkeit. Sofort standen mir wieder die dicken Pulsadern, die grün-weiße Haut, der gepflegte weiße Bart vor Augen.

»Sag ich dir, aber behalt's für dich. Zumindest bis Montag. Embargo, sonst behalten mich die Bullen das nächste Mal gleich da.«

»Ich verspreche es«, sagte ich. Ich spannte den Rücken an, richtete mich auf.

»Pass auf. Der Schlossbesitzer selber ist es. Herrlich heißt er. Joseph Herrlich. Wohnte eigentlich viel weiter nördlich, in einem Kaff an der A3. Hatte wohl mehrere Immobilien, musste nix arbeiten.«

»Wie alt war er denn?«, fragte ich. Der Name sagte mir nichts.

»Hab ich irgendwo aufgeschrieben. Um die siebzig vielleicht.«

»Abschiedsbrief?«

»Nix«, sagte Albert.

»Warum man so ein Schloss einfach verfallen lässt«, sagte ich. Das beschäftigte mich.

»Ach geh, was willst du denn mit so einem Kasten? Renovieren kostet ein Vermögen. Und was machst du dann damit? Museum? Was stellst du da aus, und wer geht bei euch freiwillig in ein Museum? Oder du machst eine Pension draus. Aber wer will in Praam übernachten? Die Leute wollen Berge und Seen. Bevor dir den Kübel niemand abkauft, lässt du ihn lieber verrotten, redest nicht darüber und hoffst, dass keiner sich beschwert, weil er eigentlich unter Denkmalschutz gehört. Aber da muss man bei euch kaum Angst haben. Eure Gemeinden kümmern sich bloß um Fußballplätze und Umgehungsstraßen. Lieber abreißen, den alten Mist.«

»Gibt's Angehörige?«, fragte ich.

»Vom Herrlich? Nur eine Schwester im Luxus-Altenheim in München, die schon nix mehr sieht. Aber jetzt pass auf, Konan. Mich interessiert das mit dem Schloss auch«, sagte Albert. »Lass uns da mal zusammen hingehen.«

»Wenn sich die Lage ein bisschen beruhigt hat«, sagte ich. »Noch mal kann ich mich nicht erwischen lassen.«

»Ja, ja, eh. Aber vielleicht nächstes Wochenende. Ich muss heut auch wieder heim, weil ich ein paar Fotos mache. Mit der hier. Holländerin.« Er holte ein Bild aus seiner Ledertasche, die über dem Stuhl hing. Es zeigte eine Frau mit langen Haaren, die an einen Grabstein auf einem Friedhof gefesselt war. Sie trug weiße Tücher um die Hüfte und um den Oberkörper nichts. »Kannst du behalten. Aber zeig's nicht deiner Mama«, sagte Albert. »Dann erwürgt sie mich.« Lachte zufrieden.

»Holländerin«, wiederholte ich, um das Gespräch am Laufen zu halten. Ich konnte nicht leugnen, dass mich seine amateurfotografischen Umtriebe interessierten.

»Hast du eine Freundin?«

»Denk schon«, sagte ich.

»Wie schaut sie aus?«, fragte Albert, dem die Katl endlich das Bier brachte. Er senkte den Kopf, tauchte ihn fast ins Glas, trank den Schaum ab, ohne den Blick von mir zu lösen.

»Dunkle Haare. Blass.«

»Aus dem Osten?«

»Nein, aus München. Wie kommst du auf Osten?«

»Wegen blass. Wie alt? Die aus der DDR sind immer recht blass. In Passau gibt's auch so eine.«

»Vierzehn«, sagte ich und fragte mich, wieso Leute aus der DDR blasser sein sollten.

»Irrsinn, Konan, ich vergess' immer, wie klein du noch bist.«

Am Sonntag in der Kirche legte der Pfarrer Parzefall los, als wär Praam höchstpersönlich verantwortlich für den Supergau in der Ukraine. Vermutlich waren die Praamer schon die ganze Woche über gespannt gewesen, wie ihr geistliches Oberhaupt ihnen nach diesen beiden einschneidenden Ereignissen Trost und Zuversicht spenden wollte, nur tat der Parzefall das genaue Gegenteil und redete sich in Rage: Der gemeine Praamer sei selbst schuld, wenn er sich vom Fernsehen so ins Bockshorn jagen lasse, wenn er jetzt Milchpulver bunkere und sich die Lust auf heimische Pfifferlinge oder den blassbraunen Schlehenrötling verderben lasse. Die Presse erkenne nicht den Kern des Ereignisses, lasse sich zur Panikmache verführen. Der Unfall sei kein Beweis für die Unzuverlässigkeit von Atomkraft, vielmehr ein Fingerzeig Gottes, der den gottlosen Kommunisten heimleuchten wolle. Vereinfacht dargestellt.

Immerhin bot der Parzefall auch eine praktische Lösung an: Geht wieder mehr in die Kirche, dann passiert so was gar nicht. Er war immer noch nicht darüber hinweg, dass auch die Erstkommunion in der Woche nach Ostern so schlecht besucht gewesen war. Was auch daran lag, dass es kaum Kinder in Praam gab, denn neue Leute zogen kaum her.

Rosa war nicht in der Kirche. Das letzte Mal hatte ich sie ganz kurz am Morgen nach dem Schloss an der Polizeiwache in Schyren gesehen. Sie verließ das Gebäude gerade mit ihrem Vater, als ich mit meinem kam, um eine Aussage zu machen. Sie winkte mir, aber ihr Riese von Vater schob sie an den Schultern weiter und würdigte uns keines Blickes. Am Samstag hatte ich dann bei ihr zuhause angerufen, er war dran gewesen, und ich hatte aufgelegt, ohne ein Wort zu sagen.

Ich war derart müde, dass ich der Wutpredigt nicht folgen konnte, selbst wenn ich gewollt hätte. Ich hatte kaum geschlafen, eine Portion Nachtfieber hatte mich wach gehalten. Ich schloss die Augen und sah die leeren Käfige vor mir, roch Rosas Parfüm und faulige Bananen. Der Parzefall predigte irgendwas von Tatzen in der Schule, womöglich hielt er gerade ein Plädoyer für die Wiedereinführung der Prügelstrafe, es hätte mich nicht gewundert. Dann wurde ich aufmerksam, denn es ging offenbar um mich: Der leichtsinnige Einbruch im Schloss habe die scheußliche Entdeckung erst möglich gemacht, wetterte er, die Jugendlichen müssten lernen, Verantwortung zu übernehmen. Man sehe ja, was sonst herauskomme. Ich schaute auf den Boden. Bei der Hostienverteilung blieb ich sitzen, und ich war auch der Erste, der die Kirche verließ, dicht gefolgt vom Böhmi.

Draußen wartete Albert mit seinem hellblauen Mercedes auf mich, den er vom Zogo bekommen hatte, als der sich einen neuen gekauft hatte.

»Steig ein«, sagte er.

»Kann er mit?«, fragte ich und deutete auf den Böhmi.

»Von mir aus«, sagte Albert. Machte ein Peace-Zeichen zum Böhmi.

»Du bist der Capo, Schwarzer«, sagte der Böhmi. Peacte zurück und stieg hinten ein.

»Wohin fahren wir?«, fragte ich.

»Nach Kallmünz«, sagte Albert.

»Was wollen wir da?«

»Seht ihr dann schon.«

»Wolltest du nicht zurück nach Passau und Fotos schießen?«

»Die Holländerin hat abgesagt. Wir machen das unter der Woche. Hab beim Jesus übernachtet. Der hat eine dicke Berta angezündet. Mein lieber Schwan.«

»Der Jesus«, sagte der Böhmi amüsiert, weil er wusste, wer gemeint war. Diesen Jesus sprach man »Dschieses« aus, er war der mit den längsten Haaren in ganz Schyren, Frauen und Mädchen eingeschlossen. Außerdem war er auch der mit dem meisten Haschisch.

»Was ist das für eine Schachtel?«, fragte der Böhmi und deutete auf eine lange Pappschachtel hinter ihm auf der Rückablage. *Walther Mod. Jaguar* stand darauf.

»Luftgewehr«, sagte Albert und fingerte im Handschuhfach herum, suchte etwas. Mehr sagte er nicht dazu, genauso wenig darüber, was er mit uns vorhatte.

Auf der Fahrt lief das weiße Album der Beatles auf Kassette. Albert hatte die Titel in seiner eigenen bevorzugten Reihenfolge aufgenommen, einige gute Lieder weggelassen und die härteren zweimal draufgespielt.

Eine Weile ging es über die Bundesstraße nach Norden, bis ich irgendwann nicht mehr alle Ortsnamen kannte, dann wechselten wir auf die A3 und fuhren parallel zur Naab bis zur Ausfahrt Kallmünz. Der Ort bestand in der Hauptsache aus einem riesigen weißen Felsen, auf dem eine Burgruine saß. Um den Felsen herum schlängelte sich ein Fluss, dessen Namen ich nicht wusste, und floss weiter durch einen alten Dorfkern. Der Ort war klein, fast von jeder Stelle aus konnte man die feuchten Wiesen sehen, die ihn umgaben. Wir parkten im letzten Rondell, bevor die kleinen Gassen begannen, durch die kein Auto mehr passte, und liefen über die Brücke Richtung Burg. Neben den Häusern, die an den Berg grenzten, hinter denen nur noch die nackte Felswand war, gab es eine Wohnung, die in den Berg selbst geschlagen worden war. Die war sogar mir bekannt, man nannte sie das *Haus ohne Dach*. Eine kleine und steile Steintreppe führte zu der gedrungenen und grün bemalten Fassade mit zwei Fenstern und zwei Türen.

»Da drin hat er gewohnt«, sagte Albert.

»Wer jetzt?«, fragte der Böhmi.

»Dieser Herrlich. Der sich den Strick gegeben hat«, sagte der Albert und kraulte sich den Bart.

»Wirklich? Ausgerechnet da? Woher weißt du das?«, fragte ich.

»Von der Polizei.«

»Das sieht ja völlig verratzt aus«, sagte der Böhmi.

Albert stieg über den Holzzaun, der den Hang begrenzte und auf dem ein Schild mit der Aufschrift *Ausfahrt freihalten* angebracht war, und lief die kurze Treppe hoch bis zu der Felsenwohnung. Er klopfte, aber nichts geschah. Dann rüttelte er an der rechten Tür.

»Zu«, rief er herunter. Dann versuchte er die linke, die mehr wie die Tür zu einem Stall aussah, aber auch die bewegte sich kein Stück.

»Scheißdreck«, sagte er.

An dem Fenster auf Höhe der rechten Tür hing ein Blumenkasten mit roten Geranien. Der Vorhang war zugezogen. Neben dem Haus stand ein Stapel mit Holzlatten, und erst jetzt bemerkte ich, dass die Steilwand hinter und neben dem Haus mit einem kaum sichtbaren weitmaschigen Netz gesichert war. Gegen Steinschlag, nahm ich an. Ich stellte mir vor, wie der Herrlich in dieser Wohnung gleich noch mal hing. Mit dem gepflegten Bart und der talgig grünen Haut. Albert kam zurück nach unten.

»Versuch war's wert«, sagte er.

Inzwischen war es fast zwölf Uhr, und wir setzten uns hundert Meter weiter in das Gasthaus *Zur Amsel*. Es war ziemlich leer, nur ein paar Leute aßen zu Mittag, Schweinernes, Kraut, Rouladen, Kroketten und immer ein kleiner Salat.

»Haut's nei, Boys. Ich zahl«, sagte Albert. »Das machen wir auf Spesen. Solange ihr nicht das Vier-Gänge-Hummer-Menü nehmt.«

»Hummer sind unsterblich«, sagte ich, weil mir das grade einfiel.

»Wie bitte?«, fragte der Böhmi.

»Hat mir der Vater vom Bartl erzählt. Die haben keine Zellteilung oder so. Keine Alterserscheinungen. Bleiben immer gleich fit.«

»Das glaub ich nicht«, sagte der Böhmi. »Warum ist dann die Welt nicht voll mit Hummern?«

»Weil wir sie essen«, sagte ich.

»Hummer können auch immer, oder?«, sagte Albert. Lachte dreckig.

»Wie, immer?«, fragte der Böhmi. Nicht, weil er nicht wusste, was der Albert meinte, sondern weil er es hören wollte.

»Immer ficken«, sagte Albert. »Sensationell, oder?«

»Wahnsinn«, sagte der Böhmi.

Ich bestellte nur ein Bier, der Böhmi Rouladen. Albert ein Schnitzel.

»Isst du nichts?«, fragte Albert.

»Nein, ich hab gar keinen Hunger«, sagte ich. Musste an den hängenden Herrlich denken. Und an Schwärme von unsterblichen Hummern, die über die Wiesen kamen, um erst ihn und dann mich zu zerlegen.

Der Wirt durchquerte die Gaststube und nickte den Leuten zu. Albert winkte ihn an unseren Tisch.

»Grüß Gott, die Herrschaften«, sagte der Wirt. »Kann ich was helfen?«

»Wir kommen aus Praam«, sagte Albert.

»Sagt mir auf Anhieb jetzt nichts«, sagte der Wirt.

»Gehört zu Schyren«, sagte der Böhmi.

»Ah«, sagte der Wirt. »Das Kloster.«

Albert nickte und legte mir die Hand auf die Schulter. »Mein Neffe hier hat den Herrn Herrlich entdeckt. Vom Dachstuhl seines Schlosses hängend. Kannten Sie den? Er war doch aus Kallmünz, richtig?«

Ich schaute teilnahmslos in mein Bierglas.

»Eine fürchterliche Geschichte«, sagte der Wirt. Er setzte sich zu uns beziehungsweise sackte auf den freien Stuhl, legte seine schweren Hände auf den Tisch und sah mich mitleidig an. Aus den Gelenken seiner Finger wuchsen lange weiße Haare heraus. Die Haut unter seinen Augen fiel in zwei symmetrischen Lappen über seine Wangenknochen.

»Ich kannte ihn nicht persönlich«, sagte ich ungefragt.

»Natürlich nicht. Der Joseph hatte keine persönlichen Bekannten außer den Geistreiter«, sagte der Wirt, und ich fragte mich, wer oder was ein Geistreiter war.

»Kein geselliger Typ, ha?«, fragte Albert. Ein bisschen zu durchschaubar investigativ.

»Ach«, sagte der Wirt, »was heißt schon gesellig? Der Joseph war einer unserer Künstler. Er hat oben in dem Haus ohne Dach gewohnt. Wenn er kam, dann immer in den Zwischenzeiten. Wenn alle schon weg waren oder noch nicht da. Er war schon eine nette Person. Nur halt keiner für viele Leute und Krach.«

»Was hat er beruflich gemacht?«, fragte Albert.

»Solange ich ihn kenne, hat er nur gemalt.«

»Er war Maler?«, fragte der Böhmi, als wäre das ein vollkommen undenkbarer Beruf.

»Abstrakter Landschaftsmaler«, stellte der Wirt richtig. Er deutete auf die Bilder, die rundherum an den mit Schwarzholz vertäfelten Wänden hingen.

»Sind die von ihm?«, fragte der Böhmi, wirkte nervös.

»Nein«, sagte der Wirt. »Nur das da.« Er deutete auf ein Bild, das eine Art Wanderweg mit einer Kirche weit im Hintergrund darstellte. Das Bild wirkte, als wäre es zerlaufen.

»Und Maler war wirklich der Hauptberuf?«, fragte der Böhmi.

»Natürlich«, sagte der Wirt. »Kallmünz hat eine lange Künstlertradition. 1901 ist der Professor Palmié gekommen. Mit seiner Frau, einer Blumenmalerin.«

»Wer?«, fragte der Böhmi amüsiert über den Namen, aber Albert winkte ab. »Logisch, der Palmié«, sagte er.

»Der hat übrigens auch die Fassade von der *Amsel* bemalt, falls es Ihnen aufgefallen ist. Noch im selben Sommer sind weitere sechsundzwanzig namhafte Landschaftsmaler hier angereist, einige haben sich niedergelassen. Stehen alle noch hier im Gästebuch«, sagte der Wirt. Deutete mit dem Daumen hinter sich.

»Aha«, sagte Albert abwesend und zündete sich eine Zigarette an.

»Und 1903 war Kandinsky hier«, sagte der Wirt deutlich lauter und richtete sich im Stuhl auf. Das war jetzt die Trumpfkarte gewesen.

»Den kenn sogar ich«, sagte der Böhmi. »Zumindest vom Namen her«, fügte er hinzu. Nicht dass man ihn noch nach einem bestimmten Bild fragte.

»Seit wann wohnt der Herrlich hier?« Albert schnippte die Asche mit dem Finger einen halben Kilometer am Aschenbecher vorbei, auf den Tellerrand vom Böhmi.

Der Wirt beugte sich nach vorne, stützte seine Hände auf, so als wolle er aufstehen. Dann überlegte er es sich anders. »Der Joseph kam in den Siebzigern. Er war ein Förderer und Freund vom Geistreiter. Der Geistreiter hat ihm die Felsenwohnung organisiert, nachdem der Koller wieder zurück nach Erlangen ist. Joseph hat dem Geistreiter Geld gegeben, und der Geistreister hat ihn unterrichtet und begleitet.«

»Gibt's den noch, diesen Geistreiter?«, fragte Albert. Was für ein guter Name. So hätte ich auch gerne geheißen. Konstantin Geistreiter.

Der Wirt schaute ihn verständnislos an. »Natürlich. Immer noch in der Burggasse vier. Da hat er doch auch seine Weinstube.«

»Hat Herr Herrlich auch Tiere gemalt?«, fragte ich.

»Meines Wissens nicht«, sagte der Wirt und erhob sich.

Die Burggasse vier lag fast neben der Felsenwohnung. Schlank und weiß, mit einer bunt verzierten Fassade. Symbole, Sonnen, Kacheln, ein Hauseingang mit einem hölzernen Vordach. Der Böhmi schaute hinauf zur Burgruine. »Bei dem Ausblick würd ich auch das Malen anfangen«, sagte er.

»Der Kandinsky hat hier seine Studentin Gabriele Münter gevögelt«, sagte Albert. »Und sich sofort mit ihr verlobt. Obwohl er noch verheiratet war.« Ich war mir unsicher, ob er das gerade erfand oder wirklich wusste. Der Albert war ein Aufschneider.

Auf das Klingeln reagierte zunächst niemand. Es klang kurz so, als würde jemand spontan die Wohnung umräumen. Dann ging die Tür auf.

»Die Weinstube öffnet heute erst um fünf«, sagte Geistreiter, ein alter Mann mit längeren, sorgfältig zurückgekämmten Haaren. Er trug einen grauen Wollpullover, seine Augen waren klein.

»Das ist natürlich schade. Jetzt sind wir extra den weiten Weg aus Schyren gekommen«, sagte Albert. Vorwurfsvoll.

»Aus Schyren.« Geistreiters kleine Augen blieben ausdruckslos. »Da unten hat's noch mehr geregnet als bei uns. Bei euch wächst bald nix mehr ohne Becquerel und Cäsium.«

»Ihr Freund und Malerkollege, der Herr Herrlich, hat sich bei uns in Praam umgebracht«, sagte der Böhmi. Keine Ahnung, warum gerade er jetzt das Wort ergriff.

Geistreiter ließ sich nichts anmerken. »Ja, gestern war die Polizei im Ort. Der Joseph war schon seit ein paar Wochen nicht mehr hier.«

»Mein Neffe hat die Leiche gefunden«, sagte Albert und deutete auf mich.

»Was malen Sie so?«, fragte der Böhmi.

»Eher Figuratives«, sagte Geistreiter und blickte auf seinen Ärmel.

»Haben Sie schon mal die Ruine da oben abgemalt?« Der Böhmi deutete den Berg hinauf.

»Mehrmals. Wobei es abgemalt natürlich nicht ganz trifft. Sagen wir interpretiert.« Der Böhmi nickte verständnisvoll.

»Warum hat sich Herrlich umgebracht?«, fragte Albert.

»Wie soll ich das wissen?«, sagte Geistreiter.

»Was vermuten Sie denn?«, fragte Albert. »Mein Neffe würde das gerne besser verarbeiten können.«

Ich trat einen Schritt zurück, mir war das zuwider.

»Ach, was weiß ich.« Der Geistreiter seufzte. »Weil er ein stiller Mensch war. Zu viel Stille hat sich angesammelt, wo man hätte reden müssen. Stille drückt aufs Hirn wie ein Tumor. Sie hat Masse.« Auch Geistreiter tat einen Schritt zurück unter seinen dunklen Türrahmen. Schaute uns aus der Entfernung genauer an.

»Kennen Sie das Schloss in Praam?«, fragte ich.

»Nein, ich wusste nur, dass ihm dort etwas in der Art gehört. Aber er war ja angeblich nie da«, sagte Geistreiter.

»War er die ganze Zeit hier?«, fragte ich.

»Das auch nicht. Er war viel unterwegs«, sagte Geistreiter.

»Wo war er zum Beispiel?«, fragte Albert.

»Hier und da. In der Stadt. Manchmal in Schyren.«

»Wo denn in Schyren?«, fragte Albert. «Entschuldigen Sie meine Neugier, aber ich bin da zur Schule gegangen.«

»Er war im Kloster«, sagte Geistreiter und fuhr über seine breiten Koteletten. Man merkte, wie er ungeduldig wurde.

»Zum Malen?«, fragte der Böhmi.

»Was geht Sie das genau an?«, fragte Geistreiter. Seine kleinen Augen waren jetzt fast gar nicht mehr zu sehen.

»Haben Sie einen Schlüssel zu seiner Wohnung?«, fragte Albert, trat einen Schritt auf die Tür zu. Keine Antwort.

»Stellen Sie hin und wieder Ihre Bilder aus?«, fragte der Böhmi in die Stille.

»In der Stadt, in der alten Jazzfabrik, da können Sie sich grade die Versos anschauen.«

»Was sind Versos?«, fragte der Böhmi und zupfte an seinem Oberlippenflaum.

»Rückseiten«, sagte Geistreiter fahrig und war jetzt dabei, die Tür zu schließen. »Besuchen Sie mich gerne später in der Weinstube. Dann zeig ich Ihnen auch ein paar Bilder. Jetzt muss ich aufräumen.«

»Tiere hat er nicht gemalt?«, fragte ich.

Die Tür ging zu.

9
KLOSTER

Ich war gerade im Flur, als das Telefon klingelte. Deshalb nahm ich ab und nicht meine Mutter.

»Spreche ich mit Kommissar Wolff?«, fragte Rosa, und ich war elektrisiert. Endlich. Seit dem Schloss war Funkstille gewesen.

»Die sagenumwobene Rosa Meyer«, sagte ich. »Es gibt sie also wirklich.« Ich wollte amüsiert klingen, klang aber enttäuscht.

»Nicht sauer sein, Kommissar. Die Zeit, in der ich nicht angerufen habe, habe ich nur an dich gedacht.«

»Ich bin nicht sauer«, sagte ich. Und auch wenn ich es gerade noch gewesen war, hatte ihr letzter Satz das ins Gegenteil verkehrt. Das Verkehren von Dingen war eine ihrer größten Stärken.

»Dafür mein Vater. Der war sogar stinksauer«, sagte sie.

»Wie hat sich das geäußert?«

»Er hat laut geseufzt.«

»Der Choleriker«, sagte ich. Sie lachte. Und erzählte.

Ihr Vater hatte sie aus der Schusslinie nehmen wollen, nachdem der gesamte rote Berg mitbekommen hatte, wie noch am Mittwochabend ein Polizeiauto vorfuhr. Es ging ihm nicht nur um den Einbruch ins Schloss, er war hauptsächlich betrübt, dass sie sich gegen seinen Willen mit mir traf. Am übernächsten Tag waren sie ins Auto gestiegen und nach München zu alten Freunden gefahren. Da war sie auch jetzt noch, von dort rief sie an.

»Was machst du den ganzen Tag da in der Stadt?«, fragte ich, obwohl ich mir das gar nicht vorstellen wollte.

»Freunde. Café. Einkaufen. Kino«, sagte sie.

»Was hast du gesehen?«

»*Wildwechsel*. Alter Film. Von Fassbinder. Kennst du?«

»Vielleicht. Wann kommst du wieder?«

»Am Sonntag. Bin noch krankgeschrieben.«

»Das ist lang«, sagte ich. Versuchte, nicht vorwurfsvoll zu klingen. Es blieb beim Versuch.

»Was hast du gemacht?«, fragte sie.

»Ich war mit meinem Onkel bei der Wohnung von Herrlich. Dem Schlossbesitzer, der sich umgebracht hat. Er ist Journalist.«

»Der Schlossbesitzer?«

»Mein Onkel.«

»Warum wart ihr in der Wohnung?«, fragte sie.

»Wir waren nicht drin. Mein Onkel schreibt einen Artikel.«

»Und du? Schreibst du auch einen Artikel?«, fragte sie misstrauisch.

»Nein, aber es ist doch interessant.«

»Was ist interessant?«

»Der Mann war Landschaftsmaler.«

»Landschaftsmaler«, wiederholte sie.

»Abstrakter Landschaftsmaler.«

»Häng dich da nicht zu sehr rein«, sagte sie.

»Wieso? Bist du nicht diejenige, die immer alles so wahnsinnig genau wissen muss?« Ich hatte gehofft, dass sie auf die Geschichte ansprang. War enttäuscht.

»Wir haben Glück, wenn wir da heil rauskommen. Wir sind immerhin eingebrochen. Ich würde nicht nachhaken«, sagte sie.

»Hast du Angst?«, fragte ich. Dachte an die Fieberträume, die eine ganz neue Qualität erreicht hatten.

»Nein«, sagte sie. Atmete laut aus. »Mein Vater ist nur wirklich kaputt, weißt du. Ich merk das jeden Tag. Er braucht nicht noch mehr

Ärger. Außerdem willst du doch auch, dass wir uns wiedersehen können.«

»Natürlich«, sagte ich und überlegte, ob ich einen Fehler gemacht hatte.

»Ich muss los. Einen Kuss«, sagte sie und legte auf.

Am nächsten Tag nach der Schule beschloss ich, auf eigene Faust ins Kloster Schyren zu gehen und nach Herrlich zu fragen. Natürlich wollte ich Rosa wiedersehen und ihr keinen weiteren Ärger einhandeln, aber ihr Vater würde davon nichts mitbekommen, außer er war mit den Nonnen aus Schyren befreundet. Und wer weiß, ob es Rosa nicht doch auch imponierte, wie ich in der Sache recherchierte, die uns ab jetzt für immer verband.

Albert war unter der Woche in Passau und hatte bisher nur eine kurze Meldung über den Vorfall geschrieben, er würde neue Informationen gebrauchen können. Noch war er sich allerdings gar nicht sicher, ob er eine Reportage über Herrlich, den Suizid und das Schloss bei der Zeitung unterbringen konnte. Zur Not würde ich was für die Schülerzeitung machen. Auf jeden Fall war ich seit dem Ausflug nach Kallmünz, den ich zuhause natürlich verschwiegen hatte, ziemlich begeistert von der Idee, einfach irgendwohin gehen zu können und Fragen zu stellen. Endlich passierte etwas Außerordentliches in unserer Gegend. Meinem Gefühl nach hatte sich jahrelang überhaupt nichts getan, jetzt türmten sich mit großer Geschwindigkeit Geschichten vor mir auf. Das Leben wurde viermal so groß, wenn man einfach so ins Unbekannte hineinfragte. Ich nahm den Bartl mit.

Nach der Doppelstunde Sport stiegen wir aufs Rad und fuhren durch den Ort bis zum Anfang des Klosterbergs, der so steil anstieg, dass an manchen Stellen des Bürgersteigs Geländer in die angrenzenden Hauswände eingelassen worden waren. Es war im

Prinzip unmöglich, ihn mit dem Fahrrad zu bewältigen, außerdem war da der Bartl, bei dem man froh sein konnte, wenn er nicht auf gerader Strecke beschloss, sein Rad zu schieben. Dass er überhaupt ein Rad besaß, war das eigentliche Wunder.

Auf der Fahrt erzählte ich ihm von Kallmünz, dem Geistreiter und der irritierenden Neugier vom Böhmi, und wir beschlossen, ihm zum nächsten Geburtstag einen Landschaftsmalkurs zu schenken, falls es so was gab. Eigentlich hatte ich ihn mit zum Kloster nehmen wollen, er war aber lieber mit Karin Zellmair spazieren gegangen. Der Bartl hatte sich erst gesträubt, weil er immer noch Angst hatte, dass es wieder eine Portion Strahlen regnete. Letztlich sei das ja auch nur wieder Kondenswasser, das schon mal verseucht auf der Erde gelandet war. Seine Eltern hatten erst vor ein paar Tagen in Landshut eine nächtliche Spontandemo gegen Atomkraft organisiert, zu der nur zehn Leute gekommen waren. Aber der Bartl war eine treue Seele und hatte eh nichts Besseres vor.

»Hast du eigentlich irgendwas gespürt, bevor du den Herrlich hast da hängen sehen?«, fragte der Bartl.

»Was meinst du mit ›gespürt‹?«

»So was wie eine Anwesenheit.«

»Was ist eine Anwesenheit?«

»Die Anwesenheit von Tod«, sagte der Bartl. Schaute ungewohnt düster drein, so als wüsste er, was ich erlebt hatte.

»Gar nix hab ich gespürt«, sagte ich. »Plötzlich hängt da halt jemand.«

»Aber gerochen?«, fragte der Bartl. Keuchte selbst beim Schieben des Fahrrads.

»Gerochen schon. Hatte vorher aber keine Ahnung, wie eine Leiche riecht«, sagte ich.

»Belastet das nicht deine Beziehung zur Rosa?«, fragte der Bartl, der sich doch sicher kaum vorstellen konnte, was eine Beziehung zu einem Mädchen überhaupt war, geschweige denn wie man sie belastete.

»Weiß ich nicht. Erst mal ist sie in München mit ihrem riesigen Vater.«

»Der ist wirklich sehr groß«, sagte der Bartl. Dann brauchte er eine Pause.

Das Haupttor zum Kloster Schyren stand offen, es lag nur einen Steinwurf von der wuchtigen schneeweißen Schyrener Kirche mit ihren beiden kantigen Türmen entfernt. St. Benedikt war die einzige Kirche weit und breit ohne Zwiebelhauben, dafür mit klaren roten Pyramidenhelmen und zwei schwarzeisernen Kreuzen, an deren Fuß jeweils eine goldene Kugel befestigt war. Zwischen den beiden Türmen hing eine Statue vom bärtigen heiligen Benedikt in einem langen Umhang mit einem Stab, auf den ein Kreuz montiert war. Von unten erinnerte mich die Figur immer eher an einen Poseidon.

Rechts von dem romanischen Westportal der relativ frisch geweißelten Kirche befand sich ein Torbogen, der die zwei Zeilen eines großen Innenhofs miteinander verband. Die beiden Türflügel standen halb offen, vielleicht für den Lieferverkehr. Auf dem linken Flügel war das Bild eines bärtigen Mönchs eingraviert und darunter stand *Ora et labora*. Auf dem rechten fütterte Franz von Assisi ein paar Tiere.

Wir betraten den Innenhof ohne die geringste Idee, was wir als Nächstes tun wollten. In dem Gebäude links von uns stand auf einer grün gestrichenen Holztür *Parlatorium* und darunter *Anmeldung zu den Wochenend-Seminaren*.

Ich klopfte. Erst blieb es still, dann sagte eine raspelige weibliche Stimme aus dem gekippten Fenster rechts neben uns: »Herein.«

Wir betraten einen kurzen Flur, der an einem schmalen Treppenhaus mündete. Die Tür rechts von uns stand offen. Der Raum dahinter war durch ein Gitter in der Mitte getrennt. Auf unserer Seite standen zwei Stühle und ein Regal mit Prospekten. Auf der anderen Seite des Gitters befand sich ein Schreibzimmer mit einem Blattkalender und einem Kreuz an der Wand. Am Schreibtisch saß eine Schwester und korrigierte in einer Akte herum. Wir setzten uns auf die Stühle.

»Grüß Gott«, sagte ich.

»Grüß Gott«, sagte sie durch das Gitter. Schaute uns alles andere als freundlich an. »Wie können wir helfen?«

»Mein Name ist Wolff. Ein Onkel von uns ist gerade gestorben. Sehr unglückliche Umstände.«

»Aha«, sagte sie. »Unser Beileid.«

»Wir wissen von einem seiner besten Freunde, dass er in den letzten Jahren öfter in diesem Kloster war, und würden gerne mit jemanden reden, der ihn gekannt hat. Ihn auch über den Todesfall informieren.«

»*Ihn* können Sie nicht informieren«, sagte die Klosterschwester trocken.

»Wie meinen Sie das?«, fragte ich.

»Hier gibt es keinen *Ihn*. Wir sind die Religionsgemeinschaft der Armen Franziskanerinnen. Im Volksmund die Schyrener Schwestern. Seit 1869 hat es hier keinen einzigen Mönch mehr gegeben, und es sind auch keine in Aussicht.«

»Natürlich. Entschuldigung«, sagte ich. »Vielleicht sind wir auch falsch.«

»Nicht unbedingt«, sagte die Schwester und legte ihren Stift zur Seite, wie um zu demonstrieren, dass wir ihre Konzentration nachhaltig sabotiert hatten. »Es kommen oft Männer, die Seelsorge in Anspruch nehmen. Gespräche führen oder sich einfach nur zurückziehen möchten. Sich ein paar Tage oder sogar Wochen einmieten. Wir vermieten viel.«

»Das ist ja interessant«, sagte ich. »Mein Onkel heißt Joseph Herrlich. Aus Kallmünz.«

»Kallmünz sagen Sie. Das ist doch dieser Künstlerort, richtig?« Irgendetwas hatte ihr Interesse geweckt. Freundlicher wurde sie dadurch nicht.

»Ja, das stimmt. Eine Landschaftsmaler-Kolonie, wenn man so will«, sagte ich und faltete die Hände, um noch ein bisschen ernsthafter zu wirken.

»Gehen Sie mal rüber ins alte Brauhaus, und fragen Sie nach der Schwester Lisi«, sagte die Schwester und griff nach ihrem Stift. Als der Bartl Anstalten machte, sich zu bedanken, hatte sie sich schon wieder ihrer Akte zugewandt.

Wir überquerten den Empfangshof und liefen über die klösterliche Anlage. Es gab einen Bauernhof und eine Schreinerei, sogar eine eigene Mädchenrealschule, und im Hintergrund sah man schon das Sanatorium mit seinem spitz über den Hohen Rücken hinausragenden Zwiebelturm und der potenten Dachgaube im Haupthaus. Das diente inzwischen als Altenheim für die Schwestern.

»Schau hin«, sagte ich zum Bartl. »Da bin ich geboren.« Ich zeigte hinüber zum alten Klosterkrankenhaus. Es war lange schon nicht mehr als Krankenhaus im Betrieb, aber noch weit über mein Geburtsjahr hinaus mussten alle Frauen im Umkreis von zwanzig Kilometern hier entbinden, wollten sie nicht in die anonyme Stadtklinik. Jemand wie die Mutter vom Bartl hatte das gewollt. Der war im fernen Landshut auf die Welt gekommen.

Meine Mutter hatte mir erzählt, wie man ihr damals ein Mittel zur Geburtseinleitung verabreicht und sie dann einen Tag lang mit ihren Wehen in einem kargen Zimmer mit einer Bibel allein gelassen hatte. Männer durften das Sanatorium während der Entbindungszeit nur eine Stunde pro Tag besuchen. Meine Mutter sagte, Geburten waren damals wie Zahnarzt-Besuche. Hin und wieder hatte man einen Termin, und dann musste man halt hin, und zwar alleine.

Das Brauhaus war ein länglicher Neubau mit einem flachen Dach. *Klosterbräu* stand auf der Hauswand, die Tür war offen. Das Klosterbier kannten wir natürlich alle, das gab es auch bei uns in der Wirtschaft, aber mir war bisher nie der Gedanke gekommen, dass es von Klosterschwestern gebraut wurde. Jetzt verstand ich auch, warum mein Vater es »Schwesternbier« nannte.

Drinnen gab es einen kleinen Gastsaal mit zirka zehn Tischen. Er war leer bis auf eine Putzfrau, die den Boden wischte.

»Zum Brauhaus?«, fragte ich. Sie deutete nach rechts, wo sich ein Gang anschloss. Wir liefen durch einen weiß gekachelten Flur und gelangten schließlich in einen beeindruckenden Raum. Die Wände waren in leuchtendem Türkis gefliest und die Decke in so schwerem Dunkelblau angemalt, dass man fürchtete, die Farbe könne jederzeit auf den Boden klatschen. In der Mitte befanden sich zwei große kupferne blank geputzte Kessel. Der Bartl kratzte sich hinterm Ohr. Starrte auf eine groß gewachsene Schwester, die mit Kreide Zahlen auf eine grüne Schiefertafel voller Kolumnen und Zeilen schrieb. *Sudkontrolle* stand ganz oben auf der Tafel. Sie trug eine weiße Haube und einen blauen Arbeitskittel über der schwarzen Tracht. Es war dasselbe Blau wie an der Decke. Vollkommene Stille. Bis der Bartl verschleimt hustete.

»Entschuldigung«, sagte ich. Meine Stimme hallte um die Kupferkessel herum, hinauf an die Decke, wo sie vom Schwergewichtsblau verschluckt wurde.

»Wir sieden wie vor hundert Jahren«, sagte die groß gewachsene Schwester, ohne sich zu uns umzudrehen.

»Wir kommen gar nicht wegen dem Bier«, sagte ich.

»Wollt ihr kein frisches Zoigl probieren?« Jetzt drehte sie sich doch um und offenbarte ein vernarbtes rotes Gesicht voller Lachfalten.

Der Bartl starrte sie nur an, bekam seine Hand nicht hinter dem Ohr hervor.

»Wir wollen gar nicht lange stören. Mein Name ist Konstantin Wolff, und das ist mein Schulfreund Christoph Haid.« Keine Ahnung, warum ich *Schulfreund* sagte.

»Ja, sehr erfreut. Ich bin Schwester Elisabeth, aber eigentlich die Schwester Lisi. Stolze Braumeisterin der Schyrener Schwestern seit 1976.« Sie rollte das R sehr selbstbewusst, wir hielten sie sofort für kompetent.

»Wie lange brauen Sie denn schon Bier hier?«, fragte der Bartl brav.

»Solange es das Kloster gibt. Seit dem 12. Jahrhundert.«

»Seit dem 12. Jahrhundert?«, sagte der Bartl. »Immer nach demselben Rezept?« Er schien einer ähnlichen Begeisterung fürs Bierbrauen zu erliegen wie der Böhmi neulich der Landschaftsmalerei.

»Kennen Sie einen Joseph Herrlich? Aus Kallmünz?«, fragte ich, bevor sie auf den Bartl eingehen konnte.

»Den Joseph? Natürlich kenn ich den. Der liebt das Zoigl. Das einzige Bier, das er mag, sagt er. Ist sonst ein ausschließlicher Weintrinker.«

Weder der Bartl noch ich reagierten. Sie registrierte das und schien einen Moment nachzudenken.

»Ist er tot?«, fragte Schwester Lisi dann ungerührt und wischte mit dem Finger auf der Tafel eine Zwei weg und machte eine Eins daraus.

»Leider ja. Er hat sich umgebracht«, sagte ich.

»Verdammte Scheiße, Joseph«, sagte Schwester Lisi, ohne ihre Fröhlichkeit in der Stimme zu verlieren, und wischte sich die Hände an ihrem Kittel ab.

»Sie kannten ihn gut?«, fragte ich. Überflüssige Frage.

»Ich kannte ihn gut, das kannst du laut sagen.« Immer noch die Hände am Kittel abwischend.

»Das tut mir leid«, sagte ich.

»Joseph, du Armleuchter«, sagte sie.

Der Bartl schaute an die Decke. Ihm war die Situation am unangenehmsten.

»Was hattet ihr denn mit ihm zu tun, wenn ich fragen darf?« Ihre roten Narben leuchteten vor den türkisen Fliesen. »Ihr seid doch sicher keine Verwandtschaft.«

»Nein, Sie haben recht«, sagte ich. »Ich habe ihn nur gefunden. Also seine Leiche. In unserem Schloss. Erhängt.«

»Drüben in Praam? Jesus, Maria«, sagte Schwester Lisi. »Das ist kein schönes Ende.«

»Haben Sie eine Ahnung, was mit ihm los war?«, fragte ich. Ich hatte jetzt das Gefühl, dass sie uns auch etwas erzählen wollte.

Sie zögerte. Drehte sich noch mal zu der grünen Tafel um, nahm die Kreide.

»Gequälte Seele war er, ganz einfach.« Sie ließ die Kreide durch ihren Finger wandern. »So Leute schaffen's oft erstaunlich lange durchs Leben. Aber irgendwann halt nicht mehr. Bin eigentlich stolz, dass er so lange durchgehalten hat. Der wird auch schon um die siebzig gewesen sein.«

»Haben Sie ihn betreut?«, fragte ich.

Sie lachte. »Betreut? Mit Bier vielleicht. Er hat hier gewohnt von Zeit zu Zeit. Hat die Ruhe geschätzt. Wir haben uns oft zusammengesetzt. Als Spezl eher.«

»Was hat ihn denn so gequält?«, fragte ich.

»Weißt du, Bub, ich bin keine Psychiaterin. Ich bin nur die Brauschwester«, sagte sie und schraubte ein Ventil an einem der Kessel auf. Es roch sofort nach Hopfen.

»War seine Familie reich?«, fragte der Bartl.

»Den Landwirtschaftsmaschinenhersteller Herrlich kennen Sie aber schon, oder?«, fragte sie. Schüttelte den Kopf.

Es nickte nur der Bartl.

»Wann ist er denn überhaupt gestorben?«, fragte Schwester Lisi.

»Ich weiß es nicht«, sagte ich. »Ich habe ihn letzten Mittwoch in seinem Schloss gefunden.«

»Jesus, Maria«, sagte sie erneut.

»Kennen Sie den Maler Geistreiter?«, fragte ich weiter.

»Nur vom Hörensagen. Das war doch sein Freund aus der Künstlerkolonie, stimmt's? Das Malen hat ihm beim Vergessen geholfen. Ich hab sogar ein paar ganz hübsche Bilder von ihm.«

»Was vergessen?«, fragte ich. Jetzt waren wir da, wo ich hinwollte. Ich steckte mein T-Shirt in die Hose, als begänne jetzt der förmliche Teil der Befragung.

»Das fällt unters Beichtgeheimnis, sozusagen.« Sie ging zu einem Waschbecken an der Wand. Drehte den Hahn auf, sodass ich jetzt lauter reden musste, weil der Wasserstrahl stark im Kesselraum widerhallte.

»Die Wahrheit ist: Mein Onkel arbeitet bei einer Zeitung in Passau«, sagte ich. »Er würde gerne eine längere Geschichte über das Schloss und Joseph Herrlich schreiben. Ich helfe ihm dabei. Aber wenn Sie nichts sagen wollen, versteh ich das natürlich.«

»Wer weiß.« Schwester Lisi drehte das Wasser ab. »Vielleicht ist es ja sogar an der Zeit, was zu sagen.« Sie trocknete sich die Hände mit einem weißen Handtuch.

Ich hatte sie so weit, dachte ich. Verlieh mir innerlich den Pulitzer-Preis.

»Und was?«, fragte ich, »was könnten Sie denn sagen?«

»Du bist ja hartnäckig, Bub. Aber von nichts kommt nichts. Stimmt's?« Ich nickte, der Bartl nickte, sie schaute uns an. Schwieg.

»Ich will Sie auch nirgends hineinziehen«, sagte ich.

»Davor hätte ich keine Angst. Ich weiß nur nicht, ob es im Sinne vom Joseph wäre, mit der Zeitung über ihn zu reden. Er hatte keine allzu gute Meinung von den lokalen Zeitungen.« Sie wischte sich die längst nicht mehr nassen Hände am Saum ihrer Ordenstracht ab. Ich war dabei, sie wieder zu verlieren.

Der Bartl kratzte sich laut am Hals, als müsste er ihn abschleifen.

»Die Zeitung ist aus Passau«, sagte ich hilflos.

»Und ihr wollt wirklich nicht vom Bier probieren?«, fragte Schwester Lisi mit Blick auf den Bartl. »Setzt euch doch draußen auf die Bank, und ich bring euch schnell zwei kleine Zoigl. Ihr kennt wahrscheinlich nur das normale Klosterbier.«

»Na gut. Danke«, sagte ich. Vielleicht bekam ich noch eine Chance.

»Gibt's auch Weizen?«, fragte der Bartl.

»Es gibt kein Weizen und kein Pils. Sind mir beide zu bitter. Und Dunkles sowieso nicht, sind ja keine Dienstleister hier. Ich brau bloß, was mir schmeckt!« Schwester Lisi lachte ungestüm los und schloss uns eine kleine Tür auf, die nach draußen in eine Art Garten auf der Rückseite des Gebäudes führte, und ging dann zurück zum Ausschank. Wir setzten uns auf eine hölzerne Bank, von der aus man runter auf den Jakobiweg schauen konnte, und hielten die Gesichter in die Sonne. Das tat gut nach dem ganzen Regen.

»Die haben ja sogar einen Weinhang«, sagte der Bartl. »Ich dachte, ein Kloster ist so was wie nie endende Besinnungstage, dabei haben die hier mehr Alkohol als jedes Wirtshaus. Jetzt versteh ich endlich, warum die Leut ins Kloster gehen.«

Besinnungstage waren die Exkursion, die man in der 10. und 11. Klasse im Winter mit den Religionslehrern des Jahrgangs unternahm. Drei Tage in einem katholischen Tagungshaus, drei Tage nur Religionsunterricht. Die abendlichen Zimmerkontrollen und die Trennung zwischen Mädchen und Jungen waren noch schärfer als auf herkömmlichen Klassenfahrten, und Alkohol war sowieso strikt verboten. Wer kein leidenschaftlicher Schafkopfer war, hasste die Besinnungstage.

Schwester Lisi kam mit zwei kleinen Willy-Bechern zurück und setzte sich zu uns auf die Bank. Sie selbst trank aus einer Flasche.

»Zum Wohl«, sagte sie.

»Zum Wohl«, sagte der Bartl. Er probierte. Stieß die Luft aus. Erst dachte ich, er spuckt das Bier wieder aus. Dann sagte er: »Das ist ja echt ganz gut. Ist das ein Braurezept aus dem Mittelalter?«

Schwester Lisi schüttelte den Kopf. Lachte: »Geh, du mit deinem Mittelalter. Dann würd's dir garantiert nicht schmecken. Das muss eine richtige Plörre gewesen sein früher. Man hat vorher nie gewusst, wie es nachher schmeckt. Die Gerste, die man zum Brauen benötigt, wird heutzutage in einem Labor auf Eiweiß, Stärke und löslichen Stickstoff überprüft. Danach weiß man erst, wie lange gekocht oder geruht wird. Der Sudprozess ist jedes Mal ein anderer.«

»Trinken die Schwestern viel Bier?« Der Bartl hatte sich jetzt eingeschossen. Ich ließ ihn gewähren, solange er die Schwester Lisi bei Laune hielt.

»Darüber gebe ich keine Auskunft. Ich sag nur so viel: Im Sommer jagt ein Anstich den nächsten.« Schwester Lisi lachte laut und männlich.

»Ja, schmeckt gut«, sagte ich. »Ich hab meinem Opa auch manchmal bei seinem Zwickl-Bier geholfen.«

Schwester Lisi richtete sich auf. »Tatsächlich? Wer war dein Opa?«

»Johann Wolff«, sagte ich. »Gasthaus Wolff in Praam.«

»Aber natürlich. Daher kommst du mir so bekannt vor. Dieselben dunklen Haare und die misstrauischen Augen. Ich kannte deinen Opa gut. Der Hansi, natürlich. Wir haben hier schon Tipps und Tricks unter Braumeistern ausgetauscht.« Sie freute sich sichtlich.

»Sie konnten den Joseph Herrlich also auch nicht aufbauen?«, fragte ich. Unternahm einen letzten Versuch.

»Nein. Manche Leute kann man nicht aufbauen. Da hilft auch das größte Verständnis nichts. Ich hab nur zuhören können.«

»Wie könnten wir noch mehr herausfinden, ohne dass Sie Ihr Beichtgeheimnis verletzen müssten?«, fragte ich.

»Schaut, dass ihr was übers Schloss findet. Vielleicht im Stadtarchiv«, sagte Schwester Lisi.

»Und was genau?«, fragte ich.

»Wenn ihr's findet, wisst ihr, was ich gemeint habe.« Sie nahm einen tiefen Schluck aus ihrer Flasche. Dann rülpste sie.

10

SUSANNAH

Am Donnerstag hatten zwei meiner Mitschülerinnen im Biologieunterricht ein Schaubild zum Störfall in der Ukraine gezeichnet, dazu die wichtigsten Begriffe wie Becquarel und Halbwertszeit erklärt und irgendwo ein Buch mit Bildern von strahlenkranken Tieren aufgetrieben. Beim Physiklehrer waren sie abgeblitzt, Chemie hatten die meisten schon abgelegt, aber die bemüht korrekte Bettina Reinisch, Leiterin vom Grundkurs Biologie, hatte den Vortrag zugelassen. Allerdings hatte sie ihn dann im letzten Drittel mit dem Hinweis unterbrochen, das sei doch alles reichlich komplex und man müsse sich im Klaren darüber sein, dass man im Fall Ukraine noch nichts Konkretes wisse und vielleicht auch nie erfahren werde. Das hatte für Unruhe im Kursraum gesorgt, der wie die Miniaturausgabe eines Hörsaals aufgebaut war, die Reihen mit automatisch hochklappenden Holzsitzen tribünenartig übereinander angeordnet. Der Bartl meldete sich, sagte, dass die radioaktive Wolke aber seines Wissens ziemlich konkret sei, schließlich hätten die Skandinavier sofort nach dem Unglück eine Vertausendfachung der Radioaktivität gemessen. Skandinavien hätte da aber auch wirklich sehr strenge Grenzwerte, hatte ihm Frau Reinisch geantwortet. Die Unruhe hielt bis zum Gong an.

Der Nachmittagsunterricht fiel aus, weil der Sportlehrer Dernhammer, ein mieser Schleifer, krank war, was bestenfalls alle zwei Jahre vorkam. Deshalb aß ich mit dem Böhmi, der erneut die Berufsschule schwänzte, bei uns im Gasthaus zu Mittag. Uns gegenüber saß Josephine Zankl mit einer Bekannten bei einem Glas Weißwein, Geschnetzeltem und zwei Schachteln Zigaretten auf dem Tisch. Sie winkte kurz herüber, redete gleichzeitig weiter mit ihrer Bekannten, die ich noch nie zuvor gesehen hatte.

»Schwarzer, die findet dich gut«, sagte der Böhmi.

»Die ist doch über dreißig«, sagte ich.

»Ja und? Du bist doch ein fescher Kerl, von deinem hässlichen Gesicht mal abgesehen.«

»Glashaus, Steine, Obacht«, sagte ich. »Komm lieber mit ins Archiv.«

»Nein, Schwarzer, für so was ist der Bartl zuständig. Frag mich, wenn wir irgendwas anzünden müssen.«

Meine Mutter, die hinter dem Tresen Gläser polierte, betrachtete uns mit Argwohn.

Ich schaute auf das Cordon bleu auf meinem Teller. »Glaubst du, wir essen verstrahltes Fleisch?«

»Auf jeden Fall«, sagte der Böhmi.

»Aber würde uns die Regierung das nicht sagen?«, fragte ich.

»Was hätte jetzt die Regierung davon, wenn sie uns sagt, dass wir verstrahlt sind?«

»Man würde medizinische Maßnahmen ergreifen«, sagte ich.

»Ach komm, es ist doch längst zu spät. Wir werden es erst in ein paar Jahren oder sogar Jahrzehnten merken, wenn wir alle Krebs kriegen. Was hätte die Regierung davon, uns das jetzt schon zu sagen?«

»Du bist ja ein Schlechtwettermensch«, sagte ich.

»Sagt der größte Pessimist von ganz Praam.«

»Das bin ich gar nicht mehr«, sagte ich und hielt mich an der Tischkante fest.

»Weil du jetzt verliebt bist«, sagte der Böhmi.

»Unsinn«, sagte ich zu laut, und Josephine Zankl lächelte zu mir herüber.

»Du bist doch sicher ganz gut mit Archiven«, sagte ich zu Albert am Telefon. Ich wollte, dass er am Freitag kam und im Schyrener Archiv etwas über das Wasserschloss fand. Ich selbst traute mir das irgendwie nicht zu.

»Am Freitag bin ich aber noch in der Redaktion, und abends hab ich eine Session mit der Holländerin.«

»Dann nimm sie halt mit. Bei uns im kleinen Nebensaal kann man sicher was machen.«

»Nah, der Nebensaal ist fad. Aber jetzt hab ich dich neugierig auf die Susannah gemacht, oder? Ich kann mal den Jesus fragen, ob der einen guten Ort weiß«, sagte Albert.

»Dann kommst du?«

»Ich muss noch mal mit meinem Chef reden. Und die Susannah muss ich auch fragen. Aber das kriegen wir schon gewinkelt irgendwie, Konan, alter Knochenbrecher.«

Am Abend bat mich meine Mutter, dem Zogo ein Essen aus dem Gasthaus zu bringen. Dieser Frondienst blühte mir mindestens einmal die Woche, und ich hatte ihn bereits mehrmals gegen Geld an meine Schwester abgetreten. Leider war sie nicht zuhause. Ich lief also mit einem rechteckigen Besteckkorb rüber ins Fischerviertel, das so hieß, weil hier früher angeblich die Krabbenfischer kampiert hatten. Von dieser Mittelalterromantik war aber nichts mehr zu sehen, Neubauten im Toskana-Stil, getrennt von kleinen Wiesengrundstücken prägten das Viertel mit einer Ausnahme: das Haus vom Zogo. Ein auf alt gemachtes Bauernhaus, an das er eine Art Kreuzgang angestückelt hatte. Wollte man zur Haustür, musste man erst durch einen überdachten Säulenhof, bis man zu der schweren Eichentür mit hineingeschnitzten Vögeln und einem Gerokreuz kam – Jesus umgeben von einem Flammenkranz. Ich klingelte, und erst nach einer Weile öffnete meine Oma die Tür.

Sie sah aus, als käme sie direkt von einem gesellschaftlichen Anlass, aber das war nicht ungewöhnlich. Man traf sie fast zu jeder Tageszeit in Pelz und Parfüm an. Sie hatte auch noch im Nachthemd die Haare zu einem rotbraun gefärbten Ballen festgesprüht und roch nach schwerer, süßer Seife.

Dreimal in der Woche fuhr meine Oma mit ihrem eigenen Auto, einem gelben Citroën, in die Stadt zur gemischten Sauna, während der Zogo zuhause blieb und sich um seine Immobiliengeschäfte kümmerte, den Garten goss oder mit dem Parzefall Canasta spielte. Seit ich mich erinnern konnte, war sie die stark parfümierte Luxus-Oma, laut meiner Mutter war sie das aber erst, seitdem der Zogo die Firma verkauft und sich den Kreuzgang angebaut hatte.

Im Haus war es duster. Selbst bei Tag, nicht nur weil alle Möbel aus dunklem Holz waren, sondern weil das alles überlappende Dach einen überdimensionalen Sonnenschutz bildete und alles in ewigen Schatten tauchte.

Meine Oma begrüßte mich, indem sie mir ihr gepudertes Gesicht zum Küsschen hinhielt, dann geleitete sich mich ins Wohnzimmer, wo der Zogo schon am Esstisch neben dem selbst gebauten Kachelofen saß und in einer Fernsehzeitung blätterte. Ein grauschwarzer Koloss von einem Fernseher zeigte die Nachrichten. Unter dem Ding stand ein nagelneuer VHS-Rekorder. Mein Vater behauptete, der Zogo hätte Geld genug, um es an Schweine zu verfüttern. Der Zogo saß da in einem ordentlich gebügelten mintgrünen Hemd. Sein dünnes graues Haar war wie sonst auch sorgfältig über den gut gebräunten, aber fleckigen Schädel gekämmt. Er war frisch rasiert und trug seine schmalrandige Brille mit den eckigen Gläsern. Auf dem Fensterbrett neben ihm stand ein silbernes Radio – daneben eine Kassette von Hansl Krönauer mit dem Titel *Golden schimmern meine Berge.*

»Konstantin. Das freut deinen alten Opa, dass du dich mal wieder blicken lässt«, sagte der Zogo aus dem Halbdunkel. Es war mehr ein Flüstern als ein Reden, weil er seit dem Krieg Probleme mit den Stimmbändern hatte, was er auf ein sogenanntes Nebelfass zurückführte – ich hab nie gefragt, es hatte wohl etwas mit Säure zu tun. Merkwürdig war nur, dass er trotzdem im Kirchenchor sang.

»Servus, Opa. Hier ist das Essen. Mit schönem Gruß von der Mama.«

»Die Juttl. So ein guter Mensch. Deine Mama. Ein ganz reines Herz. Und immer noch buckelt sie in der Wirtschaft. Weil sie eine so gute Haut ist. Aber einen schönen Namen hat sie dir gegeben. Wie der Kaiser Konstantin vom alten Rom.«

»Das erzählst du jedes Mal«, sagte ich und fragte mich, ob ich meinen feindseligen Unterton hatte unterdrücken können.

»Wie geht's dir denn jetzt in der Schule? Wann machst du deine Matura?« Der Zogo sagte Matura statt Abitur, weil seine Familie aus der Nähe von Salzburg stammte. Sein Vater war in den ersten Jahren des Zweiten Weltkriegs nach München gekommen, um sich als Verbindungsoffizier um die Ziegelei zu kümmern, die zur Munitionsfabrik umfunktioniert worden war. Als er sie gegen Kriegsende in die Luft sprengen sollte, weigerte er sich angeblich, was ihm nach dem Krieg eine Anstellung bei den Reichelts einbrachte. Sein Sohn Ignaz, also der Zogo, hatte die Oma bei einer Sonnwendfeier kennengelernt, und weil sie das einzige Kind eines Spenglereibesitzers aus Schyren war, machte er eine Spenglerlehre, statt seinem Vater in der Ziegelei nachzufolgen. Er arbeitete sich vom Spenglerlehrling zum Betriebserben hoch, fand aber genau wie sein Schwiegervater auch keinen blutsverwandten Nachfolger, da sein einziger Sohn Albert sich für ein Magisterstudium entschieden hatte. Letztlich verkaufte er den Betrieb an den Jungunternehmer Schaller aus Schyren und baute sich das Bauernhaus mit Kreuzgang.

»Willst du ein bisschen mit dem Opa Fernsehen schauen?«, fragte er und packte das Essen aus. Kassler mit Sauerkraut und Salat, keine Überraschung. Die Oma brachte ihm Besteck, und er ließ sie den Fleischlappen für ihn schneiden.

»Kommt aber eh nur wieder das Atomkraftwerk«, sagte er. Die Artikulation durch Kassler erschwert. »Der Herrgott wird schon wissen, warum das ausgerechnet beim Russen passiert. Weißt du überhaupt, dass dein Opa im Krieg in der Ukraine war? Gar nicht so weit weg von diesem Murks.«

Der Zogo war im Zweiten Weltkrieg von der West- an die Ostfront versetzt worden, wurde dann aber aus der Ukraine als Kriegsversehrter zur Pflege ins Kloster Schyren zurückgeschickt und hatte danach aus mir unbekannten Gründen nicht mehr an die Front gemusst.

»Ich weiß, dass du in der Ukraine warst«, sagte ich.

»Ja, ja. Ich war ja erst in Frankreich, einen Luftwaffenstützpunkt herrichten, dann haben sie uns nach Polen in so ein gottverlassenes Städtchen versetzt und dann direkt nach Berdytschiw in den Fliegerhorst. Die Partisanen haben in einer Tour angegriffen. Es war im Grunde unmöglich, die Funkanlage zu warten, aber ich hab es hinbekommen. Weil ich eine Liebe fürs Technische habe. Du weißt, dass ich bei den Funkern war?«

»Ja, weiß ich«, sagte ich. Ich wusste alles. Dachte ich. Denn jetzt kam etwas, das ich noch nicht kannte. Hätte ich gesessen, es hätte mich sprichwörtlich vom Stuhl gehauen.

»Das war eine schwierige Phase für uns. Die SS hat allen Partisanen die Köpfe abgeschnitten und sie in einen Sack gesteckt. Für jeden Kopf gab es einen Liter Schnaps.«

»Wie bitte?«, fragte ich. Entgeistert.

»Schnaps war selten an der Front, aber es war im Grunde das Wichtigste gegen die Kälte und die schlechte Stimmung. Dir kann ich das erzählen, du bist ja jetzt alt genug. Die Köpfe haben sie dann abends vor uns Unteroffizieren ausgeschüttet«, sagte der Zogo und türmte sich Kartoffelbrei auf die Gabel.

»Geh, Ignaz, erzähl doch dem Konstantin nicht schon wieder so etwas Grausliges«, sagte meine Oma. Ich kam mir vor, als hätte ich meinen Körper verlassen.

»Auf jeden Fall kenn ich mich aus in der Ukraine«, sagte der Zogo. »Glaubst du mir das, Konstantin?«

»Glaub ich dir sofort«, sagte ich und kehrte langsam wieder in meinen Körper zurück.

»Aber jetzt muss ich mir dich doch noch mal kaufen, mein lieber Freund und Kupferstecher.« Der Zogo legte seine Gabel laut und deutlich auf dem Tisch ab. Schaute mich an. Zornesfalte auf der Stirn. »Was hattest du denn im Schloss vom Gaugrafen zu suchen? Bist du nicht gescheiter?«

»Gern ein andermal, ich muss jetzt los«, sagte ich und deutete mit dem Kopf zur Tür. »Hab was ausgemacht.«

»Du Rotzbub bleibst gefälligst hier, wenn dein Opa mit dir redet. Du hast im Schloss nichts verloren, hast du mich verstanden? Das Gemäuer kann jeden Moment zusammenfallen, und was meinst du, wie deine Mutter dann weint. Wenn ich dein Vater wär, ich würd dir den Arsch versohlen, dass du eine Woche nicht mehr sitzen kannst. Aber der hat ja genau wie du keine Disziplin.«

»Ich bin siebzehn, mir versohlt garantiert niemand den Arsch«, sagte ich. »Und du beruhigst dich bitte wieder.«

»Sag du mir noch mal, dass ich mich beruhigen soll, du ausgeschämter Hundsbub, du ausgeschämter.« Der Zogo war jetzt aufgestanden.

»Ignaz, lass ihn in Ruhe. Geh heim, Konsti. Geh heim, und sag's nicht der Mama. Die hat schon genug um die Ohren«, sagte meine Oma, die bereitstand, mich zur Tür zu bringen. Bevor sie mich entließ, sagte sie mir leise hinterher: »Manchmal ist er ein richtiger Teigaffe.«

Ich schloss die schwere Tür mit dem Gerokreuz hinter mir, lief durch den Kreuzgang auf die Straße durchs Fischerviertel zurück zur Wirtschaft. Ich dachte: Dem Zogo soll ruhig mal die Hand ausrutschen, dann schlägst du zurück.

Zurück im schwarzen Zimmer legte ich mich aufs Bett und las die kleinen gelben Zettel, die Rosa und ich uns in den letzten Wochen geschrieben und zugesteckt hatten. Jeden Tag ein Kompliment, hatten wir vereinbart. Auf dem einen Zettel stand: *Du bist mein Rebell.* Das Nachtfieber kam diesmal schnell.

Niemand sprach am nächsten Tag mit mir über den Vorfall beim Zogo, der natürlich noch am selben Abend bei meiner Mutter angerufen hatte. Das Verhältnis der beiden verstand ich ohnehin nicht. Sie tat alles, was er von ihr wollte, sie verteidigte ihn, wenn mein Vater über ihn lästerte, doch einen liebloseren Ausdruck als ihren kannte ich nicht, wenn sie auf dem Weg hinüber zu ihm war. Ihr eisiges Gesicht durchs Fischerviertel trug.

Am Morgen fühlte ich mich so zerschlagen, dass ich entschied, nicht ins Carossa zu gehen. Ich unterschrieb längst meine eigenen Entschuldigungen.

Seit es Rosa gab, hatte ich auch nicht mehr das Gefühl, etwas zu verpassen. Zum Beispiel die vier Mädchen aus der Zehnten, die jeden Tag Lederjacken und Ohrringe in Form von Blitzen trugen. Sie hatten Freunde mit Motorrädern und fanden uns spießig, weil wir mit den Autos unserer Eltern herumfuhren. Es war ganz klar, dass sie hier am Carossa nur ihre Zeit absaßen, bis ihre Freunde mit den Motorrädern sie auf dem Busparkplatz abholten.

Als meine Mutter mich fragte, warum ich immer noch zuhause war, zeigte ich ihr das Fieberthermometer.

»Wir müssen was machen wegen diesem ewigen Fieber«, sagte sie. Tatsächlich waren wir schon zigmal beim Arzt gewesen. Keine Diagnose. Stress, mutmaßte der Hausarzt.

»Das geht weg, sobald ich nicht mehr in Praam wohne«, sagte ich. Sie schüttelte den Kopf, aber ich glaube, sie konnte sich das durchaus vorstellen.

»Der Albert kommt übrigens gleich«, sagte ich.

»Ich weiß.« Sie schaute säuerlich. »Er hat angerufen. Er braucht zwei Gästezimmer. Bringt eine Freundin mit.«

»Brauchst nicht so zu schauen. Wir sind ja nicht gerade ausgebucht«, sagte ich, aber der Scherz prallte wirkungslos an ihr ab. Wir hatten zwei einzelne Gästezimmer und ein Doppelzimmer im zweiten Stock, die nur dann in Anspruch genommen wurden, wenn jemand Hochzeit im kleinen Saal feierte und Angehörige aus Orten mit über fünfzig Kilometern Entfernung kamen. Alles darunter fuhr man betrunken nach Hause.

Um elf wollte Albert da sein, um eins kam er. Dafür hatte er tatsächlich Susannah de Vries mitgebracht. Ich habe nie zuvor und nie wieder in meinem Leben eine Frau gesehen, die mir so fremdartig und wenig greifbar vorkam wie Susannah de Vries aus Maassluis in Südholland. Sie hatte lange Korkenzieherlocken, die ihr fast bis zur Hüfte reichten. Ihr Gesicht war klein und rund, aber alles darin stach daraus hervor. Spitze Nase, spitze Wangenknochen, spitzer Mund, lange Wimpern, Sommersprossen. Sie trug einen schwarzen Hosenanzug mit Unterarmen aus schwarzer Spitze, die nach Reizwäsche aussah. Sie war überaus stark geschminkt. Das Gesicht weiß, um die Augen dunkel und die Lippen lila-rot. Ich wusste nicht, wie man mit so jemandem redet, und dabei hatte ich noch nicht einmal bedacht, dass sie Holländerin war.

»Holy shit, Konan, die B8 ist zugeschissen mit Sonntagsfahrern. Und das am Freitag«, sagte Albert.

Die Holländerin wartete, bis Albert zu Ende geschimpft hatte. »Hallo, ich bin die Susannah.« Ihr Akzent war wie aus der Käsewerbung. Sie hatte einen breitkrempigen schwarzen Hut in der Hand und hielt mir eine Wange hin.

»Ich bin Konstantin.« Ich küsste die Wange.

»Konan, wir sind fix und fertig. Könnten wir unten erst mal was essen?«, fragte Albert.

»Aber das Archiv macht um zwei Uhr zu«, sagte ich.

»Hat das morgen nicht auf?«, fragte Albert.

»Morgen ist Samstag.«

»Ach so, morgen ist Samstag. Gut, dann sei so lieb und hol mir doch schnell ein Wurstbrot aus der Küche, dann fahr ich los nach Schyren. Du kannst mit der Susannah in der Zwischenzeit was essen. Schaffst du, oder?« Er ließ seine rote Sporttasche vor dem Gästezimmer fallen, das ich ihm noch nicht aufgeschlossen hatte, boxte mich spaßeshalber in den Magen. Ich wollte es nicht und ging doch kurz zusammen. Susannah tat, als hätte sie es nicht bemerkt.

Beim Essen wusste ich nicht, was ich sie fragen sollte. Auch sie hatte keine Fragen, aber dafür Appetit. Ich schaute ihr interessiert zu, wie sie begeistert ein Brot nach dem anderen in ihre Tomatensuppe tauchte und triefend wieder herausholte. Irgendwann legte Susannah ihre Hand auf meine. Sie hatte dunkelrote Fingernägel, die sie vorne spitz gefeilt hatte. Sie bewegte die Unterseite ihrer Finger auf meinen Gelenkknochen hin und her und sagte: »Kannst du mir noch ein bisschen die Salz geben?«

»Natürlich«, sagte ich und zog ganz langsam die Hand unter ihrer hervor, sodass wir beide sicher sein konnten, dass es kein Missverständnis war, dass wir uns berührt hatten, bevor ich aufstand und einen Salzstreuer aus der Küche holte.

Wieder am Tisch fragte ich sie, wo sie genau herkam.

»Maassluis, das ist in die südliche Nederland. Aber mittlerweile wohne ich in Amsterdam«, sagte sie. »Warst du schon einmal da?«

»Nein«, sagte ich. »Aber ich würde gerne.«

»Weil du *wiet* magst«, sagte sie.

»Davon hab ich bisher nur gehört«, sagte ich und versuchte, nicht allzu naiv auszusehen. »Wie alt bist du?«, war mein Ablenkungsmanöver.

»Dreiundzwanzig Jahre«, sagte sie. Nach meinem Alter fragte sie nicht.

Insgesamt vergingen über anderthalb Stunden, bis Albert wieder da war, in der Hand einen Packen DIN-A4-Blätter.

»Wie sieht's im Archiv aus?«, fragte ich. »Wie in einer Bibliothek?«

»Nur in deinen Träumen, Konan. In Wirklichkeit ist das ein besseres Wartezimmer. Das ist ganz oben im selben Gebäude, wo die Polizei sitzt. Da staubt es wie in der Wüste Arizona. Da war garantiert seit einem Jahr keiner mehr«, sagte Albert und bestellte sich ein Bier, indem er zum Tresen winkte. Susannah lächelte ihn an, er lächelte zurück, eine reine Formalie.

»Hast du gut gegessen?«, fragte er Susannah. »Hier kann man ganz gut essen.«

»Ganz tolle Idee hab ich«, sagte sie. »Wir müssen mit dem Konstantin *wiet* rauchen. Er hat Interesse.« Im Hintergrund schüttelte ich vehement den Kopf. Schließlich waren wir hier in der Wirtschaft meiner Eltern.

»Langsam reiten, Konan«, sagte Albert. »Erst das Geschäft. Schau her, was ich hab.«

»Ich bin gespannt«, sagte ich und schaute unter den Tisch, wo Susannahs Beine dünn und starr nebeneinanderstanden, in schwarzen Schnürstiefeln unter dem Schlag des zu kurzen Hosenanzugs. Alien.

»Jetzt pass auf«, sagte Albert. »Warum das Schloss damals in die Herrschaft der Leiblfinger überging und damit gebietsrechtlich von der Hofmark Schyren abgespalten wurde, willst du vermutlich nicht wissen.«

»Nicht unbedingt«, sagte ich und schaute zu Susannah.

Sie rührte abwesend in ihrem Kaffee, den ihr mein Vater mit der allergrößten Freundlichkeit und zwei Zuckerwürfeln auf dem Unterteller hingestellt hatte.

»Fang doch mit Herrlich an«, sagte ich.

»Sagen wir beim Großvater, so viel Zeit muss sein«, sagte Albert und breitete ein paar der Kopien vor sich aus. »Also der letzte Schlossbesitzer vor den Herrlichs war ein gewisser Ulrich, der Huber.«

»Der Huber?«, fragte ich amüsiert.

»Steht hier so«, sagte Albert. »Aber auch der war pleite und hat sein schönes Schloss quasi für einen Appel und ein Ei an den Münchner Großindustriellen Theodor Maria Herrlich verscherbelt. Das war 1857. Geerbt hat es dann sein Sohn August Caspar Herrlich, weil der aber nach Amerika ausgewandert ist, hat ihn der Vater enterbt und enteignen lassen, und das Schloss ging an den jüngeren Sohn Bartolomäus.«

»Das ist der Landwirtschaftsmaschinenmagnat«, sagte ich.

»Genau der«, sagte Albert. »Die Herrlichs hatten damals schon ihren Firmensitz in Freising, sie haben das Schloss nicht allzu oft besucht. Die Gegend um Praam war ihnen zu sumpfig für die Naherholung, also stand der Kasten im Prinzip die ganze Zeit leer. Bis der Sohn vom Bartolomäus, der Joseph, sich dort eine Art Atelier eingerichtet hat. Der schlug völlig aus der Art und wollte Maler statt Industrieller werden. Vielleicht wäre er auch enterbt worden, aber sowohl die Mutter Johanna als auch der Vater Bartolomäus verstarben nach dem Ersten Weltkrieg kurz nacheinander an einer Lungenembolie, sodass der ganze Besitz und sämtliche Industrie an den zwanzigjährigen Joseph und seine Schwester Amalie übergingen. Der Joseph wollte aber wie gesagt nichts mit der Firma zu tun haben, also behielt er lediglich ein paar Immobilien und überließ der Schwester die Marke Herrlich unter der Prämisse, dass sie diese mit ihrem Verlobten unter demselben Namen weiterführt, so traditionsbewusst war er dann doch. Und deshalb gibt es auch heute noch Pflüge, Maishäcksler und Trommelmähwerke der Firma Herrlich zu kaufen. Ist das nicht schön?«

»Und der Joseph hat dann dafür das Schloss behalten?«

»Ganz genau. Jetzt sind wir in den Dreißigern, und der Joseph ist knapp zwanzigjähriger Schlossbesitzer, der offensichtlich auch dort wohnt. Und ab hier wird's nebulös.« Der Albert schaute in die Runde. Susannah las inzwischen in einer Illustrierten, die sie mitgebracht hatte.

»Im Jahr 1940 findet sich ein Brief, in dem Herrlich zwar noch als Schlossbesitzer und Anwohner erwähnt wird. Doch der Brief stammt vom Pfarrer der Gemeinde Schyren – Hermann heißt der – und ist gerichtet an den Gauleiter der Bayerischen Ostmark, einen gewissen Fritz Wächtler. Du kannst ihn gerne selber lesen, wissen musst du nur, dass die Nazis ein paar Gebäude einkassieren wollten, darunter auch euer schönes Wasserschloss, um sie als Endlager für Behinderte und Senioren zu missbrauchen. Zumindest denkt das dieser Pfarrer. Und ist nicht begeistert davon. Offensichtlich haben nicht alle Pfaffen hier den Nazis die Stiefel geputzt. Auf jeden Fall ein guter Mann, der Ägidius Hermann.«

»Ist wahrscheinlich nicht mehr lange Pfarrer in Schyren gewesen nach dem Brief«, sagte ich. Schämte mich sofort für den Spruch.

»Das hab ich mir auch gedacht«, sagte er. »Ich hab auch noch was über den gefunden. Der hat schon 1932 einen Vortrag in Landshut gehalten, wo er von ekelhafter Überheblichkeit und Massenwahnverhetzung spricht. Als Initiative hat er Hausbesuche bei Nichtwählern empfohlen.«

»Und was ist mit dem Herrlich? Musste der dann sein Schloss zur Unterbringung von Euthanasie-Opfern zur Verfügung stellen, oder wurde er enteignet?«, fragte ich.

»Könnte man meinen«, sagte Albert. »Aber es kommt offensichtlich anders. In einer Pressenotiz aus dem Jahr 1943 heißt es, das Schloss bleibt im Besitz der Herrlich-Familie, dient aber vorübergehend als Übergangsklinik, was immer das auch bedeutet.«

»Wir müssten mal jemand fragen, der sich erinnert«, sagte ich.

»Dann frag doch zuerst einmal euren Pfarrer, der ist doch schon eine Ewigkeit hier. Selbst wenn er nicht dabei war, kannte er vielleicht den Pfarrer Hermann und weiß, wie das mit dem Schloss ausgegangen ist.«

»Sonst hast du nichts mehr gefunden?«, fragte ich.

»Nein. Der Archivar wusste noch, dass das Schloss nach dem Krieg lange leer stand und nicht mehr in Schuss gehalten wurde. Der Herrlich hat wohl mehrmals versucht, es zu verkaufen, aber es hat nicht hingehauen, wie man sieht.«

»Dann reden wir als Nächstes mit dem Parzefall?«

»Eins nach dem anderen, Konan. Pressiert ja nicht. Jetzt machen wir erst mal ein paar Fotos. Wie schaut's aus, Susannah?«

Susannah sah von ihrer Illustrierten auf und lächelte spitz.

11

FRÄULEIN FANNI

Albert fotografierte Susannah mit einer erstaunlichen Leidenschaftslosigkeit. Ich hatte ihm den kleinen Stadel am Jägerberg gezeigt, den wir seit dem Brand nicht mehr nutzten, und dort fotografierte er sie von hinten vor der angerußten Bretterwand, mit nacktem Oberkörper. Ich fühlte mich wie ein Spanner, obwohl mir Albert versicherte, dass er öfter Zuschauer hätte, was es nicht besser machte. Außerdem hatte ich ein schlechtes Gewissen wegen Rosa.

Ich hatte keine Ahnung von Fotografie, aber es wunderte mich, wie sorglos Albert draufIosschoss. Er prüfte zwar kurz das Licht und ließ mich den Blitz halten, aber er gab Susannah keinerlei Anweisungen. Vielmehr wartete er ab, was sie von sich aus als Nächstes unternahm. Möglicherweise war es auch nur ehrlich von Albert, dass er nicht den Regisseur und das Universalgenie spielte, sondern einfach nur fotografierte. Seine Bilder waren gut, auch wenn sein einziges Konzept darin bestand, Frauen halb nackt an eigentümlichen Orten abzulichten. Am Ende fing er immer eine erstaunliche Kälte mit seinen Bildern ein. Eine Kälte und Apathie, die den angeberisch makabren Schauplätzen eine ganz neue Bedeutung gaben.

Unsere zweite Station hatte Albert mithilfe vom Jesus eingefädelt. Der Jesus war mit dem Sohn vom Bestattungsunternehmer Hinrainer auf die Realschule gegangen und verkaufte ihm immer noch regelmäßig seinen Schwarzen Afghanen, deshalb sperrte ihm der Hinrainer, mittlerweile Leiter der elterlichen Filiale, das Bestattungsinstitut an einem Freitagabend auf. »Freitagabend wird ganz selten gestorben«, hatte er gesagt.

Und so sahen der Jesus und ich Susannah dabei zu, wie sie nackt bis auf die Unterhose in einem Sarg lag. Im Ausstellungsraum standen sechs Särge am Boden, und weitere vier lehnten an der Wand. Das waren die zehn Sargtypen, zwischen denen man sich entscheiden musste, wenn man einen Angehörigen beerdigte. Weitere Einstellungen sahen vor, dass Susannah aus einem der Särge an der Wand stieg, den Deckel halb vorgeschoben wie ein Vampir in einem dieser älteren Filme aus den Hammer-Studios. Die Idee kam vom Jesus.

»Pass auf, dass das Dings nicht umfällt, Susi«, sagte der, als sie reinstieg. »Sonst kannst du gleich drin liegen bleiben.« Es war offensichtlich, dass er Susannah nicht zum ersten Mal traf.

Sie schien durchaus ihren Spaß zu haben, es sah nicht so aus, als hätte sie ein Problem damit, sich vor mir und dem Jesus auszuziehen, sie kokettierte aber auch nicht damit. Vielmehr ignorierte sie uns weitestgehend, bis Albert fertig war und sie sich wieder angezogen hatte. Von dem Moment an war sie wieder eine von uns.

Am späteren Abend saßen wir noch eine Weile alle zusammen in unserer Gaststube, aber Susannah verabschiedete sich nach dem dritten Glas Weißwein und verschwand auf ihr Zimmer. Danach ging sowohl mir als auch Albert rapide der Gesprächsstoff aus, und wir hockten angetrunken und schweigend vor unseren Gläsern.

Ich ging als Nächstes nach oben, aber eigentlich nur, weil ich von meinem Zimmer aus lauschen wollte, ob Albert später zu ihr marschierte oder in sein eigenes Bett ging. Die Gästezimmer befanden sich über mir, ich wusste genau, welches das linke und welches das rechte war und wenn es jemand betrat. Eine Weile lag ich wach, hörte weder Stimmen noch Geräusche. Dann setzte ich den Kopfhörer auf und schlief damit ein.

Am nächsten Tag fuhren Susannah und Albert in den Wald für ein weiteres »Shooting«, wie er es nannte. Es war ein milder Morgen, aber der bewölkte Himmel und das trübe Licht kündigten Regen an, was die beiden nicht weiter zu bekümmern schien. Ob ich mitwollte, fragten sie nicht.

Ich war gerade auf dem Weg in die Küche, um mir etwas zu essen zu holen, als mich meine Mutter aufhielt.

»Rosa hat angerufen«, sagte sie und sah dabei aus, als müsse sie mich darüber informieren, dass ich gerade von der Schule geworfen wurde.

»Wann denn?«, fragte ich.

»Als du noch geschlafen hast. Um neun.« Das war ein unmissverständlicher Vorwurf.

»Du sollst mir nicht zufällig was ausrichten?«, fragte ich.

»Vielleicht. Vorher sag ich dir aber klipp und klar, dass ich es für keine gute Idee halte, wenn du dich weiter mit dem Mädchen triffst.« Sie löste den Knoten ihrer Schürze und zog ihn fester wieder zu.

»Und warum bitte ist das keine gute Idee?«, fragte ich.

»Ihrem Vater ist das nicht recht.«

»Seit wann muss ich tun, was ihr Vater will? Ich tu ja noch nicht mal, was meiner will.«

»Das ist eine Frage von Respekt«, sagte sie und schaute an mir vorbei den Gang entlang in Richtung Haustür, als wolle sie mich jeden Moment hinauswerfen.

»Ich weiß nicht, was ich zu so einem Schwachsinn sagen soll, Mama«, sagte ich. »Warum machst du dich immer so klein? Denkst immer noch für die andern mit, dass du ja niemand auf die Nerven gehst.«

»Werd nicht unverschämt«, sagte sie. Wirkte enttäuscht statt wütend.

»Willst du mir jetzt nichts ausrichten?«

»Am liebsten würde ich dir tatsächlich nichts ausrichten«, sagte sie. Ertastete ihre Frisur. Sie sah erschöpft aus. Noch erschöpfter als letzte Woche. So erschöpft, dass sie sich zu viel Mühe gab, sich die Erschöpfung nicht anmerken zu lassen, und ständig an ihrer Erscheinung herumnestelte. Kurz nach unserem Fund im Wasserschloss war das Gasthaus Wolff doppelt so gut besucht gewesen, und sie hatte mehrere Tage am Stück zwölf Stunden lang ohne Pause gekocht. Vermutlich hatten die Leute gehofft, ich würde in der Gaststube auftauchen und noch mal die Story vom hängenden Herrlich zum Besten geben.

»Komm jetzt, Mama.«

»Sie sagt, sie ist wieder da, und du sollst heute Nachmittag um drei im Oberhofener Loch sein. Was ist das, ein Lokal?«, fragte sie und rückte das Telefonkästchen zurecht, das niemand verrückt hatte.

»Nimm es nicht persönlich, aber das geht dich nichts an«, sagte ich, obwohl ich in dem Moment selbst keine Ahnung hatte, was das Oberhofener Loch war. Erst beim Frühstück allein in der Küche blieb meine Hand mit dem Honigmesser in der Bewegung stehen, und ich musste laut lachen.

Auf dem Baumfriedhof mitten im Dunkelholz nahm sie mich in den Arm. Wie ein Kind, das man aus der Schule abholte.

»Das Oberhofener Loch. Du spinnst doch«, sagte ich und atmete den Geruch ihrer Haare ein, die sie das erste Mal in meiner Gegenwart offen trug. Sie breiteten sich um sie herum aus wie ein Cape, lenkten davon ab, wie klein ihr Kopf, wie zierlich sie eigentlich war.

»Es gibt keinen besseren Ort zum Rodeln um diese Jahreszeit«, sagte Rosa.

»Meine Mutter schaut jetzt wahrscheinlich im Straßenatlas, wo Oberhofen liegt.«

»Sie war sehr freundlich zu mir«, sagte Rosa.

»Zu mir nicht. Hat behauptet, dass dein Vater nicht will, dass du dich mit Dorfgesindel wie mir abgibst.«

»Das hat er so garantiert nicht gesagt, das ist eine wahnsinnig gemeine Unterstellung«, sagte Rosa und schubste mich aus ihren Haaren.

»Tut mir leid. Ehrlich gesagt: Ich weiß nicht, was er gesagt hat. Meine Mutter hat nur Andeutungen gemacht«, sagte ich und tat selbst einen Schritt zurück.

»Dann lass dich nicht aufhetzen, Wolff. Mein Vater würde nicht im Ansatz so was sagen. Der kennt keinen Dünkel.«

»Aber du kannst doch nicht leugnen, dass er mich nicht leiden kann.«

»Er kennt dich doch überhaupt nicht. Wenn überhaupt, dann ist er misstrauisch. Nimm dich mal nicht so wichtig.« Sie zog ein Haargummi aus ihrer Hosentasche, machte sich einen Pferdeschwanz.

Wütend sah sie anders aus. Die Augen kleiner, der Unterkiefer weiter vorne. Sie wirkte nicht mehr so schön fremdartig, wenn sie sauer war. Ich fragte sie nach ihrer Woche in München, aber sie schüttelte nur unwirsch den Kopf.

»War's schlimm, wieder nach Praam zu müssen?«, fragte ich.

»Nein, du Idiot. Ich hab mich auf dich gefreut.«

Ein wenig später liefen wir durch Praam, als wäre uns alles egal. Hand in Hand. Arm in Arm. Küssten uns sogar. Sie begleitete mich bis zum Gasthaus, vor dem gerade Albert und Susannah in seinem hellblauen Mercedes einparkten. Albert kurbelte das Fenster runter.

»Wo kommt ihr her?«, fragte ich.

»Wo kommst du her?«, fragte Albert. Und dann, nachdem er sie kurz gemustert hatte: »Ist das deine Schöne?«

»Das ist Rosa«, sagte ich und gab den Blick ganz auf sie frei. Albert salutierte mit der Hand, Susannah lächelte.

»Ich muss nur kurz rein, die zweite Stange Zigaretten holen. Danach wollten wir nach Schyren zum Italiener, was essen. Kommt doch mit, ihr Lovebirds«, sagte Albert.

Ich war fast erschrocken, als Rosa sagte: »Ich hätte Lust, aber um acht müsste ich wieder daheim sein.«

»Sagen wir neun«, sagte Albert.

»Na gut«, sagte Rosa und stieg hinten ein, während ich noch da stand und mich wunderte.

Es wurde ein guter Abend. Vielleicht gerade deshalb, weil Albert nicht über das Schloss oder den Herrlich redete. Ich hatte sowieso das Gefühl, Rosa wollte die Episode mit dem Wasserschloss einfach überspringen, so wie wenn man eine Videokassette vorspult, um eine bestimmte Stelle nicht sehen zu müssen. Albert trank ein Bier nach dem anderen, spendierte mehrere Runden Grappa und hörte nicht auf, Saufgeschichten aus seiner Zeit an der Universität zu erzählen, über die Wohnheimfeste und australischen Austauschstudentinnen. Susannah schien schon ein paar davon zu kennen. Immer wenn sie mich anlächelte und Albert es bemerkte – sie tat es keineswegs verstohlen –, hatte ich den Eindruck, dass er sie unter dem Tisch anfasste. Rosa ließ er wiederum keine Sekunde aus den Augen. Sie hörte ihm mit großem Vergnügen zu, saß aber nah bei mir und legte den Kopf gelegentlich auf meine Schulter.

Albert musste völlig betrunken gewesen sein, als er uns und sich die paar Kilometer zurück nach Praam fuhr. Die Musik im Auto war unbeschreiblich laut. Es lief eine Kassette von King Crimson.

She is susceptible. He is impossible. They have their cross to share. Three of a perfect pair.

Robert Fripps Gitarre wiederholte sich auf unangenehme Weise. Als hinge sie irgendwo fest. Die Musik hätte gut zu einem meiner Fieberträume gepasst. Albert fuhr bis zu hundertachtzig. In Praam wären wir bei dem Tempo in zwei Minuten gewesen, weshalb er lieber bis nach Salching und wieder zurück raste. Dann ließ er Susannah und mich am Gasthaus aussteigen, brachte Rosa nach Hause und fuhr zurück nach Schyren, um noch den Jesus zu treffen und weiß Gott was für ein Kraut mit ihm zu rauchen.

Ich war selbst ziemlich angetrunken, ich weiß gar nicht mehr, warum alles so selbstverständlich passierte. Ich begleitete Susannah nach oben in den zweiten Stock. Im Flur fand ich den Lichtschalter nicht auf Anhieb. Ich schlug daneben, meine Hand klatschte gegen die Wand. Sie lachte und zog mich zu sich, küsste mich, drückte uns beide an die Wand. Wir tasteten uns küssend weiter an der Tapete entlang bis in ihr Gastzimmer. Sie war unglaublich dünn. Ich kannte zwar Fotos von ihr und hatte sie bei den Aufnahmen gesehen, aber sie anzufassen, die spitzen Knochen – ich hatte regelrecht Angst, mich zu stechen. Ihr Kopf war mit Abstand das Größte an ihr. Der Rest ein Kaktus aus Knochen. Sie roch nach einer Welt, die ich nicht kannte. Nach Tabak, nach qualvoll süßem Parfüm, nach Alkohol und Schweiß, und dann war da noch ein unbestimmbarer Zitrusgeruch in den Haaren, nicht unähnlich dem von Rosa. Ich schlief mit einer Außerirdischen. Ihre Handgriffe waren schnell und präzise, sie führte durch die Vorstellung, und immer kicherte sie leise. Als amüsierte sie das Ganze mehr, als dass es ihr gefiel. Trotzdem kam ich mir nicht vorgeführt vor. Es schien immer eine akzeptierte Tatsache zu sein, dass ich hier der Novize war und mich als solches auch nicht groß zu beweisen hatte.

Als ich wieder alleine im schwarzen Zimmer lag, ergriff mich ein eigentümliches Gefühl der Erleichterung. Ich glaubte, zu verstehen, dass die Sache mit Rosa nicht so groß und so alles verschlingend war, wie ich zunächst angenommen hatte. Dass es auch noch einen anderen Weg als Rosa gab, dass es kein Problem war, mit jemand anderem zu schlafen. Dass noch nichts endgültig war, dass ich nicht alle Tage und Fiebernächte mit den Gedanken an Rosa verbringen musste. Es tröstete mich sogar über meine Sehnsucht nach Rosa hinweg, dass ich zu dem Vertrauensbruch so ohne Weiteres fähig gewesen war. Dass ich Rosa, ihrer Art und ihren Launen nicht so ausgeliefert war. Und ich begriff, dass nach dem Schloss sowieso nichts mehr so bleiben konnte wie vorher. Dass sich ein Erdriss in Praam aufgetan hatte, einer, der noch größer werden würde. Ein Riss auch in mir. Aber das war nicht schlimm in dem Moment. Ich sah die Kaputtheit um mich herum, und sie gefiel mir irgendwie. Dieser unmenschliche Druck, alles richtig zu machen, fiel weg, als ich mit Susannah schlief.

Am nächsten Tag sah ich Rosa in der Kirche. Sie war alleine gekommen und stellte sich nach der Messe wie selbstverständlich zu mir, dem Böhmi und dem Bartl. Die Praamer schauten uns interessiert zu, hätten den beiden Wasserschloss-Delinquenten sicher gerne genauer zugehört, doch es redete nur der Böhmi.

»Dann sprich du doch mit dem Pfarrer«, sagte er.

»Nein. Nicht ich. Der Albert soll das«, sagte ich. »Mich nimmt er nicht ernst. Mir sagt der nichts. Außerdem bin ich bei ihm in der Beichte.«

»Aber dein feiner Herr Onkel ist wieder weg mit seinem Fotomodell«, sagte der Böhmi. »Damit der sich wirklich reinhängt, musst du ihm schon was liefern. Irgendwas, das ihn interessiert. Irgendeine Sauerei, bei der seine Zeitung sagt: Hallo hallo, lieber

Kollege Albert, auf so eine Sauerei haben wir lange gewartet, das wird die Titelseite. Schreiben Sie bitte sofort los, dann nimmt Sie der Verleger auch mal mit in den Puff.« Der Bartl kicherte blöd.

»Was denn für eine Sauerei? Was soll denn da noch sein? Reicht ein Selbstmord nicht?« Rosa versuchte, leise zu sprechen, obwohl sie sichtlich gereizt war.

»Stimmt schon«, sagte ich. »Der Suizid ist ja eigentlich Geschichte genug.«

»Du bist mir ein komischer Vogel, Schwarzer«, sagte der Böhmi. »Ich dachte, du willst hier was einreißen. Hier in diesem Arschnest. Schauen, was unter dem Bürgersteig liegt, schauen, wie's drunter aussieht. Hier ist doch alles so zusammengekehrt, so blitzsauber, da wär's doch mal an der Zeit, zu schauen, wer hier eigentlich immer so sauber aufräumt und warum. Dass hier was nicht stimmt, merkst du doch auch. Mich zum Beispiel haut mein Vater.« Er schaute sich um, redete leiser weiter. »Und ich sag dir: Für mich ist das nicht in Ordnung. Ich spür ganz deutlich, dass das nicht richtig ist. Nicht normal. Nicht modern. Die Watschen in aller Öffentlichkeit oder die Gürtelschnalle daheim. Unmodern ist das. Ich merk doch, dass das nicht mehr die Zeit ist, in der man sein Kind haut, zumindest nicht, wenn es so gut wie erwachsen ist. Aber um mich herum tun alle so, als wär das akzeptabel, als wär alles in bestem Zustand, so wie es ist.« Er legte seine Finger um mein Handgelenk.

»Und das ist ja das Brutalste an Praam. Indem alle so tun, als wäre alles in Ordnung, denkst du selber, dass alles Beschissene, was dir passiert, halt so ist hier in der Gegend. So ist halt unsere Gegend. Und eine andere kennen wir ja nicht, weil wir keine Autos und Führerscheine haben. Jetzt sei ehrlich: Du merkst doch auch, dass hier was nicht stimmt.« Er drückte zu, nicht zu fest, aber mit Bestimmtheit.

»Schau, Schwarzer, das Schloss, das steht hier in der Gegend wie ein Denkmal. Unübersehbar. Aber niemand spricht drüber, niemand geht rein, obwohl es jeder von fast jedem Punkt im Ort aus sehen kann. Natürlich willst du wissen, was mit dem Schloss ist. Was mit dem Dorf ist. Was das eigentlich für ein Leben ist, das wir hier leben. Und ich will es auch wissen. Und der Bartl auch, selbst er, der Schisser.«

Der Bartl trat einen Schritt zurück, so als wolle er sich von dem Monolog distanzieren.

»Geh, Bartl, du weißt doch, wie ich's meine«, sagte der Böhmi und ließ mich los. Zog den Bartl am Anorak wieder in unseren Kreis zurück. Erst dann redete er weiter.

»Klar, deinem Onkel Albert ist es vielleicht jetzt noch wurscht, aber wenn eine Geschichte dabei herausspringt, wo er wie der Reporter von Welt dabei aussieht, dann geht er ab. Also nix gegen dich, Rosa, aber der Suizid reicht eben nicht. Aber er ist ein Anfang. Eine Chance für uns alle, die wir die Verödung hier satthaben.« Er zog die Schultern hoch und schaute angriffslustig in die Runde, blieb bei Rosa hängen.

So viel am Stück habe ich den Böhmi danach nie wieder reden hören. Rosas schwarze Augen glänzten. Mehr vor Wut als vor Rührung, schien es.

»Wahrscheinlich hast du recht«, sagte ich, traute mich aber nicht, Rosa anzuschauen.

»Ich muss los. Mein Papa«, sagte die und bewegte schon die Beine, als wäre sie eh nicht mehr aufzuhalten.

»Kein Problem«, sagte ich. »Bin sowieso im Wirtshaus eingeteilt. Bis bald.« Ich lehnte mich ganz nah zu ihr, so als erwartete ich einen Kuss. Nicht, weil ich unbedingt einen wollte, gar nicht. Aber ich wollte Nähe simulieren, damit wir beide schnell vergaßen, dass das kein guter Moment für uns war. Der bisher schlechteste, vielleicht.

Nachdem sie weg war, sah mich der Böhmi an, als schuldete ich ihm ein Dankeschön. Ich nickte ihm nur zu und ging nach Hause. Tat so, als würde ich in der Wirtschaft helfen, aber eine große Hilfe war ich nicht. Ich stellte nur Dinge irgendwohin, irgendwo ab.

Irgendwann am Nachmittag, als sich das Gasthaus sichtbar geleert hatte, lief ich den Weg zurück zur Kirche, daran vorbei und klingelte am Pfarrhaus. Es war gelb, das einzig gelbe Haus im Ort, und nur selten sah man dort jemand klingeln, denn jeder wusste um die mürrische Fanni, die das Pfarrhaus bewachte wie ein kurzsichtiger Zerberus. Es dauerte einen Moment, bis die Tür aufging, so lange stand ich mit den Händen in den Hosentaschen da und überlegte fieberhaft, wie ich am besten vor ihr auftrat. Schließlich öffnete sie, die Pfarrersköchin, das Fräulein Fanni. Die Leute im Ort nannten sie Pfarrersköchin, als ob sie nur kochte. In Wirklichkeit war sie die perfekte Haushälterin für den Parzefall. »Die macht alles, er schreibt nur Predigten und säuft Merlot«, hatte ich meinen Vater mehr als einmal sagen hören.

Fräulein Fanni war vielleicht die mürrischste Person in einem Ort, dem es an mürrischen Leuten nicht mangelte. In Praam hieß es, das Fräulein Fanni habe deshalb nicht mehr geheiratet, um für immer beim Parzefall bleiben zu können. Als katholischer Pfarrer mit Zölibat durfte der sie natürlich nur wie ein Neutrum behandeln – gut möglich, dass das ihren ewigen Missmut verschuldete. Sie nuschelte mittlerweile so stark, dass man den Gehalt ihrer Worte entweder über den Tonfall ermittelte oder sie schon gekannt hatte, als sie noch deutlicher sprach und diesen Kenntnisstand wie eine Dechiffrier-Maschine anwendete.

»Grüß Gott, Fräulein Fanni«, sagte ich. Starrte erst auf ihre komische getönte Brille, dann auf ihre kaputten Zähne. Und schon kam der erste tiefe Seufzer.

»Ist der Herr Pfarrer zufällig da?«, fragte ich weiter.

»Jagibsdonedawosisnachadradowidalos, ingodsnamaderkaplanhodsihiglegtdoan«, sagte das Fräulein Fanni.

»Ach so, hingelegt«, sagte ich.

»Fannerl, was ist denn? Ich lieg noch gar nicht, ich bin noch beim Tee«, sagte der Pfarrer Parzefall und tauchte aus dem Dunkel hinter ihr auf.

»Iwoidnaehwidanaushaun, Herr Pfarrer«, sagte Fanni und holte eine Schere aus einer Tasche in ihrer Schürze.

»Ach, der Konstantin Wolff, schau an. Was kann ich für dich tun?« Der Parzefall hatte seinen schwarzen Privatanzug an, das Kollar saß eng, auf ein kommendes Hinlegen deutete nichts hin. Aus der Küche drang der Duft von warmem Teig zu mir, aber rund um Fanni und den Parzefall dominierte der Geruch von frisch gewaschener Wäsche.

»Herr Parzefall, ich würd gerne mit Ihnen über den Suizid reden«, sagte ich und zog hörbar Rotz hoch, um ein bisschen dringender zu klingen. »Hätten Sie eine Minute?«

»Natürlich hab ich eine Minute. Es ist schon richtig, dass du kommst«, sagte der Parzefall, als hätten wir bereits über das Thema gesprochen.

»Aantee?«, fragte das Fräulein Fanni. Die Schere hatte sie jetzt nicht mehr in der Hand.

»Gerne einen Schwarzen, wenn Sie einen dahaben«, sagte ich. »Aber bitte keine Umstände.«

Der Pfarrer Parzefall führte mich in sein Studierzimmer. Es hatte nichts Feierliches oder Priesterliches an sich, nur eine weiße Wand, Bücherregale und einen hellbraunen Sekretär. An der Wand hing ein Bild von St. Ignatius in einer schwarzen Kutte, mit einem Heiligenschein und einem Buch in der Hand, in dem quer über zwei Seiten in goldener Schrift *Ad Majorem Dei Gloriam* stand.

St. Ignatius sah aus wie der Steuerberater meines Vaters. Glatze oben, an der Seite Haare, die mit einem penibel getrimmten Vollbart verbunden waren, als hätte es im Mittelalter schon einen elektrischen Bartschneider gegeben.

Ich setzte mich auf einen Holzstuhl mit rotem Polster an einen kleinen Tisch aus dunklem Holz, und Fräulein Fanni brachte mir den Tee.

»Derisfeinohoas, miasnasaufbassna«, sagte sie.

»Kein Problem«, sagte ich. »Ich lass ihn abkühlen.«

Der Parzefall nickte sie davon und schloss mit einem leidenden Blick die Tür, bevor er auf dem ächzenden Stuhl mir gegenüber Platz nahm.

»Du kannst mich auch jederzeit in der Beichte besuchen«, sagte er. »Das weißt du, oder?« Er schob einen Stapel Zeitungen zur Seite, darunter eine Sportillustrierte, wie ich flüchtig erkennen konnte.

»Nein, ich hab ja nichts ausgefressen«, sagte ich.

»Das macht nichts«, sagte der Parzefall und zupfte am Ärmel seines Jacketts. »Man kann auch einfach nur so reden in der Beichte. Darüber, was einen bewegt. Sünden gibt es immer genug. Die gehen uns nicht aus. Vor allem bei so jungen Männern.« Er lachte.

»Mir geht es eigentlich nur darum, zu verstehen, warum der Schlossbesitzer Herrlich sich umgebracht hat. Nachdem ich ihn da hab hängen sehen, kommt es mir vor, als hätte es was mit mir zu tun. Es lässt mir keine Ruhe. Da ist ein Schuldgefühl hängengeblieben, irgendwie.«

»Na aber jetzt.« Der Parzefall setzte seine Lesebrille ab. »Es hat natürlich nichts mit dir zu tun, Konstantin. Der Joseph Herrlich hat einen Fehler begangen, für den du nicht verantwortlich bist«, sagte er. »Verantwortlich bist du nur für den Einbruch in das Schloss. Das ist ein Privatgrundstück.«

»Der Besitzer wird mich kaum anzeigen«, sagte ich.

»So lustig ist das nicht, Konstantin.« Er schaute mich streng an. Beide Hände ausgestreckt auf dem Tisch, sodass sie mich von jetzt auf gleich hätten zu sich ziehen können. Ich rutschte mit dem Stuhl ein Stück zurück.

»Wie meinen Sie denn das?«, fragte ich und schaute ihm so gut es ging in die Augen. »Der Herrlich hat einen Fehler begangen? Meinen Sie den Selbstmord? In der Bibel gibt es keinen Suizid-Paragrafen. Das weiß ich zufällig.«

»Ich will dir nicht zu nahe treten, Konstantin, aber wer von uns kennt die Bibel jetzt wohl besser? Jeder Mord ist eine Sünde gegen Gott, heißt es im Römerbrief sinngemäß. Es gibt in der Bibel etliche Selbstmörder, die nicht so gut wegkommen in der Beurteilung. Judas ist zum Beispiel einer. Aber ich will gar nicht behaupten, dass der Herr Herrlich per se ein schlechter Mensch war. Doch wie er sein Leben beendet hat, war falsch.« Der Parzefall stand auf und ordnete erneut die Zeitungen auf seinem Schreibtisch.

»Im Archiv in Schyren hat mein Onkel einen Brief von einem Pfarrer Hermann gefunden, der sich dagegen ausspricht, dass das Wasserschloss als Euthanasieklinik benutzt wird«, sagte ich.

»Ein Brief vom Ägidius?« Man merkte dem Parzefall an, dass er jetzt einen Gedanken hatte. Er drehte sich wieder zu mir. Biss sich kurz auf die Unterlippe. Dann sagte er: »Ich kannte den Kollegen Hermann gut, war sogar früher Ministrant bei ihm. Ein sehr engagierter und gottesfürchtiger Mensch.«

»Wurde dem Herrlich das Schloss weggenommen, wissen Sie das?«, fragte ich. Merkte, wie ich anfing zu schwitzen. Dachte gleichzeitig an Susannah, Rosa und den hängenden Herrlich.

»Das weiß ich nicht, ich war damals in München auf dem Priesterseminar. Was ich aber weiß, ist, dass dein Onkel Albert bei der Zeitung arbeitet und einen Artikel über den Suizid und das Schloss schreiben will. Deshalb bist du doch hier, oder? Ich sag es dir jetzt ganz ehrlich: Ich will nicht, dass du ihn dabei unterstützt, Konstantin.«

»Und warum nicht?«, fragte ich.

»Weil dieser Ort hier genug mitgemacht hat. Was früher im Schloss war, spielt doch jetzt keine Rolle mehr. Die Leute haben lange gebraucht, um den Schrecken zu vergessen.« Seine Stimme war menschlicher geworden, sie klang nicht mehr nach einem Roboter Gottes.

»Ich will nur verstehen, was der Herrlich für ein Mensch war«, sagte ich. »Was der Albert macht, ist seine Sache, damit habe ich nichts zu tun.« Hoffte, dass der Parzefall mir das abnahm.

»Joseph Herrlich war sehr krank. Und einsam.« Der Parzefall holte einen kleinen schwarzen Kamm aus der Innentasche seines Priesterjacketts und kämmte sich das schwarzgraue Haar hinter die Schläfen. Über den Schläfen rentierte sich das Kämmen nicht, das hatte er mit St. Ignatius gemeinsam.

»Sie wollen mir also nichts über das Schloss oder den Herrlich sagen?«

»Konstantin, mich würde es am meisten freuen, wenn du deinen Eltern weiterhin so gut im Wirtshaus hilfst und wir uns regelmäßig in der Kirche sehen«, sagte er. »Was willst du denn eigentlich nach dem Abitur machen? Gehst du an die Universität?«

»Denk schon.« Ich zuckte mit den Schultern.

»Und was möchtest du studieren?«

»Weiß ich noch nicht so genau. Journalismus vielleicht.«

»Gut, gut«, sagte der Parzefall, stand auf und trat zu mir rüber. »Ein ehrenwerter Beruf.« Ich verstand seine Geste und erhob mich ebenfalls. Das Gespräch war beendet.

Er hielt mir die Hand hin. »Red doch noch mal mit deinem Onkel, ob es einen Artikel wirklich braucht.«

»Wenn ich ihn seh«, sagte ich und gab dem Parzefall die linke Hand. Sein Händedruck war keiner, es war nur ein schlappes Halten. Draußen vor der Tür stand das Fräulein Fanni, als hätte sie nur darauf gewartet, dass das Gespräch zu Ende ging. Sie winkte mich unwirsch in Richtung Ausgang.

»Grüß mir deine Eltern«, rief mir der Parzefall hinterher. »Würd sie auch gerne mal wieder sehen.« In der Messe, meinte er sicher damit. Dann schloss er die Tür zu seinem Studierzimmer.

Als ich die Haustür öffnete, bliebt das Fräulein Fanni dicht hinter mir, als wollte sie sichergehen, dass ich auch wirklich verschwand.

»Disschlooshodehdadeifigseng«, sagte sie.

»Warum?«, fragte ich.

»Dinarmaschorschihodskapudgemachd«, sagte sie.

»Den Schorsch?«, fragte ich. »Welchen? Den Mansfeld?«

»Nausetzad«, sagte das Fräulein Fanni und machte mir die Tür vor der Nase zu.

12

IN DER STADT

Ich muss Zeit vergeuden, also halte ich an und trinke an der Autobahnraststätte einen schwarzen Kaffee aus dem Automaten, der schmeckt, als hätte ihn jemand ein Jahr stehen lassen und dann wieder erhitzt. Dann ein Anruf von meinem Auftraggeber. Es geht um den Dalmatien-Text, er ist dem Kunden nicht euphorisch genug. Ich mache einen gehässigen Witz über den Kunden und lege auf.

Ich bin nicht sicher, ob ich hinwill. Die Adresse der Kanzlei Meyer habe ich gefunden, aber es ist jetzt gleich zehn Uhr, und ich wäre in einer halben Stunde in der Stadt, das kommt mir zu früh vor. In Büros sind die Leute doch vormittags immer arg beschäftigt, ich will nicht abgewiesen werden. Ich weiß zumindest, was ich dem Riesen sagen werde, wenn er mich empfängt: Herr Notar, mein Vater ist gestorben, ich war in Praam auf der Beerdigung. Habe insofern an Rosa denken müssen, wollte wissen, was sie macht, habe aber keine Telefonnummer und keine Adresse. Wie geht es Ihnen, Herr Notar Meyer, hassen Sie mich noch?

Ich beschließe, vorher noch Albert in seiner Wohnung zu besuchen. Albert berichtet mittlerweile hauptsächlich über Münchner Regionalsport, allerdings kann er nicht mehr hinaus auf die Plätze, das macht sein Praktikant, der vermutlich auch das meiste schreibt. Seit einem Schlaganfall mit siebenundfünfzig kann er schlecht gehen, bewegt sich mit seinem Stock nur noch hinunter auf die Straße zum griechischen Feinkost im Nachbarhaus oder in die Autorenbuchhandlung gegenüber. Die Wilhelmstraße ist jetzt seine ganze Welt, der Rest des Viertels existiert bald nur noch in seiner

Erinnerung. Aber sein Gehstock ist großartig. Ein vergoldeter Messingfalke als Knauf. Innen ein Rohr für Schnaps.

Es ist quasi unmöglich, Albert nicht anzutreffen. Wenn er nicht in der Wohnung ist, sitzt er verlässlich beim Griechen oder in der Autorenbuchhandlung. Im Notfall ist er beim Bäcker an der Ecke Herzogstraße, aber das Brot bringt ihm meist der Nachbar. Lebensmittel bestellt er online. Das Kaufhaus vorne an der Leopold wäre ein Marathon, er macht das höchstens jeden zweiten Monat. Danach ist er so kaputt, dass er am nächsten Tag überhaupt nicht vor die Tür geht.

Albert hockt in der Buchhandlung, ich sehe ihn schon durchs Schaufenster. Ich gehe hinein und begrüße die Besitzerin, die mich gleich erkennt. Albert sitzt auf einem Holzstuhl, hat einen Kaffee auf einem kleinen Schemel vor sich stehen und blättert in einem Katalog.

Er sieht mich und sagt: »Konan.« Er ist in letzter Zeit noch ein bisschen dicker geworden, aber das dichte dunkelgraue Haar, die buschigen Augenbrauen und sein massiver Unterkiefer lenken immer noch davon ab. Er bleibt selbst im körperlichen Ruin ein stattlicher Typ.

Er fragt: »Wie war die Beerdigung?«

Ich sage: »Gut. Obwohl viele von den Arschlöchern da waren.«

Er sagt: »Auf die ist wenigstens Verlass.«

Ich sage: »Rosa wohnt wieder hier in München. Wusstest du das.«

Er sagt: »Schau mich nicht so vorwurfsvoll an, ich hab sie nicht gesehen. Ich hätte es dir gesagt. Wo hätte ich sie auch sehen sollen. Beim Feinkostgriechen oder hier bei der Belletristik?«

»Ich will zu ihrem Vater in die Kanzlei. In die Lindwurmstraße?«

»Warum?«

»Weil ich nicht weiß, wo sie wohnt. Ich muss den Riesen fragen.«

Albert sagt: »Dann mach das.«

Die Frau vom Besitzer fragt, ob ich einen Kaffee will.

Albert sagt: »Ich fotografiere jetzt wieder.«

»Das ist gut. Hast du noch Kontakt zu Susannah?«

Er: »Zu wem? Hilf mir auf die Sprünge.«

Ich: »Die Holländerin.«

»Die. Nein. Nicht mehr, seit wir die Fotos im Beerdigungsunternehmen gemacht haben. Ging nicht mehr ans Telefon. Wollte nicht mal die fertigen Fotos sehen. Ich bin zweimal zu ihrer Wohnung gefahren, aber sie hat nicht aufgemacht. Gott, wie lang ist das her. Woran du dich erinnerst, Konan.«

Ich bleibe noch eine Weile und schaue ein paar Bücher durch, dann gehe ich mit Albert Mittag essen. Ich fahre ihn zu einem Kroaten, in dem er vor dem Schlaganfall immer gesessen hat. Wir unterhalten uns nicht beim Essen, jeder hat eine Zeitschrift. Ich trinke einen kroatischen Weißwein zum Rinderschmorbraten, und danach bestellt Albert zwei Kirschlikör. Wir gehen vors Lokal zum rauchen. Nach dem Espresso spendiert Albert noch zwei Likör und bezahlt die gesamte Rechnung. Kein Problem, sagt er. Spesen.

Ich fahre Albert wieder zurück in seine Wohnung, wo er mir noch ein Zwickel anbietet. Bis vierzehn Uhr schauen wir Fernsehen, Albert schläft auf dem Sofa ein, ich erledige ein paar Dinge auf dem Laptop und hole mir ein zweites Bier aus Alberts Küche. Albert schwitzt im Schlaf und röchelt, als würde er es nicht mehr lange machen. Es wird vier, und ich sehe wenig Sinn darin, jetzt noch in die Kanzlei Meyer zu fahren. Der Notar ist vermutlich gar nicht mehr da. Albert wacht wieder auf und raucht, ich blättere eine Zeitung durch. Albert zeigt mir ein Buch mit seinen Fotos. Ein kleiner Fotografie-Verlag namens *Keratif* hat es damals herausgebracht.

Vor zwei Jahren hat er es mir schon einmal gezeigt, aber das hat er vergessen.

Albert fragt: »Die meinst du, oder?«, und zeigt auf das für mich berühmte Bild von Susannah am Kreuz, für das ihn der Zogo beinahe enterbt hätte.

Ich sage: »Ja, die meine ich. Das ist die Holländerin.«

Albert gibt mir das Buch. Wie gut die Schwarzweißbilder von Albert immer noch sind. Seine Frauen haben etwas unfreiwillig Dämonisches, kontrollieren das Bild und den Fotografen. Die Fotoserie mit Susannah im Bestattungsinstitut, die so improvisiert und unmotiviert albern gewirkt hat, sieht aus, als wäre sie aus einem Film von Terence Fisher. Albert bietet mir einen Absinth an, den ihm ein Arbeitskollege aus Tschechien mitgebracht hat. Er geht in sein Arbeitszimmer, ich lege mich auf die Couch und trinke ein Glas von dem Gift mit Eiswasser. Die Couch riecht nach Dosenfisch, Rauch und abgestandenem Zwickel, die Decke ist so zerknittert, dass man sie garantiert nie wieder glatt bekäme. Ich habe die Schuhe noch an, ich nippe an dem Absinthwasser und höre Albert im Nebenzimmer tippen. Weiter weg von den Dingen war ich schon lange nicht mehr als hier auf Alberts Couch.

Als ich aufwache, ist es still und dunkel draußen. Ich überlege kurz, noch in eine Bar zu gehen, doch dann schalte ich den Fernseher ein. Albert hat den Absinth weggeräumt, ich finde ihn nicht mehr. Ich muss aufs Klo, der Flur ist endlos, ich wusste nicht, dass die kleine Wohnung so lang ist. Ganz am Ende neben der Haustür ist eine linke Tür und eine rechte. Ich entscheide mich für links, es stellt sich als Abstellkammer heraus.

An einer Kleiderstange hängen ein paar Mäntel, geradeaus ist ein Schrank mit Büchern. Darüber ist ein Regal an der Wand angebracht. Man muss den Kopf ein wenig heben, um es zu sehen. Der Raum ist ungewöhnlich hoch, viel höher als der Rest der Wohnung. Auf dem Regal steht ein weißer runder Vogelkäfig mit dünnen, weiß lackierten Gitterstäben. Ich trete entsetzt einen Schritt zurück, verlasse den Raum, schließe die Tür, nehme die andere. Dahinter ist das Badezimmer mit dem Klo.

Um neun Uhr morgens wache ich auf der Couch auf. Vollkommen nass geschwitzt, Mund trocken, ich habe Bauchschmerzen, und mir geht die Haut neben den Nasenflügeln ab. Albert kommt mit dem Stock in der einen und einem Kaffee in der anderen Hand. »Gut geschlafen, Konan?«

Ich überlege kurz, aber dann frage ich: »Hattest du mal Vögel?«

»Nein. Wieso?«

»Wegen dem Käfig in deiner Abstellkammer.«

»Welche Abstellkammer?«

»Die ganz vorne links neben der Haustür.«

Albert: »Ich hab keine Abstellkammer.«

Ich stehe auf und gehe in den Gang, um ihm zu zeigen, was ich meine. Da ist keine Tür links von der Haustür, nur die Wand und ein Haken, an dem ein Schlüssel hängt.

Albert: »Welche Abstellkammer denn jetzt?«

Ich: »Nichts. Hab ich geträumt.«

»Könntest du was beim Bäcker holen?« Er zündet sich eine Zigarette an. »Obstplunder oder so was.«

»Keine Chance, ich muss dringend weg.«

»Geht's ein bisschen freundlicher? Was ist denn jetzt so dringend plötzlich?«

»Tut mir leid«, sage ich. Er wirkt enttäuscht. »Ich muss wirklich sofort weg.«

Ich ziehe meine Jacke an, stecke das Laptop in meine Tasche und gehe die kurze Treppe nach unten auf die Wilhelmstraße. Überlege, wo das Auto steht.

13

MANSFELD

Mein Vater erzählte gerne, früher sei mehr los gewesen in Praam. Rösser auf den Straßen. Überall Leute, die redeten, überall Gespräche. Pferdewagen mit Gemüsekisten, Pferdewagen mit Holzstämmen, mintgrüne 1500er-BMWs, hellblaue Fiat 600er, weiße VW Käfer mit ausklappbaren Blinkern, selbst abgeholt im Wolfsburger Werk, weil es eine goldene Uhr dazugab. Er erzählte vom orangefarbenen Kabinenroller des Postboten und vom roten Zündapp-Mofa des alten Werners und vom gelben Hanomag-Dreirad meines Großvaters. Dem Hochzeitslader auf einer Kutsche samt dem pechschwarzen Rappen, wie er durch den Ort fuhr und den Bauern als Einladung den Hochzeitsbaum auf die Türen malte. »Ein Pferd hat damals jemand durchs offene Fenster den Hut vom Kopf gefressen, kein Witz«, war eine seiner Lieblingsanekdoten. Außerdem: »Der Postbote hatte nur einen Arm und hat irgendwann seine Isetta in den Misthaufen der Schranners gefahren.« Wem der Pfarrer am Feiertag auf der Straße entgegenkam, der kniete kurz nieder. Gelobt sei Jesus Christus, sagte derjenige dann. »Am Gründonnerstag wurden die Kirchenglocken nach Rom geflogen«, sagte man, wenn sie verhangen wurden. In der Ziegelei arbeiteten nur die harten Burschen, die bei dreihundert Grad Resttemperatur die Öfen ausräumten, in der Saison kamen die noch viel hartgesotteneren Gastarbeiter aus dem Friaul. Die Kinder halfen beim Lehmstampfen, eine Mini-Eisenbahn fuhr den Ziegeleiberg hoch und wieder hinunter. Der alte Reichelt tafelte im Gasthaus Rohleder in Schyren mit dem Dorflehrer Marziniak und den anderen

Speichelleckern, alle rauchten Zigarre, der Pfarrer kam gerne und oft dazu. Im Gasthaus Wolff saßen die Arbeiter, im Haunerwirt die Bauern. Andauernd gab es Schlägereien. Ende der Sechziger wurden die ersten Pendelbusse zu den BMW-Werken und zu Siemens eingesetzt, das erste Industrieproletariat entstand, und bald schon verdienten die Arbeiter mehr Geld als die Bauern. »Dein Onkel Alfons hatte seit Jahren Krebs«, erzählte er, »fuhr aber weiter mit dem Unimog durch die Gegend, als wäre nichts. Er hatte noch nicht mal ein Bankkonto, aber immer eine Blechschachtel mit Geld dabei. Deine Tante Charlotte hat in der Parfümerie in Landshut gearbeitet und das ganze Dorf mit Proben versorgt, bis alle nach demselben Zeugs gerochen haben. Dein Onkel Alfons hat gestottert«, erzählte mein Vater, »und deshalb dachte der Beamte vom Landwirtschaftsministerium, er könnte ihn bei der Flurbereinigung über den Tisch ziehen. Aber der Alfons war schlauer, und es kam letztlich genau andersrum. Der Alfons hat das Stottern zu einer Stärke verkehrt. Den hat jeder unterschätzt. Am Ende hat immer er das bessere Geschäft gemacht. Wenn einer der Großbauern starb, wurde sein Besitz unter den Erben geteilt. Dann gab es einen regelrechten Kleinkrieg unter den Kindern, dann stand der Ort Kopf. Alle redeten über die große Erbschlacht, bildeten Gruppen, schlugen sich auf eine Seite.« Meinen Vater begeisterten diese Erinnerungen, als wär er einer der Gründungsväter von Praam. »Dein Onkel Alfons ist übrigens nicht am Krebs gestorben«, sagte er. »Er wurde mit seinem Unimog an einem Bahnübergang auf dem Weg nach Schyren vom Schnellzug München – Regensburg erwischt und hat sich das Genick gebrochen, die arme Sau. Seine Leiche wurde noch persönlich von der Pferdekutsche nach Schyren gefahren. Das ist das letzte Mal gewesen, dass das Beerdigungsinstitut Hinrainer die Kutsche in Praam eingesetzt hat. Danach kam Hinrainer nur noch mit dem Leichenwagen.«

Mein Vater erzählte auch, dass der Georg Mansfeld eigentlich mal ein geselliger Mann war. Ein Musiker, ein Cellist, der an der Realschule in Salching Musik unterrichtet hat. Manchmal fragte ich mich, ob mein Vater seine Version vom alten Praam einfach erfand. Aus einer Mischung seiner eigenen Kindheitserinnerungen, Erzählungen seines Großvaters und Büchern von Oskar Maria Graf speiste. Das Praam, das ich kannte, hatte nichts Geselliges. Es gab keine Versammlungen und laute Gespräche, keine bunten Fahrzeuge, natürlich keine Pferde und Kutschen, aber auch sonst kaum Tiere außer ein paar Wachhunden und scheuen Bauernkatzen. Selbst die Schweine und Kühe der Schranners hörte und sah man den ganzen Tag nicht in ihren Hochleistungsställen. Es war immer ein bisschen zu leer in Praam, es gab immer ein bisschen zu viel Hauptstraße und zu wenig Gehweg, man grüßte sich immer ein wenig zu misstrauisch. Jeder Tag glich einem Sonntag. In das Praam, das ich kannte, passte der geächtete Hämorrhoiden-Schorsch besser hinein als ein angeblich geselliger Cellist namens Mansfeld.

Als ich am einstöckigen weißen Haus mit dem kleinen Garten und beinahe zugewachsenen Teich ankam, lauschte ich einen Moment. Aber da war nichts zu hören, alles blieb still, keine gedämpften Schreie aus dem Innern. Ich war fast ein bisschen enttäuscht. Am Gartenzaun entdeckte ich die Klingel. Sie war über einem Schild angebracht, auf dem in Handschrift natürlich nicht Hämorrhoiden-Schorsch, sondern *Mansfeld* stand. Die Gegensprechanlage meldete sich unmittelbar, nachdem ich geklingelt hatte.

»Ja, bitte?« Es ging so schnell, dass ich kein Wort herausbrachte.

»Wer ist denn da?«

»Der Konstantin Wolff«, sagte ich vermutlich zu leise. Dann kräftiger: »Von der Wirtschaft Wolff.«

Es war mir zuwider, so laut zu rufen, weil ich nicht die Nachbarschaft auf mich aufmerksam machen wollte. Das war ein Leitsatz für uns Jugendliche in Praam: niemals die Nachbarschaft auf sich aufmerksam machen, das endete immer mit irgendeiner Rüge. Als ob es schon strafbar wäre, irgendwo anwesend zu sein. Geschweige denn hörbar.

Eine Antwort blieb aus, aber jetzt summte die Gartentür, und ich ging durch den Vorgarten auf einem kurzen Weg aus Kieselsteinen zur Haustür. Ein hagerer, großer Mann in einem lilakarierten Hemd öffnete mir. Er stand gebückt, so als passe er nicht in sein eigenes Haus. War vollkommen kahl bis auf einen kleinen dünnen Oberlippenbart. Seine Kopfhaut glänzte wie mit Öl eingerieben. Das war also der Hämorrhoiden-Schorsch.

»Kennen wir uns?«, fragte Mansfeld und hielt sich am Türrahmen fest.

»Nein«, sagte ich. »Ich bin der Konstantin Wolff. Von der Wirtschaft Wolff.«

»Ich brauch nichts aus der Wirtschaft.«

Ich bemerkte, wie er das Gesicht verzog bei dem Wort *Wirtschaft*.

»Es hat auch nichts mit der Wirtschaft zu tun, Herr Mansfeld. Sie haben sicher von dem Suizid gehört.«

Mansfeld schüttelte den Kopf. »Ja, sicher.«

»Ich hab ihn gefunden. Ich hab die Leiche von Herrn Herrlich gefunden.«

»Ach ja? Er wollte sicher nicht, dass jemand wie du ihn findet«, sagte Mansfeld und machte ein geplagtes Gesicht.

»Wie meinen Sie das?«

»Ich bin mir ziemlich sicher, dass er gar nicht wollte, dass ihn so schnell jemand findet. Vielleicht als Gerippe irgendwann.« Mansfeld lachte oder hustete. Schwer zu sagen. Pausierte. Lachte weiter.

Ich stand herum und sagte nichts. Fand sein Lachen verstörend, gleichzeitig beinahe ansteckend.

»Was willst du denn jetzt, Junior? Beeil dich, ich muss aufs Klo.«

»Mein Onkel ist bei der *Passauer Allgemeinen*«, sagte ich. »Ich helfe ihm bei einem Artikel über das Schloss.«

»Über das Schloss? Wieso ausgerechnet über das Schloss?«

»Mein Onkel will die Geschichte von Joseph Herrlich mit der Geschichte des Schlosses zusammenbringen. Das wird was Zeitgeschichtliches mit dem Suizid als Aufhänger. Immerhin war der Herrlich der letzte männliche Erbe von seinem Unternehmen. Und es gibt Grund zur Annahme, dass seine Geschichte nicht ganz unproblematisch ist.«

Mansfeld zögerte, bevor er sagte: »Ich weiß nicht, ob du dich nur wichtig machst oder wirklich interessierst. Wovon du redest, kannst du gar nicht wissen. Aber von mir aus komm kurz rein. Das Rumstehen vor der Tür macht die Nachbarn nervös. Die gehen davon aus, dass ich halb tot im Bett liege.«

Mansfeld ließ mich in das kleine Haus, führte mich an der Schulter in ein Wohnzimmer, karg möbliert, nur ein Fernseher, zwei Bücherregale, ein Cello auf einem Ständer und ein Kontrabass.

»Spielen Sie Jazz?«, fragte ich und setzte mich auf die Couch.

Mansfeld schüttelte abwesend den Kopf. »Ich bin gleich wieder da«, sagte er und verließ das Zimmer.

Auf dem Glastisch vor mir standen eine Flasche Magenbitter und ein benutztes Glas. Ich schaute durch den Raum. Der Kontrabass war verstaubt und zerkratzt, und zwischen den beiden Schalllöchern, die sich S-förmig einander zuwandten, liefen die Saiten über einen goldfarbenen Steg, aus dem eine Art Pik-Herz ausgefräst war. Sein Bücherregal war so vollgestopft, dass man fürchten musste, es könnte jederzeit unter der Last zusammenbrechen. Ich war kurz davor, aufzustehen und nach den Titeln der Bücher zu schauen, als ich ihn hörte. Es war ein knapper, zorniger Aufschrei, wie wenn man sich den Kopf an einer Kante stößt und sich gleichzeitig ärgert, dass man ihn sich zum hundertsten Mal an der gleichen Stelle gestoßen hat.

»Ach, du hast ja kein Glas«, sagte Mansfeld, als er wiederkam und sich etwas von dem Magenbitter einschenkte, bevor er sich in einen Ledersessel gegenüber von mir setzte.

»Wie kommst du überhaupt auf mich, Junior?«

»Das Fräulein Fanni hat Ihren Namen in Zusammenhang mit dem Schloss erwähnt«, sagte ich.

»Das Fräulein Fanni«, sagte Mansfeld, und es klang bedauernd, als redeten wir über jemand Verstorbenen. »Dann hatte sie ja einen guten Tag, wenn du das Kauderwelsch verstehen konntest.«

»Sie sagte, das Schloss hätte Sie kaputt gemacht, sonst nichts.«

Doch der Mansfeld lachte bloß. »Ach herrje, die Fanni«, sagte er. »Die zynische alte Dreckschleuder. Ihren Humor darfst du nicht unterschätzen.«

»Humor konnte ich da keinen feststellen«, sagte ich, fühlte mich entwaffnet.

»Junior, alles an der Frau ist Humor. Das grauenvolle Genuschel, die permanent schlechte Laune. Die Tatsache, dass sie die Unterhosen von dem blöden Pfaffen wäscht. Für mich ist das zum Totlachen. Humor ist der Knopf, der verhindert, dass einem der Kragen platzt, sagt der Ringelnatz, falls du den kennst.«

Kannte ich nicht. Also fragte ich: »Kennen Sie das Fräulein Fanni schon länger?«

»Aber natürlich. Das Fanni war mit dem früheren Organisten, dem Emil Burián, verheiratet. Aus Ungarn kam der ursprünglich.

Fantastischer Musiker. Die Leute sind in die Kirche gegangen, nur um ihn spielen zu hören. Was für eine Dynamik der gehabt hat. Verglichen mit dem spielt der jetzige, dieser Werner, wie ein Leierkasten. Mit dem Burián hab ich mir irrsinnige Klavierduelle geliefert. Und die Fanni hat immer einen Kaffee und ein Stück Gugelhupf hingestellt, wenn ich da war. Ich hab eigentlich mehr gegessen als Klavier gespielt.« Er rutschte in seinem Sessel hin und her, als juckte ihn etwas, was ich für nicht so unwahrscheinlich hielt. Dann schenkte er sich von dem Bitter nach. Wir hatten den auch in der Wirtschaft, aber außer den ganz Alten rührte niemand das Zeug an.

»Ernsthaft, Junior«, sagte er, »es gab niemanden, der so gastfreundlich war wie die Fanni. Und der Burián war übrigens nicht nur ein guter Musiker, sondern auch ein leidenschaftlicher Gärtner. Die haben damals in Schyren unten bei der kleinen Mühle am Damm gewohnt, wo früher mal die Badestelle für Mädchen war. Da hat der Burián Gemüse angebaut und verkauft. Er war auch einer der ersten, die privat Zucchini angebaut haben. Irgendwann hat er eine seiner Zucchinis in einen Auflauf getan und noch bemerkt, dass sie ziemlich bitter schmeckt. Dann hat er Durchfall bekommen und ist kurz darauf an Vergiftung gestorben. Die Fanni hat den Auflauf auch probiert, aber bei ihr war nichts. Hast du das schon mal gehört? Eine Zucchini-Vergiftung? Durch die Bitterstoffe hat sich die Lunge entzündet. Hast du so was schon mal gehört?«

»Nein«, sagte ich. Fragte mich, ob es wirklich so eine gute Idee gewesen war, den Mansfeld um Auskunft zu bitten. Er schien mir doch in einer sehr eigenwilligen Version von Praam und seiner Vergangenheit zu leben. Andererseits war er damit nicht allein.

»Der Pfarrer Parzefall«, redete der Mansfeld weiter, »hat damals grade erst in Praam angefangen und daraufhin der alleinstehenden Fanni die Stelle als Haushälterin angeboten. Und irgendwann hat die ständige Fahrerei und das Wohnen allein im großen leeren Haus die Fanni zu sehr strapaziert. Da ist sie zum Pfarrer gezogen. Hat sich von da an die Zähne nicht mehr machen lassen, weil das nicht mehr zu den Dingen gehört hat, die sie interessierten. Wie eigentlich fast alles nach dem Tod vom Emil. Aber ihren Humor hat sie nicht verloren«, sagte Mansfeld, »das garantier ich dir. Dass du jetzt hier sitzt, ist der Beweis.«

»Aber was haben Sie denn nun mit dem Schloss zu tun?«, fragte ich fast ein wenig erbost. Er konnte sich doch denken, dass mich die Geschichte vom Fräulein Fanni wenig interessierte. Doch Mansfeld überhörte meinen scharfen Ton . Seine Augen waren starr auf seine Hände gerichtet. Schlanke Hände, lange Finger, glatte Haut.

Dann stand er auf und schloss die Tür vom Wohnzimmer.

»Es zieht«, sagte er. »So ein kleines Häusel, und es zieht wie im Pantheon.« Er zupfte an seinem schmalen Oberlippenbart und setzte sich wieder in den ranzigen Ledersessel. Jetzt schaute er mich das erste Mal richtig an.

»Die schmalen Augen hast du von deiner Mutter«, sagte er. Mir war nicht bewusst, dass ich so schmale Augen hatte. »Kennen Sie meine Mutter denn gut?«, fragte ich.

»Ach, was heißt gut. Aber das ist doch klar, dass jemand wie sie immer schon aufgefallen ist. Mit einer für Praam so untypischen Eleganz.«

Das konnte ich mir zwar vorstellen, aber es war mir unangenehm, mit dem Mansfeld über meine Mutter zu reden. Er war immer noch der Hämorrhoiden-Schorsch. Wir schauten uns eine Weile schweigend an, bis er nickte.

»Also gut, Junior«, sagte er. »Mir ist klar, dass du nicht hergekommen bist, um dir Geschichten über deine Mutter anzuhören. Vielleicht ist dir am Schloss aufgefallen, dass es innen renoviert ist. Hast dir's gründlich angeschaut?«

»Na ja«, sagte ich.

»Das war ich«, sagte Mansfeld. »Beziehungsweise ich und der Herrlich.« Seine Finger lagen an der Tischkante, bereit zum Griff zum Glas und zum Bitter.

»Sie haben ihm beim Renovieren geholfen?«, fragte ich. Das war eine erstaunliche Wendung. »Wollte er wieder einziehen?«

»Nein, Junior. Ich war derjenige, der einziehen wollte. Und damals gab es auch noch eine Frau Mansfeld, ob du's glaubst oder nicht. Und ein Kind.« Er hielt kurz die Luft an. Atmete dann demonstrativ aus.

»Man muss in den Schmerz hineinatmen«, sagte er. »Mein Magen ist hinüber. Irreparabel. Und man kann keine Schmerztabletten nehmen, weil die ...«

»Auf den Magen schlagen«, sagte ich.

»Genau«, sagte er. Trommelte mit den Fingern auf der Tischkante. »Wo war ich?«

»Beim Einziehen«, sagte ich.

»Natürlich.«

»1974 hab ich eine Anstellung als Musiklehrer in der Salchinger Realschule angenommen und bin dafür mit meiner Familie aus Nürnberg gekommen. Als expliziter Stadtmensch hat meine Frau natürlich eine ganz besondere Landwohnung gesucht. Nach dem Motto, wenn schon in ein Kaff, dann aber mit allen Vorzügen. Wie sie halt immer alle Vorzüge gern gehabt hätte. Bei der Suche ist sie auf eine Anzeige im *Schyrener Tagblatt* gestoßen. Herrlich hatte inseriert, dass er einen Flügel vom Schloss renovieren wollte und dann vermieten. Damit das Gebäude nicht verödete. Darauf hab ich mich mit ihm getroffen und vorgeschlagen, dass ich gegen Mietminderung die Wohnung selbst renovier.« Er hielt mir seine langen Finger hin. »Glaubst du nicht, wenn du die hier siehst, was? Aber ich kann gut mit Holz und Werkstoffen. Mein Vater war Schreiner.«

»Und darauf ließ er sich ein?«, fragte ich, einfach, weil ich vermeiden wollte, dass jetzt wieder irgendein Exkurs kam.

»Natürlich. Er war ein ziemlich umgänglicher Mensch«, sagte Mansfeld und rieb sich aggressiv über die Augenbrauen. Es rieselte ein paar Schuppen.

»Ein stiller, aber ein umgänglicher Mensch. Und ihm ging es nicht um die Miete, er wollte, dass sich jemand um das Schloss kümmerte. Jemand, dem er traute.«

»Und Ihnen hat er getraut?«, fragte ich. »Sie kannten sich doch gar nicht.«

»Ich glaube, ihn interessierte zunächst, dass wir nicht von hier waren. Wir haben uns dann lange über Kandinsky unterhalten. Den kannte er sogar persönlich. Und über Klaviermusik. Das zweite Klavierkonzert von Rachmaninow kannte er besser als ich, konnte es sogar pfeifen. Er hat mir das Schloss gezeigt, irgendwie widerwillig, andererseits auch stolz. Und ich fand es kaum zu fassen mit dem Wassergraben und den uralten hohen Bäumen. Wie aus dem Märchen, bist du des Wahnsinns, dachte ich. Mein Sohn war natürlich hin und weg. Ist doch der Traum von einem Sechsjährigen. In einer Wasserburg wohnen, du lieber Gott, was man da für Geschichten hineindenkt.«

Mansfeld hielt mir sein Glas hin. »Wie schaut's aus?«

»Nein, danke«, sagte ich. Ich ekelte mich vor dem benutzten Glas. Benutzte Gläser bringen Herpes, das hatte mir mein Vater in der Wirtschaft schon im frühsten Alter eingebläut. Dann trank der Mansfeld eben alleine.

»Wir entschieden uns also für das Schloss. Der Mietpreis war wirklich ein Witz. Aber je näher der Termin des Umzugs rückte, desto komplizierter wurde es mit dem Herrlich. Er kam nicht zu verabredeten Terminen für die Renovierung. Ließ mich hängen mit Material, das er besorgen wollte, rückte den Grundriss nicht raus. Als wollte er plötzlich nicht mehr, dass wir einzogen. Alleine bis wir den Schlüssel für den Keller …«

»Was war denn mit ihm los?«, unterbrach ich ihn. Wohl ein bisschen zu forsch, denn jetzt wurde er patzig.

»Nicht so vorschnell, Junior«, zischte er. »Ich bereite hier eine Geschichte vor, die dir die nächsten dreißig Jahre Albträume bescheren wird. Da musst du mir schon den Aufbau überlassen.«

»Entschuldigung«, sagte ich. »Ich lass Sie erzählen.«

»Braver Junior«, sagte er. »Dann hör jetzt zu. Im August 1974 waren unten erst zwei Zimmer beziehbar, aber unsere Wohnung in Nürnberg war bereits gekündigt und in Kisten verpackt. Am Morgen des 14. August 1974, als ich mit der Familie bei Kaiserwetter durch das Eingangstor vom Wasserschloss fahre, kommt uns schon der Joseph entgegen. Steht da ungekämmt und zerknittert, mutmaßlich betrunken. Ich muss mit dir reden, Schorsch, sagt er. Allein. Ich steige aus, sage der Familie, sie sollen sich beim Bäcker was kaufen, während ich mit dem Herrlich auf zwei Stühlen an der Gebäudeflanke zum abgerissenen Gartenhaus hin Platz nehme. In zwei Korbstühlen, die er extra für den Spätsommer besorgt hat. Der Joseph zündet sich eine Zigarette an und sagt, er kann nicht mehr, er muss mir das jetzt erzählen.« Der Mansfeld langte über den Tisch und packte mich mit der einen Hand an der Schulter. Sein Griff war unangebracht fest. Mit der anderen hielt er mir die Flasche Magenbitter hin. Ich trank. Es war grässlich.

Es war fast Abend, als ich zuhause ankam. Ich half ein bisschen in der Wirtschaft und lernte danach für eine Englisch-Klausur. Ich erzählte niemandem von meinem Gespräch mit Mansfeld. Ich konnte es nicht. Zum Glück fragte niemand, wo ich den Tag über gewesen war.

Als ich nachts im schwarzen Zimmer lag, wanderten meine Gedanken zurück zu der Situation in diesem kargen Raum mit all den Büchern. Wie ich während der Geschichte jegliches Gefühl dafür verloren hatte, wo ich eigentlich war.

Ich fühlte mich, als hätte mich jemand in der Schwerelosigkeit vergessen, mit dem Geschmack von Magenbitter im Mund.

Die Geschichte vom Mansfeld endete übrigens damit, dass die Familie sich zwar gegen das Schloss entschied, aber nicht gegen Praam. Dass die Mansfelds das kleine Haus am Fuß vom Jägerberg bezogen, das der Frau nie besonders gefallen hatte. Aber der Herrlich war für die Hälfte des Kaufpreises aufgekommen.

Mansfeld trat seinen Job in Salching an, und mit der Ehe ging es schnell bergab. Seine Frau langweilte sich in Praam zu Tode, lebte sich nicht ein, nahm den Sohn nach einem Jahr wieder mit nach Nürnberg und kam nicht mehr zurück. Mansfeld blieb in dem kleinen Haus wohnen, und ein schweres Magenleiden, ein paar depressive Jahre und eine Frühpensionierung später war er zum Hämorrhoiden-Schorsch geworden.

Als ich am nächsten Nachmittag mit dem Böhmi und dem Bartl samt halbem Kasten Bier in der kaputten Bushaltestelle saß, war ich kurz davor, den beiden alles zu erzählen. Doch bevor ich überhaupt zu Wort kam, informierte mich der Böhmi über zwei andere Sachverhalte. Zum einen war am Mittwoch ein Gefangener aus dem Klostergefängnis ausgebrochen, das die Schyrener Polizei gemietet hatte. Noch am selben Abend fand die Polizei den Flüchtigen im Waldgasthof Zeiss, nur fünfundzwanzig Kilometer weiter südlich.

Zum anderen hatte der Böhmi am Mittwoch Rosa gesehen. Er war mit Karin Zellmair spazieren gegangen, um oben in der Sandgrube ein bisschen intimer zu werden.

»Und als wir oben sind«, erzählte der Böhmi, »seh ich, dass da ein Pärchen den Jäger in Richtung Canyon rauftigert. Und ich denk mir von oben noch: Das Mädchen, das leuchtet in die Gegend hinein wie ein Maglite, so weiß ist die, die kommt dir doch bekannt vor. Und die Karin und ich, wir warten in der Sandgrube, bis die beiden vorbeigehen. Und jetzt rat mal, wer's war, Schwarzer.«

»Oh nein«, sagte der Bartl, der immer noch nicht geschafft hatte, mit dem Feuerzeug seine Flasche zu öffnen.

»Rosa«, sagte ich und stellte mein Bier weg.

»Haargenau«, sagte der Böhmi. »Und mit wem geht die spazieren? Da kommst du nie drauf.«

»Sag's«, sagte ich zornig werdend und schaute hinüber zum Schloss.

»Mit einem von den Schranner-Buben, leck mich doch am Arsch«, sagte der Böhmi und haute mit der Handfläche gegen die Scheibe des Häuschens. Der Bartl zuckte zurück und sah entgeistert aus.

»Welcher Schranner? Von denen gibt's drei«, sagte ich. Die zitternde Hand hatte ich schon in der Hosentasche verborgen.

»Der mittlere. Hab vergessen, wer jetzt der Hannes und wer der Wasti ist.«

»Der mittlere heißt Stephan«, sagte ich.

»Genau, der war's«, sagte der Böhmi. »Der Wasti ist ja der mit dem fetten Muttermal am Kinn.«

»Und was haben sie gemacht?«, fragte ich. Der Bartl schaute jetzt peinlich berührt auf den Boden, so als wolle er die Antwort nicht hören.

»Nix haben sie gemacht. Also nix Wildes. Geredet. Händchen gehalten, kann sein, konnte man nicht so genau sehen. Nix Wildes, also flipp nicht aus. Aber kennen tun die sich nicht erst seit Mittwoch, da wett' ich drauf«, sagte der Böhmi, gegen den ich Aggressionen entwickelte, weil er mir die Geschichte präsentierte wie ein Oberkommissar.

»Das tut weh«, sagte ich, obwohl es nicht wehtat, sondern mir eher die Luft zum Atmen nahm.

»Jetzt geh, Schwarzer, hör auf. Zuerst einmal findest du in aller Ruhe raus, was da los ist. Und wenn sie dich wirklich mit dem mittleren Schranner bescheißt, dann, na ja, ist ihr auch nicht mehr zu helfen. Dann hat sie den Schwarzen nicht verdient.«

»Ich geh jetzt heim«, sagte ich und ließ die Bierflasche stehen. Der Bartl sah mich traurig von der Seite an. Als ich seinen Blick bemerkte, versuchte er sich wieder mit dem Feuerzeug an der Flasche.

Zuhause rief ich Albert an.

»Konan, bei dir wollt ich mich eh noch melden. Wie geht's deiner Rosemarie?«

»Rosalie«, sagte ich. »Deshalb ruf ich nicht an.« Ich hielt den Hörer jetzt fester an den Mund, damit ich nicht so laut reden musste. Meine Mutter fuhrwerkte zwar in der Küche herum, aber wenn sie innehielt, konnte sie vielleicht alles hören.

»Wo drückt der Turnschuh, Konan?« Albert lachte meckernd.

»Hast du eigentlich noch Interesse an dem Artikel?«, fragte ich ihn.

»Schon. War nur viel in der Dunkelkammer die letzten Tage.«

»Ich weiß jetzt was, das wird hier die Kontinentalplatten verschieben, wenn man es richtig aufzieht. Mit so einem Artikel kannst du hier berühmt werden. Oder eher berüchtigt.«

»Ach. Konan ermittelt, oder was? Schieß los.«

»Geht nicht am Telefon«, sagte ich. »Du musst vorbeikommen. Noch heute.«

14
HERRLICH

Wenn ich die Augen schloss, sah ich einen jungen Joseph Herrlich in seiner schwarzen Horch-Limousine sitzen. Teilnahmslos schaute er aus dem Fenster. Diese Teilnahmslosigkeit, diese Leere in seinem Blick, war dieselbe wie beim alten Joseph Herrlich, der im Dachgeschoss vom Wasserschloss gehangen hatte.

Elende kleine Malaria.

Das Fieber war zurückgekommen, was mich nicht wunderte nach der Begegnung mit dem Mansfeld. Ich lag im Bett im schwarzen Zimmer, ganz angefüllt von dieser grauenvollen Geschichte, die der Mann mir eingeimpft hatte, mit der er mich angesteckt hatte, weil er sie nicht mehr nur allein in sich tragen wollte. Den Mansfeld selbst angesteckt hatte damals der Herrlich mit seiner schwarzen Fabel über das Wasserschloss.

Schon 1941 hatte ihn der Pfarrer Hermann aus Schyren gewarnt, dass der Gauleiter höchstpersönlich Interesse an seinem Schloss angemeldet habe. Der Pfarrer warnte vor der Absicht, »menschliche Mängelexemplare« zu entsorgen. Grundsätzlich traute der Herrlich keinem Pfarrer, aber dieser schien anders. Wehrhaft, kompromisslos, auch wenn sich Herrlich nicht ganz über seine Motive im Klaren war. Als unbedeutender Priester aus der Provinz legte man sich nicht ohne Konsequenzen mit der Partei an. Herrlich blieb skeptisch.

Der Pfarrer hatte sich im Namen der Gemeinde bei der Bezirksverwaltung wegen der Nutzungsabsicht beschwert, aber bei Herrlich selbst hatte sich lange niemand zu dem Thema gemeldet. Er vermutete, dass den betreffenden Entscheidungsträgern in der Verwaltung sehr wohl bekannt war, wie bei den Herrlichs die Zuständigkeiten lagen, dass er der offizielle Inhaber des Landmaschinenbetriebs war, seine Schwester und ihr Mann aber die Geschäfte leiteten. Herrlich war gewissermaßen der Familienkünstler, den man freundlich ignorierte, wenn es um die offiziellen Dinge ging. Bisher hatte ihn das nie gestört, im Gegenteil. Natürlich war ihm klar, dass die Tatsache, dass das kriegswichtige Unternehmen auf seinen Namen eingetragen war, ihn bisher vor der Einberufung bewahrt hatte. Wie brüchig dieser Schutz war, wusste er von befreundeten Industriellen. Fiel man in Ungnade, landete man an der Front.

Eine Woche später kam der befürchtete Brief dann doch. Vom Schyrener Landrat, der ihm einen Gesprächstermin vorschlug. Das Reich benötige sein Grundstück in Praam, aber er, der Landrat Otto Rettich, könne Herrlich beruhigen, zu einer Enteignung werde es trotz der Dringlichkeit nicht kommen, schließlich wisse man um die Verdienste des Unternehmens Herrlich. Man bat also zunächst zur Unterredung nach Schyren. Was natürlich alles andere als eine Bitte war.

Mansfeld hatte erzählt, dass Herrlich nach dem ersten Schrecken über das Schreiben so etwas wie Erleichterung verspürt habe. Erleichterung, dass es endlich zu einer solchen Unterredung kam, dass er der Situation endlich ins Gesicht schauen musste. Schluss mit dem Ausharren, dem Wegducken und Verstecken.

Joseph Herrlich war nicht naiv, er wusste schon, was er da ausblendete, indem er einfach nur malte und Klavier spielte, während um ihn herum die Welt brannte. Oder hatte doch zumindest eine Ahnung davon. Er hatte sich halt bisher nicht darum gerissen, es Teil seiner Realität werden zu lassen.

Als der Herrlich dann im Schyrener Rathaus mit dem spitzen blauen Giebeldach saß, erklärte ihm der Landrat Rettich Folgendes: Der Bezirk wollte das Schloss, verzichtete aber vorerst mit Rücksicht auf die Kriegswichtigkeit der Firma Herrlich auf eine Enteignung. Stattdessen bot man Herrlich eine Abfindung und eine Rückgabe nach Kriegsende an. Und man würde auch auf eine Nachmusterung verzichten, obwohl Herrlich als nicht aktiver Mitarbeiter im Unternehmen hervorragend für den Kriegseinsatz geeignet sei, wie der Landrat betonte. Das, so erzählte der Mansfeld, hätte für Herrlich den Ausschlag gegeben, einzuwilligen: seine panische Angst vor der Front, vor dem Krieg. Er habe sich ja lange auf ganzer Ebene geweigert zu akzeptieren, dass es den Krieg überhaupt gab, dass er längst entfesselt war und alles vernichtete.

Der Mansfeld erzählte mir, wie konsequent sich der Herrlich das Schloss, die Gegend und die Leute schöngeredet hätte, seit der Krieg losgebrochen war. Das Dungau, wie man die Gegend um Schyren nannte, habe sich immer aus übertriebenem Brauchtum und Nationalbewusstsein herausgehalten. Abseits der großen Verkehrsstraßen habe man sich rein auf die Agrarwirtschaft konzentriert und auf das, was der Pfarrer am Sonntag in der Messe sagte. In Praam habe nur die Arbeit und Kirche gezählt, die einzige Zerstreuung habe im Gasthaus gelegen. Hier hatte keiner einen Krieg herbeigeplärrt. Mir war nicht ganz klar gewesen, ob es dem Mansfeld darum ging, Herrlichs Zuneigung zu Praam zu rechtfertigen oder seine eigene. Ich fragte mich ohnehin, warum ausgerechnet jemand wie der Mansfeld sich entschieden hatte zu bleiben, nachdem ihm der Herrlich schon so früh offenbart hatte, was für ein stinkendes Abwasser sich in den Rohren unter den sauberen Straßen von Praam angesammelt hatte.

Herrlich hatte damals beim Landrat noch nachgefragt, ob es sich bei der Nutzung seines Schlosses um ein Heim für Alte und

Behinderte handelte, wie ihm der Pfarrer Hermann geschrieben hatte. Der Landrat Rettich hatte das bestritten. Es gehe um eine Fremdarbeiterunterkunft für polnische Frauen im Dienste der Landwirtschaft. Nichts Außergewöhnliches.

Ich war wohl wieder kurz eingeschlafen, wachte nass geschwitzt auf. Es war spät, es war still, niemand war unten in der Gaststube. Und kaum war ich wieder wach, war auch die Geschichte vom Herrlich wieder da, als hätte sie nur darauf gewartet, dass ich die Augen aufmache.

Natürlich war diese Art von Geschichten nichts, wovon ich nicht schon gelesen oder am Carossa gehört hatte, aber im Stillen hatte ich wohl angenommen, dass sich solche Dinge nicht in unserer bedeutungslosen Gegend abgespielt hätten. Nicht in diesem verschlafenen Landkreis, nicht im unscheinbaren Praam.

Es hatte mich kalt erwischt, ich war dieser Geschichte wehrlos ausgeliefert. Plötzlich Mitwisser zu sein, fühlte sich an, als hätte ich genauso an der schrecklichen Verdeckung teilgenommen. Meine harmlose Heimat war innerhalb von Stunden vollkommen ausgelöscht und durch etwas Monströses ersetzt worden.

Joseph Herrlich hatte die Geschichte mit den Fremdarbeitern wirklich geglaubt, wie Mansfeld mir gegenüber behauptete. Zumindest fürs Erste. Denn seit der Besetzung Polens waren schließlich jede Menge Gastarbeiter auf die umliegenden Höfe und Betriebe verteilt worden, vor allem Frauen. Es ging damals ein Gerücht um, dass man viele davon einfach aus polnischen Kinos und Gottesdiensten weggefangen hatte. Den Ehemännern und selbst den Kindern hatte man die Ausreise nicht gestattet, die Frauen waren alleine herverpflanzt worden, sie wohnten bei den Bauern und Handwerksbetrieben, für die sie arbeiteten.

Joseph Herrlich hatte eingewilligt, innerhalb einer Woche seine verbleibenden Sachen, hauptsächlich Farben und Leinwände, aus dem Schloss zu räumen. Die Abfindung war überraschend hoch gewesen.

Erst 1943 war Joseph Herrlich nach Praam zurückgekehrt, er hatte das ganze Jahr das Familienanwesen in Freising nicht verlassen. Die Bombardierungen der Bahnhöfe hatten begonnen, und es gab so gut wie kein privates Benzin mehr. Für die Horch-Limousine schien immer nur dann genug da zu sein, wenn seine Schwester oder ihr Mann sie benutzten. Der Rest der Fahrzeugflotte des Unternehmens war mit kleinen Holzvergaser-Aufsätzen ausgestattet worden, oder man nutzte die alten Pferdekutschen. Ich weiß nicht, ob diese Details ursprünglich vom Herrlich kamen oder dem Mansfeld zur Ausschmückung dienten. Ähnlich wie mein Vater schien es ihm wichtig, mir eine Mythologie von Praam zu vermitteln, die jemand wie mir nicht mehr geläufig war. Es funktionierte prächtig, machte die grässliche Vergangenheit noch lebendiger, hier in meiner schwarzen Fiebergruft, mitten in der Nacht.

Herrlich hatte hin und wieder Briefe über bauliche Maßnahmen im Schloss erhalten. In einzelnen Räumen waren Zwischenwände eingezogen und Decken mit Heraklith-Dichtung verstärkt worden, denn der Generalbevollmächtigte für den Arbeitseinsatz hatte bestimmt, dass die Arbeiterunterkunft im Schloss zu einem Kinderheim umfunktioniert wurde, das auch eine Entbindungsstation umfasste. Als Chefarzt wurde ein gewisser Dr. Ernst Bader aus Rottenburg eingesetzt.

Diese Schreiben waren allerdings nicht ausschlaggebend gewesen für Herrlichs Besuch in Praam. Es war ein Brief vom Schyrener Geistlichen Hermann gewesen, der ihn aus seiner Lethargie riss. Hermann bat ihn, den einflussreichen Industriellen, sich von den zutiefst unmenschlichen und ehrlosen Zuständen im Wasserschloss zu überzeugen und wenn irgend möglich seinen Einfluss bei der Partei geltend zu machen, um eine derartige Herabwürdigung menschlichen Lebens zu unterbinden.

Herrlich hatte sich an einem Nachmittag mit dem Geistlichen im Gasthaus Wolff getroffen, unten in der Gaststube. Der Herrlich war wohl früher nach dem Malen öfter hergekommen. Johann, der Wirt, also mein Großvater, hatte einen vernünftigen Eindruck auf ihn gemacht. An dem Tag, als die Deutschen in Polen einfielen, war er auch im Gasthaus gewesen, und der Wirt hatte gesagt: »Jetzt sind die Hunde von der Leine. Das gibt eine Sauerei.« So hatte es der Mansfeld erzählt, aber es gehörte auch zur Legende meines Großvaters, angeblich immer ein Kriegskritiker gewesen zu sein und sogar einer, der über Monate ein paar Franzosen bei uns im Nebensaal hatte wohnen lassen.

»Ich weiß von Zwangsüberstellungen von Säuglingen in Ihr Schloss«, sagte der Hermann in der Geschichte vom Mansfeld.

»Viele der polnischen Gastarbeiterinnen hier im Landkreis sind Mütter von Säuglingen oder sind schwanger. Meist lassen die Mütter sich nichts anmerken, arbeiten weiter auf dem Feld, damit es nicht zur Leibesfruchtwegnahme kommt, wie die Partei das ausdrückt. Die Väter bleiben fast immer anonym.«

»Wo waren die Säuglinge bisher?«, fragte ihn der Herrlich.

»Im Klostersanatorium. Deshalb weiß ich auch von den Überstellungen.«

»Die Schwestern haben sich bis letztes Jahr um die Säuglinge gekümmert, sie mit dem Notwendigsten versorgt und dann den Müttern zurückgegeben. Aber im Frühjahr wurden auf Geheiß vom Landrat fast dreißig Kinder, die Hälfte davon Säuglinge, an ein neues Pflegeheim überstellt. Ihr Schloss in Praam«, sagte der Hermann.

»Mit der Überstellung starben um die zwanzig Kinder. Etliche noch am selben Tag, die anderen spätestens zwei Wochen danach.

Die Schwestern haben mir das bestätigt, sie waren mit den Müttern in Kontakt. Sie haben mir versichert, dass die Kinder zum Zeitpunkt der Überstellung in einem guten Gesundheitszustand waren. Aus dem ganzen Landkreis kommen jetzt wöchentlich Kinder dazu. Das weiß ich genau, weil die meisten Arbeiterinnen bei mir in die Kirche gehen. Per Dekret gibt es nur einen Sondergottesdienst für die Polen im Umkreis, und den halte ich. Die Frauen haben mir gesagt, dass ihnen die Kinder einfach weggenommen werden. Ich merke ja, wenn eine schwanger ist, aber am Ende nie mit einem Kind unterwegs. Die meisten sehen ihre Kinder nie wieder, müssen aber eine Reichsmark pro Tag von ihrem Feldlohn abgeben, um die Betreuung ihrer Kinder mitzufinanzieren, ohne zu wissen, ob sie überhaupt noch am Leben sind. Ich kenne eine Schwester, die das Schloss öfter besucht hat. Die sich um die Kinder gesorgt hat. Sie hat mir das erzählt. Von den Exkrementen der Kinder, Läusen, Krankheiten. Herr Herrlich«, sagte der Hermann in Mansfelds Bericht, »die lassen vorsätzlich Säuglinge und Kleinkinder von Fremdarbeitern verhungern, und manchen Schwangeren zerstückeln sie das Kind noch im Mutterleib.«

Die Geschichte vom Schloss, die der Mansfeld mir mitgegeben hatte, war so grotesk und vernichtend, dass ich sie sofort wieder loswerden wollte. Aber wem konnte ich sie erzählen, wer nahm sie mir freiwillig ab? Albert würde das natürlich interessieren, aber der war ein Zyniker, der das Ganze zum Selbstzweck inszenieren würde, das konnte ich jetzt nicht gebrauchen. Rosa wollte ich sie im Moment nicht zumuten. Zumindest sagte ich mir das. Wenn ich aber ganz ehrlich war, gab es noch einen anderen Grund: Ich hatte Angst, sie zu vergraulen, ihr ihren neuen Lebensraum, in den sie sich mit so viel Aufwand integrierte, zu versauen. Ich wäre dann für sie nur noch der verhasste Botschafter all dieses Horrors gewesen.

Der Herrlich wollte natürlich wissen, ob der Pfarrer damit beim Landrat gewesen war.

»Natürlich«, lautete die Antwort. Der Rettich hatte gesagt, a) Befehl vom Sauckel höchstpersönlich und b) tue er den Fremdarbeitern doch einen Gefallen. Und an eine Formulierung konnte sich der Mansfeld ganz genau erinnern: »Das Reich übernimmt Verantwortung für die Kinder der Polinnen, denn verfaulen kann man die Brut ja auch nicht lassen.« Das hatte der Landrat Rettich gesagt.

In einem meiner kurzen Fieberträume zwischen den Phasen des Wachseins sah ich immer wieder den Herrlich am Balken hängen. Sogar in wachem Zustand glaubte ich dann noch, diesen süßlichen Geruch aus dem Wasserschloss riechen zu können. Und ich wurde die Frage nicht mehr los, wie ich anstelle vom Herrlich reagiert hätte, wenn der Hermann zu mir gesagt hätte: »Es ist immer noch Ihr Schloss, schauen Sie sich das Heim an, und entscheiden Sie selbst, ob Sie nicht etwas unternehmen wollen als kriegswichtiger Industrieller.«

Gegen fünf stand ich auf und tastete mich im Dunklen aus dem Zimmer ins Bad. Ich hielt meinen Kopf unter die Leitung. Mit nassen Haaren legte ich mich wieder ins Bett, hoffte, dass es schwarz blieb, wenn ich die Augen schloss. Aber natürlich blieb es das nicht.

Der Herrlich war damals nicht zum Schloss gegangen nach dem Gespräch mit dem Hermann. Er war zurückgefahren nach Hause, nach Freising. Erst im Jahr 1986 war er zurückgekehrt, in dem April, als ich ihn fand. Und mit seiner Geschichte angesteckt wurde.

15
GOLIATH

Ich habe eine gewisse Zeit hier in der Stadt verbracht. Mein ganzes Studium und die Jahre meiner ersten Festanstellung. Während Rosa und ihr Vater in Praam weiterhin ganz nah bei meiner Familie gelebt haben, saß ich in der Stadt und wusste nichts mit meiner Freiheit anzufangen. Jedes Mal, wenn ich bei den Eltern war, blieb ich im schwarzen Zimmer wie mit siebzehn und ging nur in den leeren Zwischenzeiten in die Wirtsstube, wenn der Großteil der Leute weg war. Mittlerweile kamen allerdings eh nur noch wenige ins Gasthaus Wolff, viele Abende blieb es leer. Irgendwann blieb auch ich dann weg. Weil ich mir den quälenden Niedergang der Wirtschaft nicht mehr mitanschauen konnte, aber vor allem weil sich ein so riesiger Berg von Unausgeprochenem zwischen mir und den Eltern aufgetürmt hatte, dass es sich gar nicht mehr rentierte, ihn abzuarbeiten.

Ich saß also all die Jahre hier in München und studierte vor mich hin, traf Hunderte und Hunderte von Leuten, war auf zahllosen Veranstaltungen und in Bars und trank, als dürfte man keine Minute seiner Freizeit nüchtern und unvergiftet vergeuden. Die Arbeit war mein neues Gefängnis, mein neues Praam, dabei hatte ich geschafft, was ich mir selbst nicht zugetraut hatte: Ich verdiente mein Geld mit Schreiben, arbeitete bei einem Nachrichtenportal, das seine Nachrichten an andere Portale verkaufte.

Ich war weiterhin ständig krank, mindestens einmal im Monat lag ich ein paar Tage mit Fieber im Bett und wartete darauf, dass der Appetit und das Interesse an meinem Dasein hier in der Stadt wiederkamen. Ständig hatte ich das Gefühl, dass bald mehr kommen müsste, dass bald mehr passieren könnte als jetzt gerade. Dass die momentane Zeit nur die Eingewöhnungsphase war, dass es irgendwann besser und gleichzeitig aber auch aufregender wurde. Das Gegenteil war der Fall. Es passierte nichts, und ich wurde immer melancholischer, ungeduldiger und unsicherer.

Ich hatte Freunde, wenn auch nicht mehr die alten, ich hatte ein paar Freundinnen. In Eliska, eine Tschechin, war ich sogar verliebt, aber natürlich erst, als sie weg war. Ich wollte sie zurück, sie hatte einen neuen Freund, ich hab mich dem Wahnsinn nah gefühlt deswegen. Bin ein halbes Jahr in Argentinien gewesen und habe nichts dort gemacht außer einen Spanischkurs. Noch nicht einmal herumgereist bin ich, nach Patagonien oder rauf nach Machu Picchu. In meiner Erinnerung liege ich die meiste Zeit in der kleinen Wohnung in Buenos Aires im fünften Stock, trinke Weißwein und schlucke irgendwelche Schmerztabletten, die zusammen mit dem Alkohol für einen kurzen Seelenfrieden sorgen. Nach Argentinien war mein Geld weg, die Festanstellung hatte ich schon davor gekündigt.

Mein Ziel ist ein flacher dunkelgrauer Neubau zwischen einer Apotheke und einem Autogeschäft. Auf einem goldenen Schild mit dem Landeswappen steht: *Notariat Dr. Reinhold Meyer & Dr. Thomas Rauch.* Die Haustür steht offen, das Büro ist im dritten Stock, ich nehme die Treppe, nicht den Aufzug, Aufzüge waren mir noch nie geheuer.

Eine Sekretärin will wissen, zu wem ich will und ob ich einen Termin habe. Ich sage: »Ich möchte in einer wichtigen privaten Angelegenheit zum Notar Dr. Meyer. Ich habe keinen Termin. Melden Sie gerne Konstantin Wolff aus Praam. Er weiß schon, wer ich bin.« Sie nimmt das Telefon in die Hand, drückt eine Kurzwahltaste und legt sofort wieder auf. »Der Notar telefoniert gerade. Ich würde Sie bitten, kurz zu warten.«

Ich setze mich auf einen von drei Stühlen gegenüber und sehe der Assistentin dabei zu, wie sie in ihren Computer starrt. Sie hat vollkommen schwarze Haare und ein stark sonnengebräuntes Gesicht, es passt nach meinem Empfinden nicht gut zusammen. Sie denkt sicher anders darüber. Hin und wieder schaut sie von ihrem Computer auf und wirft einen kurzen Blick auf mich, den ich nicht bemerken soll. Es kommt mir vor, als überprüfe sie etwas, als schlage sie meinen Namen in den Suchmaschinen nach. Ich komme mir vor wie auf dem Polizeirevier. Irgendwann fängt sie an, hektisch zu tippen, kurz darauf klingelt das Tischtelefon.

Sie nimmt ab, nickt und bittet mich anschließend hinein zum Chef.

Der Notar Meyer ist im Alter nicht geschrumpft. Im Gegenteil, er kommt mir sogar noch größer vor. Doch sein früher so widerspenstiges Haar ist nun weiß und lang und zu einem Pferdeschwanz zusammengebunden, er trägt eine randlose Brille und ein schweres graues Jackett. Er erinnert mich gar nicht mehr an Rosas Vater, eher an einen riesigen Jazzmusiker. Er schüttelt mir von oben herab die Hand. Er wirkt sehr ausgeglichen.

Er sagt: »Das ist eine Überraschung.«

Ich sage: »Es tut mir leid, dass ich Sie so überfalle, aber ich komme gerade von der Beerdigung meines Vaters.«

»Mein Beileid.« Er deutet auf den Stuhl auf der anderen Seite seines Schreibtisches. Mit seinen gewaltigen Händen schiebt er einen Ordner zur Seite, der zwischen uns liegt. Er sieht mich erwartungsvoll an.

Ich sage: »Es sind ein paar Sachen hochgekommen mit der Beerdigung. Sie können es sich vielleicht denken.«

Er nickt und faltet seine Hände vor mir.

»Ich würde gerne mit Rosa reden, aber ich habe weder eine Nummer noch eine Adresse. Sie sind mein einziger Kontakt.« Ärgere mich gleichzeitig, weil das demütig klingt.

Meyer schaut mich einen Moment an, sein Blick wirkt verklärt, vielleicht resigniert, vielleicht abwesend, ich kann es nicht deuten. »Lieber Konstantin Wolff.« Seine Stimme klingt jetzt fast feierlich. »Ich habe leider selbst momentan weniger Kontakt mit meiner Tochter, als mir lieb ist. Sie ist für ein paar Wochen auf Kur.«

»Auf Kur?«

Er sagt langsam: »Richtig. Auf Kur.«

»Geht es ihr nicht gut?«

»Das müssen Sie sie bitte selbst fragen.«

Ich frage: »Aber haben Sie denn eine Adresse? Kann man sie überhaupt besuchen?«

»Sie können ihr schreiben.« Er richtet sich den Kragen. »Ich gebe Ihnen eine E-Mail-Adresse. Mehr kann ich leider nicht für Sie tun.«

»Natürlich. Das ist ja ein Anfang.«

Der alte Riese lächelt mich an und erhebt sich aus seinem Notarthron, während ich noch sitze. In diesem Moment kommt er mir noch größer vor. Es ist wie in einem der Fieberträume, die ich als Kind hatte. Die sich auftürmenden, immer wieder neu in die Höhe schießenden Häuser, die mir jeden Raum nehmen. Der Notar wächst vor meinen Augen und mit ihm die Decke des Zimmers, bis er wie von einem Kirchturm auf mich herunterschaut. Allmählich frage ich mich, was mit mir los ist. Er lächelt noch immer aus seinen fünfzehn Metern Höhe.

Ich sage: »Gut, dann schreib ich ihr. Vielen Dank«, und stehe auf. Er nickt und hebt zum Abschied altrichterlich die Hand. Ich bin schon fast draußen, als ich mich noch einmal umdrehe. Etwas will ich noch wissen. »Darf ich noch eins fragen?«

»Nur zu.«

»Wieso sind Sie eigentlich so freundlich zu mir?«

Der Notar schrumpft wieder auf Normalgröße zusammen und setzt sich in seinen Stuhl. Er sagt: »Was heißt so freundlich? Ich hatte ja nie etwas gegen dich, Konstantin. Ich konnte doch damals schon sehen, wie intelligent du bist. Aber jemand wie du, der dabei ist, alles infrage zu stellen, war nicht der Richtige für Rosa. In jenem Jahr zumindest. So kurz, nachdem ihre Mutter gestorben war. Ihr hättet euch nur bestätigt in eurer Angst.«

Ich schaue ihn unverwandt an. Nicke, aber gebe ihm nicht recht, wie könnte ich das. Ich hatte uns immer alle Chancen eingeräumt, sehe das im Grunde nach wie vor so. Aber ich verstehe, was er meint. Aus seiner Sicht.

»Es tut mir übrigens leid, wie sich das mit dem Gasthof entwickelt hat. Dass die Leute einfach wegblieben nach dieser Sache. So etwas ist unfein, aber typisch für diese Gegend da unten. Nichts gegen dich natürlich.« Er lächelt entschuldigend, aber ich nehme ihm das nicht ab.

Er sagt: »Ich hoffe, ich konnte dir helfen. Wenigstens jetzt.«

Ich erwidere nichts darauf und verlasse das Büro. Die schwarzhaarige Sekretärin erschrickt, als ich noch vollständig vor ihr stehe. Als hätte sie erwartet, dass der Notar mich zerfetzt und in Teilen wieder ausspuckt.

16
SCHWARZER FREITAG

Am Freitag schien Praam das durchwachsene Wetter endgültig überstanden zu haben. Schon am Morgen war es so warm, dass der Böhmi und ich im T-Shirt mit dem Fahrrad über den Jakobiweg nach Schyren fuhren. Am Abend zuvor war es plötzlich in aller Konsequenz Sommer geworden. Mit dem passenden Geruch, der ja immer der finale Urteilsspruch bei einem Jahreszeitenwechsel ist. Im Gasthaus hatte mein Vater das Vorbereitungsspiel der Nationalmannschaft gegen Holland gezeigt, es war das letzte vor der Weltmeisterschaft in Mexiko. Dafür hatte er alle Fenster aufgerissen, es war fast so, als schauten wir das Fußballspiel im Freien. Kurz vorher in den Nachrichten hatte der russische Parteivorsitzende Gorbatschow wegen Tschernobyl um Solidarität gebeten, und die Leute im Wirtshaus hatten in den Fernseher hineingeschimpft, als könne er sie hören.

Beim Frühstück fragte ich meinen Vater, was er über Landmaschinen Herrlich wusste, und er erzählte, wie er als Kind alle Bulldog-Hersteller angeschrieben und sie um Anstecknadeln gebeten hatte: Hanomag, Fendt, John Deere und Herrlich. Bei Herrlich hatte man ihm am schnellsten geantwortet. Mein Vater hatte die Nadeln nicht mehr, aber er erinnerte sich noch genau an das detailreich geprägte Firmenwappen. Ein Lastenpferd in einem Viereck, und darunter stand in Schreibschrift *Herrlich Landmaschinen*.

Auf dem Fahrrad erzählte ich dem Böhmi in Kurzform, was Mansfeld mir erzählt hatte. Und dass Albert von seiner Zeitung grünes Licht für einen entsprechenden Artikel habe.

»Schwarzer, versteh mich nicht falsch. Ich bin auf deiner Seite«, sagte der Böhmi auf Höhe der hundertjährigen Eiche, die genau die Hälfte des Jakobiwegs markierte. »Aber du weißt schon, was du da anrichtest?«

»Du meinst, weil das keiner wissen will?« Mir schien das eine reichlich banale Weisheit. In Praam richtete man doch schon was an, wenn man mit jemandem Händchen hielt.

»Wenn der Albert nicht nur ein Schwätzer ist, was mich nicht gänzlich wundern täte«, sagte der Böhmi, »dann müsste er mehr recherchieren, als nur den Mansfeld interviewen. Alle möglichen Leute müsste er fragen, die das damals miterlebt haben und noch am Leben sind. Und Akten müsste er einsehen, am besten auch gleich die der Amis. Und freilich werden dann die meisten behaupten, sie hätten nichts gewusst, aber irgendwer wird schon jemand hinhängen, da kannst du dir sicher sein. Leute, die wir kennen, Leute, mit denen wir was zu tun haben, vielleicht sogar Verwandte. Überleg doch mal: Das Schloss steht mitten im Ort, es kann nicht sein, dass keiner etwas mitbekommen hat.«

»Du meinst, dass ich dann geächtet werde?«, fragte ich. Wollte noch nicht wahrhaben, was er da andeutete.

»Ja, du sowieso. Aber auch deine Familie. Vielleicht sogar ich. Oder der Bartl. Und vor allem Rosa.«

»Aber ich hab den Artikel ja gar nicht geschrieben.« Ich fühlte mich jetzt angefeindet von Böhmis Konjunktiven. Erst predigte er ständig den Aufstand, jetzt war er der kuschende Mahner. Oder verstand ich ihn falsch?

»Das wird denen wurscht sein. Überleg doch mal, wie dich die Leute anschauen, nur weil du den Galgenmann gefunden hast. Wenn du so einen Organismus wie Praam bedrohst, dann wehrt er sich.«

»Und was soll ich deiner Meinung nach tun?«, fragte ich. Auf die Antwort war ich allerdings nicht vorbereitet.

»Nein, nein. Versteh mich nicht falsch. Mach genau so weiter«, sagte der Böhmi. »Draufhauen, bis sich nichts mehr rührt.«

Mir war ein wenig schwindlig jetzt. »Du bist ein merkwürdiger Freund«, sagte ich.

»Tu einfach, was du willst, Schwarzer.«

»Mach ich eh«, sagte ich, ohne den Böhmi anzuschauen. Ich hoffte inständig, dass seine große Rede damit zu Ende war.

»Und was ist jetzt eigentlich mit der Blassen?«, fragte Böhmi.

Die Blasse rief ich nach der Schule an.

»Ich würde gerne mit dir reden«, sagte ich.

»Dann rede mit mir«, sagte sie. »Ich bin zuhause.«

»Ist dein Vater nicht da?«

»Der ist in München.«

»Und deine Tante?«

»In der Arbeit und außerdem ist ihr egal, was ich mache.«

Am späten Nachmittag lief ich den roten Berg hinauf, vorbei an dem kleinen Friseur, der nur zwei Tage die Woche geöffnet hatte. Einmal war ich da gewesen, und die Friseurin, kaum älter als ich, hatte mir zu einem Oberlippenbart geraten.

Das Haus der Meyers mit seinem italienischen Dach und der ornamentierten Haustür wirkte bei Tageslicht weniger extravagant und asymmetrisch als in meiner Erinnerung. Die Abenddämmerung vom Ostermontag hatte ihm etwas Mystisches verliehen, jetzt war der Zauber weg. Ich klingelte, und Rosa öffnete. Ich schaute kurz hinter sie, ob sich nicht doch ihr riesiger Vater irgendwo im Dunkel des Flurs verbarg, aber es blieb bei Rosa. Die Haare trug sie offen und ein schwarzes T-Shirt, sie roch nach Erdbeeren und Zitrone, und da war noch etwas Herbes dazugekommen, etwas neues Malziges. All das – ihr Geruch, das schwarze T-Shirt, die langen weißen Arme, ihre offenen Haare – schlug mir derart entgegen, dass ich mich am Türrahmen festhielt. Etwas war anders. Sie hatte sich in der kurzen Zeit irgendwohin entwickelt. Natürlich dachte ich zuerst an den mittleren Schranner.

»Komm rein, Kommissar Wolff«, sagte sie. Nahm mich an der Hand. Führte mich in ein kleines Wohnzimmer.

Im Regal hinter einem Sofa standen ein Plattenspieler und ein Receiver, die Lautsprecher flankierten einen großen Fernseher gegenüber. Ich konnte keine Kabel entdecken, sicher waren sie unter dem Teppichboden verlegt. Ebenfalls im Regal fanden sich eine Menge Schallplatten, nur von der vordersten war das Cover zu sehen. Kate Bush, auf dem Boden liegend, ihre Haare hatten sich um sie herum ausgebreitet wie ein Laubhaufen, ihr Gesicht war kalkweiß.

»Deine Platten?«, fragte ich.

»Die meisten gehören meinem Vater oder meiner Tante. Die ist von ihr«, sagte Rosa und deutete auf Kate Bush. »Soll ich anmachen?«

Ich zuckte mit den Schultern.

Rosa ließ die Nadel noch in der Luft. »Die zweite Seite ist viel besser, auch wenn sie mir ein bisschen Angst macht.«

Sie setzte die Nadel an, während ich mich fragte, was ihr da Angst machen konnte. *Little light shining. Little light will guide them to me.* Sang Kate Bush.

»Wie geht es dir?«, fragte Rosa und zog mich zu sich auf die Couch. Sie legte ihren Kopf auf meinen Bauch.

»Es geht so«, sagte ich.

»Was ist denn los, Kommissar?«, fragte sie und schaute mich von unten an, ihre Haare verteilten sich über meine schwarze Hose.

»Ich hab ziemlich widerliche Dinge über das Schloss und den Besitzer gehört.«

»Was hat er gemacht?«, fragte sie.

»Er selbst eigentlich nichts. Das Schloss war ein Heim für polnische Arbeiterkinder. Man hat die Neugeborenen da verhungern lassen.«

»Wie bitte?« Rosa hob den Kopf. Sah nicht mich an, sondern in den toten Fernseher. »Woher willst du das wissen?« Klang vorwurfsvoll.

»Der Herrlich hat es einem Musiklehrer aus Praam erzählt, der damals mit seiner Familie in das Schloss ziehen wollte. Von dem hab ich es. Du erinnerst dich an den Hämorrhoiden-Schorsch?«

Rosa krallte ihre Hände in meinen Pullover.

Das zweite Lied. Die düstersten Streicher. Ich verstand vielleicht jetzt ihre Angst vor der zweiten Seite.

It's wonderful. Everywhere, so white.

The river has frozen over.

»Warum hast du das gemacht?«

»Was meinst du?«, fragte ich. »Was habe ich denn gemacht?«

»Warum hast du das herausgefunden?«

»Ich verstehe die Frage nicht«, sagte ich.

»Du weißt nicht, was du uns beiden damit für Schwierigkeiten machst. Wenn dein komischer Onkel einen Artikel schreibt.« Sie war wirklich wütend. Mit Wut hatte ich nicht gerechnet.

»Ich dachte, du magst den Albert gern«, sagte ich. »Außerdem schreibt er und nicht ich. Uns kann das egal sein, wir haben ja nichts damit zu tun.«

Leaving little lines in the ice. Splitting, splitting sound.

»Du bist dumm, Konstantin«, sagte sie.

»Vielen Dank«, sagte ich. »Darf ich dir auch was sagen?«

»Ich weiß nicht«, sagte sie und nahm die Hände aus meinem Pullover. »Vielleicht lieber nicht.«

»Ich bin nur noch ein Jahr hier«, sagte ich. Versuchte ein dramatisches Gesicht.

»Und dann?«

»Gehe ich in die Stadt. An die Uni.«

»Musst du nicht zur Bundeswehr?«

»Spinnst du? Ich geh doch nicht zur Bundeswehr. Ich mach entweder Zivildienst, oder die mustern mich eh aus wegen den Fieberanfällen.«

Trying to get out of the cold water. It's me. Kate Bushs Stimme stürzte ab.

Das dritte Lied begann.

»Und warum sagst du mir das jetzt?«

»Weil ich dich mitnehme«, sagte ich. Schaute sie an. Gab ihr die Chance zu reagieren. Sie reagierte nur anders, als ich gehofft hatte.

»Bist du noch ganz frisch, Wolff?« Ihre Stimme blieb leise, aber sie schüttelte heftig den Kopf. »Ich bin nächstes Jahr erst fünfzehn, ich gehe nirgendwohin.«

»Du kannst den Zug nehmen. Oder ich hol dich von mir aus jedes Wochenende hier ab. Ich werde ein Auto haben.«

»Oh Gott«, sagte sie. Ihre Wut legte sich. Sie lächelte gequält. »Ach Konstantin.« Kein Kommissar mehr. »Ich weiß, dass du das lieb meinst.« Sie legte ihre Hand auf mein Knie und starrte wieder in den schwarzen Fernseher.

Ich zog sie sachte an ihrem T-Shirt und versuchte, sie zu küssen. Sie riss sich los. »Nicht so grob«, sagte sie.

»Was ist eigentlich mit dem Schranner?«, fragte ich, nachdem sie mich so abgewiesen hatte.

»Was meinst du?«, fragte sie.

»Der Böhmi hat dich Hand in Hand mit dem mittleren Schranner gesehen«, sagte ich. »Auf dem Jägerberg, Richtung Sandgrube.«

»Hand in Hand kann überhaupt nicht sein«, sagte sie und sah mich an. »Es war nur ein Gespräch. Da, wo ich herkomme, redet man mit Jungs, ohne gleich als Hexe verbrannt zu werden.«

»Langsam, langsam«, sagte ich. »Woher kennst du den Schranner überhaupt?«

»Auch ich wohne hier in Praam, wenn's genehm ist. Darf ich nur mit dir reden hier? Ich kann doch machen, was ich will«, sagte sie. »Du machst auch, was du willst. Du findest tote Kinder, sagst nichts zu mir.«

Ich saß jetzt kerzengerade. »Weil ich nicht das Gefühl hatte, du würdest mich da unterstützen«, sagte ich. Spürte, wie meine Schulterblätter versteinerten.

»Dann hättest du es mir halt besser verkaufen müssen«, sagte sie, schaute schon wieder an mir vorbei.

»Also, was ist jetzt verdammt noch mal mit dem Schranner?« Ich schlug mit der flachen Hand auf den kleinen Glastisch vor der Couch. Es war mir sofort unangenehm, trotzdem fühlte ich mich auf seltsame Art dazu verpflichtet, um nicht die Kontrolle zu verlieren.

Help this blackbird, sang Kate Bush.

»Sag mal, spinnst du?« Rosas Augen waren weit aufgerissen, die Pupillen drohend schwarz. »Du kannst sofort abhauen, wenn du hier herumhaust wie ein Urmensch. Und nichts ist mit dem Schranner. Gar nichts. Was ist denn mit dir und der Holländerin?«

Ich schloss kurz die Augen, sah Lichter im Schwarz tanzen. »Was soll denn sein?«

»Ich hab gesehen, wie sie dich bei dem Essen angeschaut hat. Das war ein sicherer Blick. Die war sich sicher bei dir«, sagte Rosa. Ich wartete. Ließ den Mob im Kate-Bush-Lied statt meiner schreien.

»Sagst du nichts drauf?«, sagte Rosa, starrte mich ehrgeizig zornig an, als handelte es sich um einen Starr-Wettbewerb.

Ich dachte daran, wie das Licht im Gang plötzlich ausgegangen war und ich mit Susannah im Dunklen gestanden hatte. Fühlte mich allein schon von diesem Gedanken verraten.

»Mir ist das nicht aufgefallen«, sagte ich. »Triffst du den Schranner noch mal?«

»Er heißt Stephan.« Sie schaute weg. Fiel ein wenig in sich zusammen. Sicherheitshalber blieb ich aufrecht.

»Und ich will dich auch nicht anlügen«, sagte sie, senkte jetzt auch noch den Kopf. »Heute Abend fahren wir nach Landshut ins Kino.«

»Das ist Verrat«, sagte ich. »Das kotzt mich an.«

»Dann hau jetzt ab«, sagte Rosa. Ich war schockiert. Ich hatte mit einer Entschuldigung gerechnet. Ich stand auf. Rosa schaute mich an. Biss sich auf die Lippen, die Augen wurden nass.

»Und gegen den Schranner hat dein Vater nichts?«, fragte ich ungehalten. Schrie es eigentlich fast.

»Gegen dich hat er auch nichts«, sagte sie leise, brachte kaum die Lippen auseinander. Ich wusste nicht, ob das noch mal ein Trost sein sollte. Ob ihr das mit dem Schranner jetzt doch leidtat. Denn nur darum ging es mir.

»War's das mit uns?«, fragte ich, weil ich das Gegenteil hören wollte.

»Glaub schon«, sagte sie. Ordnete sich die Haare, richtete sich wieder auf. »Aber es tut mir leid. So war das alles nicht gedacht.«

»Mir tut's dann nicht leid«, sagte ich und haute ab.

Ich saß mit Albert im Lesesaal der Burg Trausnitz in Landshut und schaute ihm dabei zu, wie er Protokoll um Protokoll sichtete und mir schweigend die relevanten Blätter rüberschob. Kein Zweifel, er war auf die Geschichte angesprungen.

Ich war mir sicher, dass er sich in der Rolle des großen Aufdeckers gefiel. Auch, dass er danach als Nestbeschmutzer gelten würde, war ihm bis zu einem gewissen Punkt garantiert recht. Er hatte das schon immer gemocht, schon in meinem Alter. Mit dem Motorrad über die Felder der Bauern peitschen, das dämonische Hasch aus der Stadt ins unschuldige Praam bringen, seine Freundinnen nackt fotografieren und mit den Fotos bei den Freunden prahlen. Aber wenn ich ihn jetzt so betrachtete, war da mehr als nur sportlicher Ehrgeiz. Er war auf die Sache angesprungen, und die Sache setzte ihm zu.

Alberts Termin mit Mansfeld war erst kommenden Mittwoch, aber kurz nach unserem Gespräch hatte er von der Redaktion aus mit einem jüngeren Abgeordneten telefoniert, den er noch von der Universität kannte. Der hatte wiederum mit der polnischen Botschaft gesprochen und Informationen über ein Heim für polnische Kinder in Praam in den Jahren 43 bis 45 erbeten. Dort hatte man ihm mit der Anfrage an das *Institut für Nationales Gedenken* in Warschau verwiesen. Ende der darauffolgenden Woche war dann ein Fax gekommen, das ein Gerichtsverfahren und eine kürzere Gefängnisstrafe gegen den Arzt Dr. Ernst Bader bestätigte, der in Praam ein »Polenkinderlager und Entbindungsheim« geleitet hatte, wie es in dem Fax hieß. Eine entsprechende Akte sei im Staatsarchiv Landshut zu finden.

»Fahr mit nach Landshut, Konan, die Sauerei schauen wir uns an«, hatte er mir am Telefon gesagt. Und ich hatte erst mal nichts gesagt.

So hatte ich mir das nicht vorgestellt. Hatte gehofft, die Sache erst mal auf ihn abgewälzt zu haben. Meine Schuldigkeit getan zu haben in der Zerstörung von Praam. Aber jetzt saß ich mittendrin.

»Jetzt komm, du warst doch von Anfang an dabei«, hatte er gesagt. »Ohne dich und den Hangman gäb's doch die Action hier gar nicht.« Albert klang vorwurfsvoll, so als beschäftigte sich auch er nur ungern alleine mit dem Ganzen. Ich hatte Ja gesagt.

Am nächsten Tag hatte Albert mich abgeholt, und jetzt saß er da und las die Protokolle der Zeugenvernehmungen der vorübergehenden amerikanischen Militärregierung in Schyren. Bei einem sagte er: »Ja leck mich doch am Arsch«, und hörte auf zu lesen. Legte seine Stirn auf den Tisch und rührte sich nicht mehr.

»Was ist denn?«, fragte ich.

»Schau dir die Scheiße an, Konan«, sagte er und schüttelte den Kopf. Lachte. Nicht belustigt, sondern wie nach einem schlechten Witz.

Er reichte mir ein Blatt in einer Klarsichtfolie. Es war an den Rändern angekokelt, im letzten Jahrzehnt hatte es auf der Burg, die hoch über der Altstadt lag, einen Großbrand gegeben. Albert deutete auf eine Passage, die mit Schreibmaschine verfasst worden war:

5. April 1946
Ignaz Lehner
1944 als Gefreiter von der Front heimgekehrt, nach Genesungsaufenthalt im Klosterkrankenhaus Schyren als kriegsdienlicher Gemeindehelfer in Praam angestellt. Zuständig für sanitäre Reparaturen im Heim und Hausmeistertätigkeiten, da gelernter Spengler. Auftraggeber ist der Kreis Schyren. Lehner sagt aus, er habe während seiner Tätigkeiten nichts von Kindstoden erfahren, bestätigt aber eine Anlieferung von Kindersärgen über das Bestattungsunternehmen Hinrainer in Schyren, da er beim Transport half. Dafür existieren auch Zeugen. Auf die Frage, ob er seine eigenen Kinder der Pflege eines solchen Heims überlassen würde, verneinte er.

Du meine Güte, dachte ich.

»Hast du's?«, fragte Albert. Rieb sich die Schläfen. Ich nickte vorsichtig und biss die Zähne zusammen.

Albert richtete sich auf, strich sich die Haare wieder glatt, ballte die Hände zu Fäusten und legte sie auf dem Schreibtisch ab, als säße er in einem Wirtshaus und regte sich darüber auf, dass sein Bier nicht kam.

»Konan, die Sache wird ernst«, sagte er. »Das muss deine Mama wissen.«

»Ist da wirklich der Zogo gemeint? Entschuldigung, dein Vater, mein ich«, sagte ich. Konnte es einerseits immer noch kaum glauben, es mir andererseits sofort vorstellen.

Nachdem mich Albert nach Hause gebracht hatte, lag ich eine Weile bewegungslos auf meinem Bett und starrte aller Gefühle beraubt an die Decke, bis meine Mutter klopfte und eintrat, um mir eine gute Nacht zu wünschen. Ich war nicht sicher, ob Albert noch da war.

»Malaria?«, fragte sie, weil ich so apathisch im Bett lag. Ohne zu lesen oder Musik zu hören.

»Nein. Kein Fieber mehr«, sagte ich. »Ist der Albert noch da?«, fragte ich vorsichtig und hielt die Luft an.

»Nein, der hat dich doch nur abgesetzt und ist gleich weiter.« Ich atmete aus. Gut, dass er weg war. Ich nahm an, auch er musste zunächst verarbeiten, dass sein eigener Vater da mit drinhing, und sich überlegen, wie er damit umgehen sollte.

17
APFELKOMPOTT

Als der Artikel ein paar Wochen später nach den Pfingstferien an einem Freitagmorgen erschien, blieb zunächst alles ruhig in Praam. Niemand las hier die *Passauer Allgemeine*, zu kaufen gab es sie außerhalb von Passau ohnehin nur an den größeren Bahnhöfen. Es war nichts zu hören und zu sehen von einem aufziehenden Skandal. Bäcker und Metzger machten ihr Hauptgeschäft zwischen sieben und acht, die Arbeiterbusse waren längst in den Werken, die Bauern fuhren die Grenzsteine ab, auf der Hauptstraße ließen sich nur Durchreisende oder Leute blicken, die sich auf der Suche nach der Bundesstraße verfahren hatten, und in den Wirtshäusern saßen ein paar Alte und Leute, die Spätschicht hatten wie der Radlmeier senior, und schimpften über Fußball und Politik. Es war ein Schimpfen ohne Kraftaufwand, ohne wirklichen Anlass, monoton und unaufgeregt. Der Organist Werner übte eine Bach-Kantate in der Kirche. Auf der oberen Empore, wo es nur zwei Bänke gab und seine Orgel stand, brannte Licht, der Rest des Gebäudes blieb im Dunklen. Er hatte im Auftrag der Pfarrei erst kürzlich die Orgelpfeifen mit Pressluft ausblasen und wieder neu einsetzen lassen. Jetzt hatten sie wieder diese Brillanz in den oberen Frequenzen. Er nickte, während er spielte.

Der Parzefall bereitete einen Trauergottesdienst im Nachbarort Oberpfeffenhausen vor, während das Fräulein Fanni den mit einem Geschirrtuch bedeckten Dampfnudelteig für das Mittagessen im Ofen aufgehen ließ. Ihre getönte Brille hatte sie abgenommen. Im Büro vom Sägewerk saß der Prokurist Wieland, und ihm lief der Schweiß in den Nacken, weil er das Fenster geschlossen hatte, um nicht vom Lärm des Fuhrparks gestört zu werden. Es sah danach aus, als würde es ein heißer Tag werden. Meine Mutter holte Kohlrabi aus dem Garten, während mein Vater die Lieferung der Brauerei entgegennahm.

Ich saß am Carossa und dachte an Rosa, wie an jedem Tag, seit wir uns getrennt hatten. Vor allem die Schulferien waren zermürbend gewesen. Die Zeit am Carossa hatte ich zumindest nicht in Praam verbringen müssen, nicht jeden Tag das Schloss sehen, an tote Kinder, den Zogo und vor allem nicht Rosa denken. Ende Mai war es längst warm genug, um ein paar Tage hintereinander ins Freibad zu fahren. Bei jedem Gang vom Liegeberg hinunter zum Kiosk hatte ich Angst, unter den ineinander verschlungenen Pärchen auf den beigen Strohmatten oder bunten Handtüchern Rosa und den mittleren Magic-Schranner-Boy zu entdecken. Sie wie ein Kleinkind an seinem mit Tiroler Nussöl triefenden tiefbraunen Oberkörper hängend. Ich war mit dem Böhmi oft baden gewesen, er hatte die kleineren Jungs auf der Wasserrutsche terrorisiert, während ich auf einem Handtuch gesessen war, geraucht hatte und eher aus Pflichtbewusstsein den Mädchen hinterherschaute, um vor dem Böhmi nicht als liebeskrank aufzufallen. Der Böhmi hatte wenig Verständnis für meine Obsession mit Rosa. Vor allem nicht, seit wir sie nach dem Pfingstgottesdienst an der Ostpforte getroffen hatten, wo sie lange und nah mit dem mittleren Schranner redete, ihr Gesicht ganz nah an seinem dominanten Kinn. Sie hatte so getan, als sehe sie uns nicht. Was natürlich unmöglich war, das merkte auch der Böhmi sofort an. An der Ostpforte hatten keine zwanzig Leute Platz, es war unmöglich, sich nicht wahrzunehmen. Selbst der Schranner hatte mich verstört aus den Augenwinkeln heraus beobachtet. Dieser groß gewachsene Mensch mit seinem dunklen Hautton, braunen Augen und dunklen Locken. Die Schranners sahen sowieso alle recht südländisch aus, fast wie Italiener, wahrscheinlich wegen der Zeit auf dem Feld. Rosa war gut einen halben Meter kleiner. Nur einen winzigen Schritt ging ich auf die beiden zu. »Lass es, Schwarzer«, hatte der Böhmi zu mir gesagt. »Lass es bleiben, bringt nichts.« Ich ließ es bleiben.

Inzwischen war es endgültig Sommer geworden und über ganze Wochen am Stück trocken. Im Norden hatte man mehrere Atomkraftwerke wegen irgendwelcher Störungen vorübergehend abgeschaltet, und in Wackersdorf demonstrierten in der prallen Sonne auch einige unserer Lehrer gegen die Wiederaufbereitungsanlage. Es hieß sogar, unser Deutschlehrer habe sich an den Zaun ketten lassen. Die Polizeieinsätze eskalierten immer mehr, und es gab jetzt einen Minister für Umwelt und Atomkraft.

Außer dem Böhmi und dem Bartl hatte ich niemandem von dem Bruch mit Rosa erzählt, und von der Holländerin wussten noch nicht einmal die beiden. Susannah de Vries hätte ich eigentlich gerne wiedergesehen, das hätte mir bestimmt geholfen, aber ich traute mich nicht, Albert nach ihr zu fragen. Seit dem Besuch im Staatsarchiv war der Kontakt zu ihm ohnehin beinahe abgerissen. Er hatte sich gar nicht gemeldet, ich hatte ihn immerhin einmal in der Redaktion erwischt, wo er einen Rückruf versprach, der nie kam. Auch sein angekündigtes Gespräch mit meiner Mutter über die Akte Zogo sparte er sich. Ich hatte mich vorerst damit abgefunden, dass Albert selbst mit seinem Fund überfordert war und sich deshalb vorerst tot stellte.

Ich wusste also genauso wenig wie der Rest von Praam, dass der Artikel an diesem Freitag erschien. Und als um halb eins im Carossa der letzte Gong ertönte und die Türen aufgingen, gab es auch immer noch keine Anzeichen dafür. Der Schulbus brachte uns heim, und niemand raunte oder wurde lauter, als wir das gelbe Ortsschild mit der Aufschrift *Praam, Gemeinde Schyren* passierten.

Beim Mittagessen waren nicht viele Leute im Gasthaus, aber das war normal an einem Freitag, an dem es kein Fleisch gab. Die Praamer waren Fleischfresser, wenn es nicht gerade Steckerlfisch vom Grill war. Ich saß am Personaltisch, las eine Illustrierte und trank ein Radler. Am Freitagnachmittag war das erlaubt, sonst schenkten meine Eltern vor achtzehn Uhr kein Bier an mich aus und auch dann nicht mehr als zwei. Selbstverständlich bedienten der Böhmi und ich uns oft heimlich im Keller, das fiel nicht auf bei den Mengen, die dort lagerten.

Mein Vater setzte sich zu mir an den Tisch.

»Wie geht es dir?«, fragte er.

»Wieso?«, fragte ich ohne Interesse an einem Gespräch.

»Du bist viel daheim«, sagte er. »Der Böhmi ist selten hier. Also, was ist?«

»Eigentlich nichts«, sagte ich. Seine unerwartete Anteilnahme verwirrte mich.

»Und uneigentlich?«

»Ach, mit Rosa gab's einen Streit. Einen endgültigen«, sagte ich und versuchte so teilnahmslos wie möglich auszusehen.

»Hm«, machte mein Vater. »Das tut mir leid.«

»Du musst dir nichts denken«, sagte ich.

»Ich denk mir nix. Bald bist du doch sowieso hier weg, Konsti.«

»Ja? Bin ich das?«

»Nächstes Jahr ist dein Abitur, danach gehst du doch zum Bund oder zum Zivildienst.«

»Oder ich werde ausgemustert wegen der Malaria«, sagte ich. Quälte mir eine Art spöttischen Ausdruck aus dem Gesicht.

»Auch gut. Dann gehst du gleich studieren. Auf jeden Fall bist du weg. Das hier ist doch nur Kapitel eins.«

»Aber noch bin ich da«, sagte ich.

»Ach ja«, sagte mein Vater. Ich wusste, was das bedeutete. Gerade hatte er noch aufrichtig bemüht um mich gewirkt wie seit Jahren nicht mehr, jetzt war er wieder zum Dienstleistermodus übergegangen, mit dem er den Leuten in der Wirtschaft kurz zuhörte und noch vor Satzende aufstand und weiterzog. Das machte mich wütend, andererseits tat er mir leid, wie er sich so automatisiert dahinschleppte.

»Ach ja«, sagte er noch mal. »Wie lang dauert das jetzt noch? Keine zwölf Monate. Das geht schnell, wirst sehen.« Er stand auf.

»Warum bist du eigentlich hiergeblieben?«, holte ich ihn zurück. »In Praam.«

»Ich mag's hier.« Er setzte sich wieder hin, legte aber die Hände so auf den Tisch, als würde er sich jeden Moment wieder hochstemmen.

»Das merkt man dir aber nicht an«, sagte ich.

Er lachte. Strich mit der Hand über die Tischplatte. »Ich mag halt die Wirtschaft. Ich hab auch nie die Fantasie gehabt für was anderes. Aber ich kann mir zumindest vorstellen, dass das hier nichts für dich ist. Sei mir nicht bös, Konsti, aber wie ein zukünftiger Gastwirt kommst du mir nicht gerade vor.«

»Frechheit«, sagte ich, als meinte ich es ernst. Aber natürlich erleichterte mich seine Absolution. Auch wenn ich mir manchmal nicht sicher war, er hatte wohl wirklich kein Interesse daran, dass ich das Erbgasthaus Wolff übernahm.

»Außerdem bist du ein unruhiger Geist« sagte er. »Ein schnellerer Mensch.«Er kniff mich in den Nacken. »Das hast du von meinem Vater. Ich bin ein Langsamer, bis ich oft merke, dass draußen die Sonne scheint, ist der Tag fast wieder vorbei.«

»Ich bin nicht gerne unruhig«, sagte ich.

»Red keinen Unsinn.« Er fuhr sich durch die schmalzigen grauschwarzen Haare, die ihm ins Gesicht hingen, als käme er grade aus einem Regenschauer. Er war unrasierter denn je.

Um Viertel nach zwei kam der erste Anruf. Meine Mutter ging ran. Es war nur jemand, der »Denunzianten-Pest« sagte und wieder auflegte. Der nächste Anruf stammte von Tante Ulla, die meinen Vater fragte, ob er den Artikel gelesen hätte. Tante Ulla selbst war von Freunden per Telefon darauf aufmerksam gemacht worden. Bei ihr in Rosenheim konnte man die Zeitung kaufen, jetzt las sie am Telefon daraus vor.

»Ja, spinn ich?«, sagte mein Vater, nachdem er aufgelegt hatte. »Da hat der Albert ganze Arbeit geleistet. Hast du das gewusst?«, fragte er mich. Nicht vorwurfsvoll, sondern erstaunt, wie man sich zunächst über die Länge eines Staus wundert, bis man begreift, dass man die nächsten zwei Stunden darin verbringen wird und es zum Kotzen findet.

Ich schüttelte den Kopf, er drehte sich um und ging in Richtung Küche. »Der Albert, da haut's dir doch den Vogel raus«, sagte er beim Gehen.

Den nächsten Anruf fing ich ab. Jemand sagte, dass ich mich auch gleich im Schloss hätte aufhängen sollen.

Als mein Vater zurückkam, war seine Neugier einer eher grimmigen Entschlossenheit gewichen.

»Ich fahr nach Salching«, sagte er, »da gibt es einen Zeitschriftenhandel am Bahnhof, der wird die *Passauer* haben. Das müssen wir jetzt genauer wissen. Was da auf uns zukommt.« Er setzte sich eine graue Schiebermütze auf, bevor er das Wirtshaus verließ. »Katl, du machst die Theke, Konstantin, geh nach oben. Wo ist die Elli?«

»Die ist bei einer Freundin«, sagte meine Mutter, die aus der Küche gekommen war. Sie goss eine Pflanze im Gang, als gäbe es grade nichts Wichtigeres.

»Ruf da an und sag, die soll sofort heimkommen«, sagte mein Vater und nahm die Autoschlüssel vom Schlüsselbrett.

»Vielleicht ist es gar nicht so schlimm«, sagte er zu meiner Mutter, aber überzeugend klang er nicht.

»Der Albert hat einen Hang zur Zerstörung«, sagte die, immer noch die kleine rote Hausgießkanne in der Hand.

Ich lag im schwarzen Zimmer, und das Telefon klingelte und klingelte. Nach einer Stunde hörte ich, wie mein Vater zurückkam und den Schlüssel auf das Telefonkästchen schmiss.

Ich wollte nach unten gehen, aber so schnell konnte ich nicht aufstehen, da hatte mein Vater schon die Tür bei mir aufgerissen.

»Komm ruhig rein«, sagte ich.

»Schau dir das an, Konstantin.« Er hielt mir den Artikel hin, die Zeitung war ungefähr in der Mitte zusammengefaltet. *Die verlorenen Kinder von Praam* lautete die Überschrift. Und darunter: *Wie der Suizid des Schlossbesitzers und Industriellen Herrlich ein dunkles Kapitel in der Geschichte eines Dorfs im Schwarzen Laabertal enthüllt.*

»Lies dir das durch. Schnell, bevor sie der Mama in die Hände fällt, denn dann bleibt nicht mehr viel übrig von der Zeitung.« Er stampfte aus dem Zimmer, immer noch seine Schiebermütze auf dem Kopf.

Albert begann den Artikel damit, wie »ein verliebtes Pärchen« aus Praam in das »verbotene« Wasserschloss einstieg. Vor allem dem Mut und der Neugier des siebzehnjährigen K. sei der entscheidende Hinweis auf die »dunkle Vorgeschichte« des Schlosses zu verdanken. Der Artikel erzeugte mit Vorsatz eine Geisterbahnstimmung, als wüsste man plötzlich nicht mehr, hinter welcher Ecke das Grauen in Praam als Nächstes lauerte. Es machte das Dorf zu einer regelrechten Jahrmarktattraktion.

Die Säuglinge erhielten pro Tag einen halben Liter Milch und ein Stück Zucker. Nach einer Besichtigung des Heims durch den Leiter des Hauptamtes für Volkswohlfahrt Hilgenfeldt vermerkte dieser in einem folgenden Schreiben, dass es »im Ort unterschiedliche Auffassungen darüber gibt, ob die Kinder der Ostarbeiterinnen sterben sollen oder man sie separat von den Müttern aufziehen sollte, um eine Einschmelzung fremdrassischer Kinder ins Heimatvolk zu vermeiden«. Letztlich aber fehlten ohnehin die Gelder für eine entsprechende Pflege, so Hilgenfeldt. Die leitende Hebamme Adele K. hatte in der Spätphase des Heims noch eine entsprechende Bezuschussung zum Essen beantragt, war aber auf einen späteren Zeitpunkt vertröstet worden, der nie eintrat. Nach Kriegsende fanden amerikanische Militärpolizisten eine ungewöhnlich hohe Anzahl an Vorratsgläsern mit Apfelkompott in der Speisekammer der Wasserburg.

Das Ende des Artikels beschrieb die Schließung des Heims durch die Amerikaner und den Versuch einer Aufklärung durch ein amerikanisches Militärgericht nach Kriegsende. Neben dem damaligen Landrat Rettich wurden auch der zuständige Praamer Bürgermeister und der leitende Arzt Dr. Ernst Bader angeklagt, allerdings befanden sich bis auf Bader bereits alle aufgrund anderer Verfahren in Haft oder Untersuchungshaft, sodass die Aufklärung nur schleppend voranging.

Man merkte dem Artikel an, wie es Albert dann doch geritten hatte. Wie er auf eine Komplizenschaft der Praamer und Schyrener hinauswollte. Um diese anzudeuten, zitierte er aus den Zeugenvernehmungen der Gerichtsprotokolle. Verschiedene Personen aus Praam und Schyren waren für das Heim tätig gewesen:

Der damalige Bürgermeister von Praam, Hugo Schranner, der alles nur durchwinkte, was der Landrat Rettich ihm anordnete. Die alte Metzgerin Bröcherl, die für das Heim einkaufte und für den Finanzhaushalt zuständig war. Der Friseur und Bader Weingartner aus Schyren, der die Totenscheine unterschrieb. Der diensthabende Arzt am Sanatorium in Schyren, Bruno Hütter, gelistet als medizinischer Berater, der heute eine Allgemeinarztpraxis in Schyren leitete. Die mittlerweile verstorbene Generaloberin des Klosterkrankenhauses, Schwester Simone. Das Fräulein Gundula Zellmair, Schriftführerin der Gemeinde Schyren, wohnhaft in Praam, sie erledigte die Schreibarbeiten fürs Heim. Der Bestattungsunternehmer Hinrainer aus Schyren. Das Sägewerk Reichelt, das die Partei bei den Umbauarbeiten im Schloss unterstützt hatte. Die Hebamme Irma Grundl, die ihr Amt Anfang 1944 niedergelegt und an die polnische Krankenschwester Adele Kaczmarek übergeben hatte. Der Hausmeister und Spengler Ignaz Lehner, der täglich im Heim tätig war. Sprich: der Zogo.

Bader, der leitende Mediziner, wurde nach dem Prozess, der erst 1947 zu Ende ging, in ein Internierungslager überstellt und nach zwei Jahren entlassen. Albert zitierte ihn mit einem Satz aus seiner Verteidigungsrede: »Auch wenn ich Hauptschuldiger bin, ich bin immer noch Dr. Bader.« Einem Auslieferungsantrag der polnischen Regierung wurde nicht stattgegeben. Die Haftstrafe vom Landrat Rettich galt 1947 bereits als verbüßt, da er seit 1945 in politischer Haft gesessen hatte. »Ich war doch nicht berechtigt, hier Rächer am deutschen Volk zu erschaffen«, hatte der Landrat in einem Brief an die provisorische neue Landesregierung nach dem Krieg erklärt.

In der Mitte der Seite war ein historisches Bild vom Wasserschloss aus dem Jahr 1937 eingefügt, darunter hatte Albert die Totenscheine zweier polnischer Kinder abdrucken lassen, eins davon war laut Protokoll an *Lungenentzündung,* das andere an *Lebensschwäche* verstorben. Ein Satz der Hebamme Irma Grundl aus dem Artikel war hervorgehoben: »Im Schloss sind die Kinder absichtlich verschlampt worden.«

Abends blieb das Wirtshaus leer, nicht einmal einer der Stammtischler ließ sich blicken. Mein Vater glaubte aber nicht an einen organisierten Protest, dazu hätte es erst eine Versammlung des Schützenvereins, der Veteranen oder eine Sonntagsmesse gebraucht. Es war der reine Instinkt, der den Praamern sagte: Das Gasthaus Wolff ist jetzt tabu.

Wir blieben alle für uns an diesem Abend. Mein Vater in seiner kleinen Brennerei im Keller, meine Mutter räumte seit Stunden die Küche auf. Das Telefon blieb ausgesteckt. Elli war seit sechs wieder zuhause. Sie steckte kurz den Kopf durch meine Zimmertür und sagte: »Lass dich nicht schikanieren, Konsti. Ich halt zu dir.«

Nachts träumte ich vom Schloss und den weißen Käfigen, in denen jetzt kleine Kinder saßen und Apfelkompott aus Einweckgläsern aßen. Die Räume hingen voller weißer runder Vogelkäfige, doch nicht in jedem saß ein Kind. In manchen lagen dieselben kleinen Knochen, wie wir sie im Schloss gesehen hatten. Durch die oberen Zimmer, wo ich beinahe mit Rosa geschlafen hätte, führte ein Stromkabel an der Decke entlang, das knisterte und vibrierte. Das Licht im Raum flackerte, obwohl es nirgendwo eine Glühbirne gab. Draußen vor dem Fenster bogen sich die Bäume im Wind und im Regen und streckten ihre Äste nach dem Fenster aus. Nach mir. Ich ging nicht auf den Dachboden, ich wusste ja, was mich dort erwartete, stattdessen fand ich ein anderes, bisher unbekanntes Zimmer, das komplett möbliert war und einigermaßen neu schien. Ein Arbeitszimmer mit einem Schreibtisch, auf dem ein Dokument und ein Kugelschreiber lagen. Es war mein Abiturzeugnis, aber ich konnte die Noten nicht lesen. Ich wusste nur, dass ich unterschreiben musste, und tat es auch. Auf dem Weg nach draußen waren die Käfige weg, nur der Geruch von Apfelkompott blieb hängen. Draußen vor dem Schloss kam mir Rosa durch das Haupttor entgegen.

Sie fragte: »Was machst du hier?«

Ich sagte: »Ich habe mein Abiturzeugnis abgeholt.«

Sie fragte: »Wann gehst du weg?«

»Jetzt gleich im Anschluss. Ich hab ja nur noch das Zeugnis gebraucht.«

»Oh. Ja, dann. Mach's gut.«

»Du auch.«

Am nächsten Tag meldete sich der Bürgermeister von Schyren im *Schyrener Tagblatt*. Zum Leidwesen der Praamer besaßen wir keinen eigenen Bürgermeister mehr, seit der Ort nach der Gebietsreform der Gemeinde Schyren zugefallen war. Nur noch ein Ortsvorsteher war übrig geblieben, der im Schyrener Gemeinderat sein bedeutungsloses Dasein fristete. Ich wusste noch nicht einmal, wie er hieß. In der Regel waren dem Schyrener Bürgermeister Praamer Belange herzlich egal, aber in diesem Fall war er natürlich gezwungen, sich zu äußern, bevor überregionale Zeitungen auf ihn aufmerksam wurden.

Die Angelegenheit sei natürlich bekannt, aber man werde die Vorfälle angesichts der neuen Informationen neu bewerten müssen und gegebenenfalls eine Gedenktafel anbringen. In der Zwischenzeit plane der Pfarrer der Gemeinde Schyren in Zusammenarbeit mit dem Katholischen Frauenbund einen Sondergottesdienst zu Ehren der »toten Engel vom Praam«.

Ich saß furchtbar müde am Frühstückstisch, hatte keine Lust aufs Carossa, aber noch weniger Lust auf unser leeres Gasthaus und meine Mutter, die mit bläulichen Lippen, roten Flecken am Hals und strengem Haarknoten durch das Haus geisterte und es putzte, als müssten wir es am selben Abend besenrein an irgendjemand übergeben.

18
KÖNIGSTÖCHTER

»Dem Reichelt hat im Prinzip Praam ganz alleine gehört«, sagte mein Vater. »Irgendwann Anfang des 20. Jahrhunderts ist der Erste von denen aus Rottenburg nach Praam abgewandert. Der war irgendwie zu Geld gekommen und hat hier den großen Erbhof gekauft und ausgebaut. Danach hat er die Ziegelei, das Sägewerk und eine Brauerei gegründet. Die Brauerei ist mittlerweile der Haunerwirt, wie du ja wahrscheinlich weißt. Den Erbhof hat er dann später mit enormem Gewinn an die Schranners verkauft, die selbst nur einen kleinen Hof in Untereiling hatten. Erst nach dem Zweiten Weltkrieg musste er sich dann die Autorität mit der Pfarrei teilen. Bis dahin war er der moderne Gaugraf von Praam. Dem Reichelt konnte auch ein Bürgermeister nichts sagen.«

»Dass du überhaupt noch mit dem redest«, sagte meine Mutter auf dem Weg in die Küche zu meinem Vater. Mit »dem« war Albert gemeint, der an einem Tisch inmitten der leeren Gaststube saß und mit meinem Vater ein Bier trank, als wär der Artikel schon wieder zehn Jahre her. Ich war gerade vom Carossa nach Hause gekommen. Keiner der Lehrer hatte ein Wort über den Artikel verloren, noch nicht einmal der sonst so engagierte Leiter vom GK Geschichte. Nur ein paar Mitschüler hatten sich bei mir neugierig nach dem Erhängten erkundigt, Melli aus Oberpfeffenhausen fragte mich sogar, ob ich sie bald mal vom Handball abholen wollte. Immerhin hatte mir der Bartl den Arm umgelegt und gesagt:

»Meine Eltern finden gut, was du und dein Onkel gemacht habt«, sagte er. »Wenn dir die Decke auf den Kopf fällt, kannst du jederzeit vorbeikommen.« Das war besser als der Spruch, den mir der Böhmi später mitgab: »Mein Vater würde dir eine zünden, dass du deinen Vornamen nicht mehr vom Nachnamen unterscheiden kannst.«

Albert winkte meiner Mutter gönnerhaft hinterher. »Das Interessante an so Orten wie Praam ist doch, dass im Prinzip gar keiner die Autoritäten respektiert«, sagte er schon halb in sein Bier hinein, kurz vor dem Schluck. Dann trank er. Als er fertig war, hatte er Schaum auf der Lippe. »Jeder bescheißt und mauschelt, wie er lustig ist, es ist die reinste Anarchie. Die Leute fühlen sich niemandem verpflichtet. Kommt allerdings jemand und haut laut genug auf den Tisch und macht irgendwelche Vorschriften, richten sich sofort alle reflexartig danach, als wär's ein Kaiserbefehl. Hintenrum tun sie aber weiter nur wieder das, was ihnen am meisten entgegenkommt. Der Praamer ist ein Anarchist.«

»Wenn, dann eher Nihilist«, sagte mein Vater. »Ein Anarchist tut ja was.«

»Da hast du recht, Karlo«, sagte Albert. Der meinen Vater gerne Karlo nannte.

»Die Ehre, Onkel A«, sagte ich und setzte mich zu ihnen. Tat so, als wäre es nichts Besonderes, dass er jetzt erst dahergeschneit kam.

»Da ist er ja, der Held von Praam«, sagte Albert und streckte eine Faust in meine Richtung.

»Nach Held fühlt sich das nicht unbedingt an«, sagte ich und stellte meinen schwarzen Rucksack zu meinen Füßen unter den Tisch.

»Echte Helden sind immer verkannt, Konan.« Albert trank.

»Aber dass du deinen eigenen Vater da so nonchalant mit reingeritten hast, verstehe ich nach wie vor nicht«, sagte mein Vater.

»Was hab ich?«, fragte ich.

»Nicht du«, sagte mein Vater. »Ich mein den Spinner da.«

»Was soll ich denn machen, Karlo?«, sagte Albert. Klang verschnupft. »Ich bin Journalist. Soll ich ihn aussparen, nur weil wir verwandt sind? Das ist doch keine Ethik.«

»Aber war er denn wirklich so wichtig für den Artikel?« Mein Vater kratzte sich am Hinterkopf.

Ich war ja noch nicht lange da, aber mein erster Eindruck war, dass er versuchte, das Gespräch mit Albert zu suchen, das meine Mutter vor lauter Wut nicht führen konnte.

»Natürlich war er wichtig«, sagte Albert. »Er war schließlich der Hausmeister.«

»Mit deiner Schwester hast du's dir auf jeden Fall erst mal verschissen«, sagte mein Vater. Rieb sich die Augen.

»Ach, der Juttl ist immer alles gleich so peinlich. Sie hat doch nichts damit zu tun. Und unserem Vati pinkelt hier auch keiner ans Bein. Dafür hat der zu viel Geld«, sagte Albert, wartete einen bedeutenden Moment und fügte dann hinzu: »Außerdem ist der Artikel ein Riesenerfolg. Sogar das Kultusministerium hat sich gemeldet. Also nichts, wofür man sich schämen braucht. Irgendwer muss halt mal die Gräber aufschaufeln.«

Mein Vater schaute trüb, statt zu antworten.

»Was ist aus dem Arzt geworden?«, fragte ich.

»Dem Bader? Keine Ahnung. Die Spur von dem Sauhund verliert sich in der Schweiz. Da hat er irgendwo als medizinischer Berater für eine Frauenklinik gearbeitet. Aber das ist auch schon wieder fünfzehn Jahre her. Aber sag du mir mal: Wie geht's deiner Rosa?« Albert schaute mich amüsiert an. Sein Ausdruck änderte sich aber sofort wieder, als er meinen sah.

»Das fragst du ihn besser nicht«, sagte mein Vater.

»Oha.« Albert hielt mir sein Glas hin. Mir war nicht klar, ob er anstoßen wollte oder mich trinken lassen. Ich zuckte mit den Schultern, und er trank alleine.

»Na ja«, sagte er. »Auf jeden Fall wird sich die Aufregung schon wieder legen. Die Leute brauchen ja ein Wirtshaus.«

»Deshalb ist der Haunerwirt jetzt ja auch bis zum Bersten voll.« Mein Vater lächelte düster.

»Und wie geht's jetzt weiter bei dir?«, fragte er.

Albert schmunzelte in sein Bier. »Erst mal enterbt mich wahrscheinlich der Vati. Er hat's mir ja schon einmal angedroht, als ich ihm die Fotos von der Susannah am Kreuz gezeigt habe.«

»Auch das hättest du dir sparen sollen«, sagte mein Vater.

Albert ignorierte das. »Nächsten Monat mach ich einen Vortrag mit den Polen zusammen. Die waren aufrichtig dankbar für den Artikel. Da kommt eine Konsulin aus Krakau nach Passau, und wir mieten einen Raum. Hier oder in Schyren brauchst du's ja gar nicht zu probieren, da stellen sich alle quer. Außer ihr habt Interesse?« Albert schaute meinen Vater an, aber der schien ihn gar nicht mehr wahrzunehmen.

»Wir haben schon genug Ärger«, sagte er schließlich.

Merkwürdigerweise war mein Vater nicht wütend auf den Albert. Er wirkte einfach nur müde und ein wenig durcheinander. Er hatte seinen Schwager immer für dessen Freiheitssinn bewundert, daran änderte jetzt auch der Artikel nichts, der ihn wohlmöglich in den Ruin stürzte.

»Die Polen und wir«, sagte Albert, »das war ja früher mal eine harmonische Angelegenheit. Die Wittelsbacher haben mehrere polnische Königstöchter geheiratet.«

»Ich muss lernen«, sagte ich, schaute Richtung Ausgang. Mich regte der Albert auf.

»Klar«, sagte Albert. »Lass dich nicht aufhalten. Und grüß mir die süße Rosa. Ach, Shit, Konan, hab's schon wieder vergessen.

Aber halt die Ohren steif, auf jeden Fall. Gibt noch so viel andere Weiber. Weißt eh.«

Ich lag im schwarzen Zimmer und las in Gibsons *Neuromancer*. Irgendwann muss ich weggedämmert sein, denn gegen halb sieben Uhr abends wurde ich geweckt von Geschrei unten bei der Tankstelle. Es war unglaublich heiß im Zimmer.

Ich zog die Jalousien hoch, öffnete das Fenster und sah wie der Andi Radlmeier auf der alten Zapfsäule saß, eine Bierflasche aus Braunglas in der Hand. Um ihn herum standen zwei Freunde von ihm, ebenfalls mit Bierflaschen ausgestattet.

»Trau dich runter, du Verrätersau«, brüllte der Radlmeier. Offensichtlich meinte er mich. Ich schloss das Fenster, doch er brüllte weiter. Ich schaute ihm dabei zu, das Gebrüll war jetzt nur noch ein dumpfes Echo. Der Radlmeier nahm einen Stein. Mit dem ersten Wurf kam er nicht weit, aber der zweite traf immerhin das Fensterbrett.

»Konstantin«, hörte ich meinen Vater im Treppenhaus.

»Ja?«

»Geh raus und red mit denen«, schrie er hinauf.

»Ich bin doch nicht verrückt«, schrie ich zurück.

»Ich bin doch da im Hintergrund. Aber wenn ich das für dich regle, geht das für immer so weiter.«

»Ich bin doch eh nicht mehr lange da«, sagte ich, mehr zu mir selbst, und zog mir einen schwarzen Pullover an. Dann ging ich hinunter auf die Teerbahn. Besonders optimistisch war ich nicht, was meine Überzeugungskraft betraf, aber mein Vater hatte mich natürlich jetzt herausgefordert.

»Haut ab«, sagte ich zum Radlmeier im Abstand von fünf Metern.

»Wie sagst du zu mir?«, fragte der und kippte den Rest seines Biers auf den Boden. Dann warf er die Flasche in meine Richtung. Sie explodierte vor meinen Schuhen.

»Haut ab«, sagte ich. Erneut, aber keineswegs selbstsicherer.

Der Radlmeier kam jetzt auf mich zu. »Was meinst, was ich jetzt gleich mit dir mach?«, sagte er beschwörend. »Hol lieber deinen Papa, du Schwanz.« Er nickte mir zu, als hätten wir ein Abkommen getroffen.

Ich schüttelte den Kopf. Er schlug zu, traf mich mit der Faust im Magen. Es tat nicht besonders weh, zu Boden ging ich eher vorsorglich. Der Radlmeier lachte. Ich stand auf, bewegte mich schnell hinter ihn und nahm ihn in einen Griff, bei dem ich mit beiden Armen seinen rechten Arm und Kopf umklammert hielt. Das kannte ich aus dem Wrestling im Fernsehen, es könnte ein halber Nelson gewesen sein. Auf jeden Fall kam er nicht heraus, obwohl er ein paar Zentimeter größer war als ich. Ich drückte ihn am Nacken nach unten. Seine beiden Freunde aus Salching feuerten ihn an, doch auch mit seinem freien Arm bekam er mich nicht zu fassen. Ich ließ ihn los, weil ich nicht wusste, was ich weiter mit ihm hätte machen sollen. Worauf er mir umgehend mit der flachen Hand ins Gesicht schlug, was deutlich schmerzhafter ausfiel als seine Faust in den Bauch kurz vorher.

»Jetzt ist Schluss«, sagte mein Vater, der dazugekommen war. Hatte offensichtlich erst eine Weile zuschauen wollen, wie ich mich so hielt. »Sonst red ich mit deinem Trainer«, fügte er hinzu.

Für die Fußballer der ersten Praamer Mannschaft war das eine wirksamere Drohung als ein Gespräch mit den Eltern. Mein Vater war mit dem Trainer befreundet. Zumindest war das der Stand vor Alberts Artikel.

»Mach doch, du Jude«, sagte Radlmeier zu meinem Vater und pfiff auf zwei Fingern. Zeichen zum Aufbruch für ihn und seine Lakaien. »Und dich packen wir noch«, sagte er zu mir. »Oder nimmst du jetzt deinen Vati auch mit ins Freibad?«

»Passt's wieder?«, fragte mich mein Vater.

Ich gab ihm keine Antwort. Rannte stattdessen in das Maisfeld gegenüber von unserem Haus, wie als Kind, wenn man mit mir geschimpft hatte. Irgendwo in den vorderen Reihen setzte ich mich auf den Boden, weinte und wartete eine längere Zeit, bis es langsam dunkler wurde.

Als ich zurück durch die Stauden ging, saß Rosa auf den Stufen vor unserer Haustür und sah in meine Richtung. Als hätte sie gewusst, dass ich aus dem Maisfeld komme. Sie wirkte nicht weiß und nicht seltsam. Sie war kein Gespenst mehr.

»Hey, Kommissar«, sagte sie. Sie hatte die Haare zusammengebunden und trug ein türkisfarbenes Sommerkleid und Sandalen. Sie war wirklich ein bisschen braun im Gesicht und an den Armen geworden.

»Nenn mich nicht so«, sagte ich.

»Ach komm, du Mimose. Wie geht es dir?«, fragte sie und hob aufmunternd den Kopf.

»Mittel«, sagte ich. »Und dir?«

»Noch mittlerer«, sagte sie und winkte mich zu sich.

»Setz dich, ich muss dich nur kurz was fragen.«

Ich setzte mich willenlos neben sie.

»Was hast du da für einen Fleck im Gesicht?«, fragte sie.

»Der ist von Andi Radlmeier. Beruf: Steinzeitmensch. War das deine Frage?«

»Nein«, sagte sie. Pause »Du. Ich will mit dir wegfahren. Willst du auch? Das ist meine Frage.«

»Wohin?«, fragte ich, als wär ihre Frage nichts Besonderes. Dabei brannten die Gedanken plötzlich.

»Meine Eltern haben ein kleines Haus am Gardasee.« Sie öffnete ihre linke Handfläche. Darin war ein kleiner, runder Schlüssel ohne Schlüsselbund.

»Wie kommen wir dahin?«, fragte ich in Gedanken längst mit Rosa in einem Zimmer in die Alpenfelsen gehauen, hoch über dem See.

»Mit dem Zug. Ich hab Geld für die Tickets.«

»Und wann?«

»Gleich morgen früh. Oder nicht?« Sie stützte den Kopf auf beide Hände und zuckte mit den Schultern.

Am nächsten Tag stand ich auf und machte mir Frühstück in der Küche. Meine Mutter hörte ich irgendwo oben aufräumen. Sie frühstückte nie mit mir, sie war schon seit Stunden wach. Egal wann ich aufstand, meine Mutter schien immer schon einen halben Tag hinter sich zu haben. Manchmal kam sie in die Küche, setzte sich kurz mit ihrem Tee zu mir an den Tisch, fragte nach der Schule und widmete sich dann wieder der Vorbereitung des kommenden Tagesgeschäfts. Irgendwann ging sie grußlos zur Spüle, räumte den Großraumgeschirrspüler aus. Die Stoik, mit der sie der Arbeit in der Küche nachging und mit der sie mich ignorierte, war unangenehmer als jeder Streit; es kam mir so vor, als schrie sie mich die ganze Zeit an, während ich mir Nusscreme aufs Brot schmierte.

Ich nahm den Schulbus nach Schyren, und am Busparkplatz verabschiedete ich mich vom Bartl. »Ich geh zum Bahnhof«, sagte ich und gab ihm meine Krankschreibung mit.

»Viel Glück«, sagte er.

Ich lief zum Bahnhof, wo ich mit Rosa um Viertel nach sieben verabredet war. Ihr Vater hatte sie schon früher zum Bahnhof gebracht, denn der Zug nach Landshut brauchte fast eine halbe Stunde. Ich hoffte, dass sie ihn losgeworden war und ich nicht gleich in seine riesigen Arme lief.

Das Bahnhofsgebäude war länglich gebaut und grau gestrichen, eines der Fenster seit Ewigkeiten zerbrochen, dahinter befand sich ein Raum voller Gerümpel, das konnte man von außen sehen. Unter dem Fenster hing ein roter heruntergekommener Kaugummi-Automat, dessen Geldschlitze schon vor Jahren zugerostet waren. Ich durchquerte die schummrige Bahnhofshalle. Im Ticketschalter saß ein Zigarillo rauchender Mann mit immensen Koteletten. Ich spürte, wie er mich musterte, als ich an ihm vorbeiging.

Draußen auf dem Gleis schaute ich nach rechts, und da war Rosa. Unter der Uhr und dem Bahnhof-Schyren-Schild stand sie in dem türkisen Kleid und den Ledersandalen vom Vorabend. Die Haare offen und ein weißes Haarband. Ich konnte den Blick nicht von ihren sonnengebräunten Armen abwenden. Ich fragte mich, ob man den Schranner an ihr riechen konnte, wenn man sich Mühe gab.

»Hast du deinem Vater gesagt, wo du hinfährst?«, fragte ich.

»Spinnst du? Dann würde er schon am Gardasee auf uns warten, wenn wir ankommen.«

Auf der Strecke von München nach Peschiera del Garda sprachen wir nicht allzu viel miteinander. Ich sparte mir die Fragen über den Schranner, weil ich nicht wollte, dass die Stimmung kippte. Die meiste Zeit lasen wir Zeitschriften, die wir am Bahnhof gekauft hatten. Neben uns saß ein Geschäftsreisender, der versuchte, so zu sitzen, dass sein grauer Anzug nicht knitterte. Ich traute mich kaum, mit ihr zu reden, die ganze Situation erschien mir wahnsinnig fragil, als könnte der Traum, mit Rosa zum Gardasee zu fahren, allein dadurch einstürzen, dass ich irgendeinen Gedanken dazu in Worte fasste. Am liebsten wäre ich eingeschlafen und erst am

Gardasee wieder aufgewacht aus lauter Angst, irgendetwas könnte dazwischenkommen, irgendwer den Zug aufhalten und uns zurück nach Praam schicken, vielleicht der Riese, vielleicht meine Mutter oder der Pfarrer Parzefall.

Irgendwann setzte mir Rosa ihre Walkman-Kopfhörer auf und drückte auf Play.

Ich hörte den rituell anmutenden Rhythmus von Nick Caves *Tupelo,* der mich völlig hysterisch machte. *Distant thunder rumble.* Dann kamen die Berge in Sicht.

19
GARDALAND

»Warum riecht es hier so frisch?«, fragte ich.

Ich durchquerte die dunkle Wohnung bis zum Schlafzimmer und zog dort die Vorhänge auf. Die Abendsonne strich den Raum noch im selben Moment zuversichtlich gelb an. Vom Schlafzimmer aus gelangte man auf eine Terrasse mit Blick über den See. Ich trat an die Glastür und schaute hindurch. Konnte eine Fähre sehen, die sich langsam auf den kleinen Hafen von Torri del Benaco zubewegte und dabei eine Kette aus Schaumringen im Wasser hinter sich her zog.

»Eine Nachbarin putzt hier hin und wieder«, sagte Rosa. »Mein Vater mag es nicht, wenn wir herkommen und alles eingestaubt ist.«

Es war irreal. Ich war noch nie am Gardasee gewesen, trotz der Nähe. Die Berge wie Kathedralen im Rücken, vor uns der See im mattgelben Abendlicht, das hatte nichts mit der Wirklichkeit zu tun.

»Über dem Haus ist erst vor Kurzem ein großer Pool in den Hang gebaut worden«, sagte Rosa. »Gehört zum Hotel neben uns, aber wir können ihn nutzen.« Sie legte ihr Haarband auf den kleinen runden Tisch neben ihrer Seite des Betts. Dann ließ sie sich darauf fallen, legte die Beine übereinander und schaute an die Decke. Ich öffnete die Glastür und ging auf die Terrasse hinaus. Beugte mich über die Mauer. Unter uns lag ein steil abfallender Garten, der ebenfalls zu diesem Hotel gehörte.

»Was ist das für eine Burg unten am Wasser?«, fragte ich.

»Die hat den Herren von Verona gehört. Willst du auf den Turm steigen? Oder in die offene Orangerie? Du kannst dir Zitronen pflücken.«

Wir waren müde von der Fahrt, von dem unterdrückten Gefühl, dass wir hier etwas ziemlich Gravierendes zusammen unternahmen. Wir aßen noch ein paar Zitronenkekse, die Rosa mitgenommen hatte, und sahen italienisches Fernsehen im Bett. Es lief eine merkwürdige Sequenz, die mit einer Herde Ziegen im Sonnenuntergang begann, gefolgt von einer überdimensionalen Rolle Ziegenkäse mit einem blinkenden Ziegenkopfsymbol darauf. Danach kam ein Zeichentrickfilm von einer antiken Naturkatastrophe – Feuer, Wasser, zerstörte Monumente, Tempel und abgetrennte Köpfe von riesigen Statuen. Dann ein Auto auf einer Art Bowlingbahn, Benzinpreise und ein Moderator mit Fliege vor einem gelben Hintergrund. Von der Seite blies ihm jemand Rauch ins Gesicht, er hustete, zog eine Pistole und schoss auf die Ursache des Rauchs. »E' una iniziativa VALDA – Laboratori Farmaceutici S.p.A.« wurde schwarz auf Gelb eingeblendet.

»Worum geht es da?«, fragte ich Rosa und wollte den Arm um sie legen. Dazu hätte sie sich ein wenig nach vorne beugen müssen, weil sie mit dem Rücken an der Wand lehnte. Tat sie aber nicht.

Ich ließ es bleiben. Stand auf und schloss die Vorhänge. Die Tür zur Terrasse ließ ich offen. Als ich wieder zu Rosa in das große Doppelbett stieg, hatte sie sich schon hingelegt und die Augen geschlossen.

»Willst du wirklich schon schlafen?«, fragte ich. Sie nickte nur kurz kaum merkbar und drehte sich von mir weg, den Kopf zu dem kleinen Tisch gedreht, auf dem ihr Haarband lag.

Ich schaltete den Fernseher aus, versuchte zu lesen, konnte mich nicht konzentrieren. Ertappte mich immer wieder dabei, wie ich ihr beim Schlafen zusah. Eigentlich müsste das hier der Höhepunkt unserer Bekanntschaft sein, allein in einer Wohnung über dem See.

Trotzdem fühlte ich mich elend. Ich spürte so eine irrationale Angst, dass sich die ganze Szenerie in der nächsten Sekunde ins Nichts auflösen könnte und ich zuhause im schwarzen Zimmer aufwachte. Aber das war nicht alles. Schlimmer war das Gefühl, dass da nicht mehr die Rosa lag, das Gespenst, das ich am Karfreitag kennengelernt hatte. Es war, als hätten wir uns nach Jahren wiedergetroffen, andere Zeit, andere Menschen. Sicher, sie gab uns eine Chance, sonst wären wir nicht nach Italien gefahren. Aber sie fühlte sich nicht mehr an wie die Mitverschwörerin, die sie bis zu unserem Besuch im Wasserschloss gewesen war.

Irgendwann schlief auch ich ein, in sorgfältigem Abstand zu ihr.

Gegen halb vier Uhr wachte ich auf und spürte meine linke Hand nicht mehr. Ich hatte draufgelegen. Noch war sie taub, gleich kamen die Nadelstiche. Ich sah Rosa neben mir auf dem Bauch liegen, die Arme über dem Kopf angewinkelt, die Decke nicht mehr auf sich. Von der Seeterrasse wehte ein warmer Nachtwind durch den Spalt in den Vorhängen herein, und von unten aus dem Ort hörte man entfernte italienische Stimmen. Ich konnte nicht mehr einschlafen. Mein Herz raste.

Als Rosa gegen acht wach wurde, saß ich längst auf dem Balkon und blätterte in einem Reiseführer von Venetien, den ich in der Wohnung gefunden hatte. Rosa duschte sich und kam dann im Handtuch zu mir raus.

»Was sagst du jetzt, Kommissar. Wir sind endlich allein. Vollkommen allein«, sagte sie und ließ das Handtuch fallen. »Und wir haben ein ganzes Haus für uns.« Sie drehte sich einmal um die eigene Achse, damit ich sie anschauen konnte. »Besser als ein Baumfriedhof, oder?«

»Mir fehlt der radioaktive Regen«, sagte ich. Wie weiß sie vor ein paar Wochen noch gewesen war, sah man an den Bikinistellen.

Dann hob sie das Handtuch wieder auf und ging ins Schlafzimmer, um sich anzuziehen.

Es war fast elf, als wir uns auf den Weg hinunter ins Dorf machten. Im Ort war es schon relativ leer, die meisten Italiener zogen sich aus der Mittagshitze zurück. Wir kamen vorbei an der Burg und der Orangerie, gingen die Promenade entlang zu einer Bankfiliale, wo wir ein bisschen Geld umtauschten. Ich hatte auf die Schnelle nur 100 DM auftreiben können, die mir der Zogo zu Weihnachten geschenkt hatte, meine eiserne Reserve für eine Amsterdamfahrt mit dem Böhmi, die bisher nicht zustande gekommen war. Rosa hatte deutlich mehr dabei, und ich fragte mich, ob sie ihren Vater bestohlen hatte oder ob sie einfach so viel Geld besaß. Wir kauften uns beim Bäcker zwei Hörnchen und eine große Flasche Cola und setzten uns auf die Kaimauer, die einen kleinen Kieselstrand begrenzte. Auch am Ufer waren kaum Leute unterwegs. Die wenigen lächelten freundlich desinteressiert.

»Selbst bei dem Wetter trägst du Schwarz«, sagte Rosa.

»Ich hab nichts anderes«, sagte ich.

»Sollen wir mal über Stephan reden?«

»Über Stephan? Du meinst den Schranner?«

Sie lächelte schief.

»Seid ihr zusammen?«, fragte ich.

»Nicht mehr.« Ein bisschen zu beifällig hob sie einen Kieselstein auf und warf ihn ins Wasser.

»Warum nicht mehr?«

»Weil es nicht gepasst hat.«

»Was hat nicht gepasst?«

»Konstantin«, sagte sie und legte mir eine Hand in den Nacken. »Ich bin hier mit dir, das reicht doch erst mal, oder?«

»Fürs Erste, ja«, sagte ich und wollte sie küssen, aber sie drehte sich weg.

»Es ist furchtbar, was in dem Artikel von Albert steht«, sagte sie aus dem Nichts.

»Fang du nicht auch noch an«, sagte ich.

»Nein, ich meine, was da passiert ist. In so einem kleinen Ort. Das geht ja nicht mehr weg, so eine Geschichte.«

»Das ist ja auch der Sinn der Sache. Und es ist jetzt auch dein Ort«, sagte ich. »Es ist in deinem Ort passiert.«

»Obwohl die meisten natürlich überhaupt nichts damit zu tun hatten. Ich zum Beispiel«, sagte Rosa, stand auf, zog ihre Sandalen aus und tauchte einen Fuß ins Wasser. Mit einem leisen Schrei zog sie ihn wieder zurück.

»Ich vergesse immer, wie kalt der See ist«, sagte sie. »Es ist ja ein Bergsee.« Sie schüttelte sich.

Als wir wieder oben in ihrem Ferienhaus waren, machte ich uns einen Espresso in einem dieser kleinen Eisenkännchen. Das Pulver, das in einer Dose in der Küche stand, war schon etwas älter. Der Kaffee schmeckte stumpf und bitter.

Rosa erzählte mir von einem Exfreund, mit dem sie ein paarmal nachmittags von München aus nach Frankfurt gefahren war, dort ausgegangen und morgens wieder heimgefahren. Diese Geschichte war neu. Ich fühlte mich unmodern und überflüssig. Alles, was ich anbieten konnte, war das heimliche Trampen nachts mit dem Böhmi in die umliegenden Diskotheken mit gefälschtem Schülerausweis. Als wir uns nachmittags zum Schlafen hinlegten, schmiss Rosa ihre leichte weiße Decke zu Boden und legte sich unter meine. Dann zog sie sich aus.

Am Abend gingen wir in einem kleinen Restaurant an der Promenade direkt am Seeufer essen. Das Wasser war nur einen halben Meter von unseren Beinen entfernt. Rosa bestellte Nudeln mit einer weißen Trüffel-Sahne-Sauce und ich eine Lasagne aus grünem Teig. Dazu orderte sie einen Weißwein, ohne einen Blick auf die Getränkekarte zu werfen, als gäbe es nichts anderes zu trinken. Ich nahm ein Bier.

Am nächsten Tag fuhren wir mit dem Bus zu einem nahe gelegenen Vergnügungspark. *Gardaland*. Rosas Laune war die allerbeste, bereits auf der Busfahrt hatte sie sich darüber lustig gemacht, dass ich keine kurzen Hosen trug, und mich immer wieder in die Hand gekniffen, wenn ich anfing, beleidigt zu sein. Die Fahrt ging nach Süden am See entlang, das Wasser glänzte weiß in der grellen Mittagssonne.

Am Vergnügungspark angekommen überquerten wir einen Parkplatz voller Reisebusse. Rosa bezahlte den Eintritt, und wir wurden durch eine Art Burgtor eingelassen. Eine riesige grün-weiß lackierte Achterbahn war das Erste, was Rosa ausprobieren wollte. Mir wurde schon vom Zuschauen schlecht, was sie mir spätestens anmerkte, als der Wagen in den neunten Ring der Hölle, den Doppellooping, stürzte.

»Hast du Angst, Kommissar?«, schrie mir Rosa ins Ohr. Ich schüttelte den Kopf und fasste mit der Hand an die Hosentasche, ob mein Portemonnaie noch da war.

Nach diesem Irrsinn aß ich ein Softeis, und Rosa trank einen roten Granita. Die Wasserbahn, in die wir als Nächstes einstiegen, bewegte sich auf ausgeblichenen hellblauen Plastikplanen vorwärts. Als wir ans Ende der Strecke kamen, waren unsere Haare nass. Bevor wir ausstiegen, gab Rosa mir einen gut gelaunten Schmatz auf den Mund.

Wir setzten uns auf eine Bank gegenüber einem Irrgarten aus grünen Hecken.

»Ich will da rein«, sagte sie. Deutete auf den Eingang.

»Das ist eher für Kinder«, sagte ich.

»Ich bin auch erst vierzehn«, sagte sie und ging einfach los.

Ich lief ihr hinterher, verlor sie aber ziemlich schnell und fand dann selbst den Ausgang nicht. Als ich wieder draußen war, saß sie längst auf der Parkbank und lachte.

»Orientierung ist nicht deine Stärke, oder?«

»Und Geduld nicht deine«, sagte ich. Schlechter Konter. Viel zu ernst, viel zu wenig verspielt. Sie zeigte mir einen Vogel. Lachte dabei.

Nach einer Fahrt mit einer Miniatureisenbahn zu einer Westernstadt, aßen wir belegten Toast in einem der Restaurants auf dem Gelände. Gleich daneben stand ein Kinderkarussell, bei dem die Gondeln riesige Kaffeetassen waren. Rosa wollte zu den italienischen Kindern in die Tassen steigen, doch ich weigerte mich. Überall gab es Wasserspiele und Springbrunnen, überall hörte und sah man italienische Kinder. Wir besuchten noch die Delphin-Show und das Magier-Zelt. Ich wollte in den riesigen Flugsimulator über einem künstlichen See, in die Rakete, auf der *Saturn Seven* stand, die sich hydraulisch gesteuert nach oben und unten bewegte, während man drinsaß. Rosa wollte nicht mit.

»Davon wird mir übel«, sagte sie, die beim Looping vor Begeisterung geschrien hatte.

»Abends gibt es hier übrigens ein Feuerwerk.« Sie schaute mich erwartungsvoll an.

»Ich glaube, so lange will ich nicht hierbleiben«, sagte ich. Hatte das Gefühl, dass uns der Vergnügungspark nicht guttat. Er betonte nur, wie verschieden wir waren.

»Schade«, sagte sie, nicht allzu enttäuscht.

Im Bus zurück nach Torri lehnte sie an meiner Schulter und schlief ein. Selbst die Haltestellen-Durchsagen, die wie durch eine rostige Regenrinne kamen, konnten sie nicht wecken. Ich schaute aus dem

Fenster, sah den See dunkler werden, die Alpen an Schärfe verlieren. Ich fühlte mich nicht wie fünf Fahrstunden von daheim entfernt, sondern wie auf einem anderen Kontinent. Ich ärgerte mich über mein Selbstmitleid, während Rosa in einer Kurve auf mein Schlüsselbein herunterkippte.

Zurück in der Ferienwohnung legte ich mich aufs Bett. Schaltete einen italienischen Sender ein. Rosa setzte sich auf die Terrasse. Ich sah, wie sie ein Windlicht anzündete und etwas schrieb. War zu müde, um sie danach zu fragen.

Wieder wachte ich nachts auf. Es war kurz nach halb vier. Rosa lag da wie am ersten Abend, ohne Decke, die Arme von sich gestreckt. Ich dachte an Susannah de Vries und befriedigte mich selbst. Die Hände wischte ich an ihrer abgelegten Decke ab.

Am vierten Tag ging ich alleine los. Zum Hafen hinunter, wo ich die Fähre ans gegenüberliegende Ufer nach Toscolano-Maderno nahm. Dort spazierte ich herum, kaufte mir ein Vanilleeis. Der Ort war größer als Torri, und auf eine Art ging es hier wirklicher zu. Hier schienen die Leute tatsächlichen Berufen nachzugehen, nicht bloß gastronomischen, sie reparierten Dinge, sie fuhren Lastwagen, sie hupten und schrien sich an. Den See und die Berge ignorierten sie weitestgehend.

Gegen fünf setzte ich wieder über. Rosa war nicht in der Wohnung.

Das erste Mal zuhause angerufen hatte ich schon am Bahnhof von Peschiera, allerdings hatte ich meinem Vater am Telefon nur kurz gesagt, dass ich in Italien war, und dann wieder aufgelegt, ohne seine Reaktion abzuwarten. Auch Rosa hatte mit ihrem Vater telefoniert, aber was genau sie ihm erzählt hatte, wusste ich nicht. Fragte auch nicht weiter nach. Wollte nicht an den Riesen denken.

Jetzt rief ich ein weiteres Mal an.

»Gasthaus Wolff«, sagte meine Mutter. Immerhin ging sie wieder ans Telefon, vielleicht hatten die Drohanrufe aufgehört.

»Ich bin's«, sagte ich.

»Karl!«, rief sie und legte sofort den Hörer weg. Es dauerte nur kurz, dann war mein Vater dran.

»Konstantin? Bist du noch ganz bei dir?«

»Ich komm bald heim«, sagte ich.

»Jetzt ist es auch fast egal. Bleib lieber noch«, sagte mein Vater.

»Wieso?«

»Einen freudigen Empfang brauchst du hier nicht zu erwarten«, sagte er und legte auf.

Gegen halb acht kam Rosa zurück.

»Wo warst du?«, fragte ich.

»Bei der Familie Pisano«, sagte Rosa. »Die kennen wir von unseren Urlauben.« Sie hatte einen weißen Strohhut auf, den ich noch nie bei ihr gesehen hatte.

»Da schaust du einfach so vorbei?«, fragte ich.

»Ich kenn die Kinder schon lange. Matteo und Ilaria. Ilaria ist ungefähr in meinem Alter.«

»Wie alt ist Matteo?«, fragte ich.

»Ist das wichtig? Achtzehn vielleicht.«

»Das ist nicht ungefähr in deinem Alter«, sagte ich.

»Ich finde nicht, dass uns Eifersucht weiterbringt«, sagte Rosa und legte den Hut auf den Tisch auf der Terrasse. Dann setzte sie sich und legte die Beine auf den Tisch, streifte trotzig ihre Espandrillos ab, sodass sie in meine Richtung flogen.

»Es tut mir leid«, sagte ich.

»Schon gut«, sagte sie. »Wie war dein Ausflug?«

»Ich war drüben in Maderno«, sagte ich. Aufregend klang das nicht.

»Ich leg mich vor den Fernseher«, sagte Rosa. »Kommst du mit?«

»Gleich«, sagte ich. Ich stellte mich auf den Balkon und rauchte. Schon den ganzen Tag dachte ich beim Anblick der den See einkesselnden Berge an die Felsenwohnung vom Herrlich.

Am fünften Tag hatte ich keine Lust, etwas zu unternehmen. Es waren schon gegen elf dreißig Grad im Schatten. Rosa hatte weder am Abend vorher noch am Morgen mit mir schlafen wollen und war vormittags alleine in den Ort gegangen, um Geld zu wechseln und im Supermarkt einzukaufen.

Ich saß auf dem Balkon und versuchte mit einem Kugelschreiber, die Burg und die Orangerie abzumalen. Dann rief ich den Böhmi an, es war Samstag. Sein Vater reichte mich wortlos weiter, als er meinen Namen hörte.

»Wer ist denn dran?«, fragte der Böhmi.

»Ich«, sagte ich.

»Schwarzer! Wieder da?«

»Nein«, sagte ich. »Ich bin noch mit Rosa in Italien.«

»Recht hast du. Hier sind eh alle verrückt geworden«, sagte der Böhmi. Ich hörte, wie er Kaugummi kaute.

»Wie meinst du das?«, fragte ich.

»Niemand rührt sich mehr. Wir sind eine Geisterstadt jetzt«, sagte der Böhmi. »Es ist wirklich nichts los hier. Noch weniger als sonst. Selbst beim Metzger bestellt jeder nur das Notwendige und geht wieder. Niemand tratscht mehr. Vielleicht auch die Hitze.«

»Ist es auch so heiß bei euch?«, fragte ich.

»Sauheiß«, sagte der Böhmi. Er klang stolz.

»Was erzählt der Bartl?«, fragte ich.

»Die Bioaufgabe muss die Hölle gewesen sein. Es kam alles dran, was er nicht gelernt hatte. In einer Familie mit Rotgrünblindheit ist auch eine farbenblinde Person mit Turner-Syndrom. Markieren Sie im folgenden Stammbaum die farbenblinden Personen. Hättest du das gewusst?«

»Natürlich nicht«, sagte ich.

»So einen Dreck lernt ihr. Wer braucht denn das später im Leben, außer er wird Augenarzt. Wie läuft's mit der Ex vom Schranner?«

»Sehr witzig«, sagte ich. »Geht so.«

»Aufgewärmte Suppen schmecken nicht, Schwarzer. Darfst du ran?«

»Geht dich überhaupt nichts an. Wie geht's der Karin?«

»Weiß ich nicht. Die geht auch nicht mehr raus seit ein paar Tagen. Heuschnupfen. Der sind die Augen zugeschwollen. Ich sag ja, alle spinnen. Warum rufst du eigentlich an?«, fragte der Böhmi. »Ist dir schon langweilig im Paradies?«

»Ich wollte nur hören, wie es daheim ist«, sagte ich.

»Scheiße ist es«, sagte der Böhmi. »Deswegen brauchst du doch nicht extra anzurufen. Das weißt du doch.«

Am Nachmittag, als wir in einem der Eiscafés an der Via Dante Alighieri Zeitung lasen, kam jemand vorbei und setzte sich zu uns an den Tisch. Rosa stellte ihn mir als Matteo Pisano vor. Er war mir gegenüber äußerst freundlich, sprach ein paar Worte Deutsch, bevor er sich auf Italienisch mit Rosa unterhielt. Ich hatte Rosa die letzten Tage schon mehrmals Italienisch reden hören, jedoch nur kurze Sätze, wenn sie im Restaurant etwas bestellte oder in einem Laden mit einem Verkäufer sprach. Jetzt bildete sie Sätze, deren Bedeutung ich nicht verstand, lächelte dazu, und Matteo Pisano lächelte zurück.

Als ich nachts gegen halb vier aufwachte, lag Rosa nicht neben mir im Bett. Von der Terrasse hörte ich ein Schluchzen oder etwas in der Art. Die Tür stand wie jede Nacht offen, der Vorhang war zugezogen, um die Insekten fernzuhalten. Rosa stand an der Mauer und schaute hinunter auf die Scaligerburg, die von der anderen Seite aus angeleuchtet wurde. Die uns zugewandte Seite mit der Orangerie und der Wiese davor lag im Dunkeln. Ich sprach sie an, aber sie reagierte nicht, starrte weiter ins Dunkel. Ich war mir nicht sicher, ob das Schluchzen von ihr gekommen war, sie sah nicht danach aus. Ich sagte ihr, sie solle wieder ins Bett kommen, doch sie zuckte nur mit den Schultern, die Hände auf die Mauer gelegt.

Am sechsten Tag fuhren wir beide mit der Fähre hinüber nach Maderno, wo es einen überfüllten Strand gab, an dem Kinder und Erwachsene durcheinanderschrien. Die meisten Männer trugen rote Badehosen, die Frauen gelbe und grüne Badeanzüge und Bikinis. Ich saß mit einer schwarzen Turnhose im Sand, während Rosa im hellblauen Bikini auf dem Handtuch lag, die Beine von sich gestreckt, und mit geschlossenen Augen in die Sonne schaute. Sie hatte eine Menge Sommersprossen auf den Schultern, erst in dem grellen Licht fiel es mir auf. Es roch nach herbem Sonnenöl, nach Kokosnüssen und dem Chlor aus einer Toilette. Ich dachte an Praam, das über eine so begrenzte Farbpalette verfügte. In dem es die meiste Zeit leise war, weil beim Reden immer alle verschwörerisch beisammenstanden.

»Wollen wir langsam wieder heim?«, fragte ich schon nach einer Stunde.

»Wirklich? Jetzt schon?«, sagte Rosa enttäuscht.

In dieser Nacht war Rosa weg. Ich schaute auf dem Balkon nach ihr, aber da war sie nicht. Ich trat auf die Straße, konnte sie nirgendwo sehen. Ich dachte an Matteo Pisano und seine freundliche Art. An ihr gutes Italienisch. Ich ging wieder ins Bett, wartete, lag wach. Dann stand ich auf und stellte mich an die Terrassenmauer, blickte hinunter. Auf der Wiese vor der Orangerie stand jemand. Ich zog mir eine Hose an und lief hinunter zum Castello. Auf der Wiese rief ich ihren Namen. Sie kam auf mich zu. Wenn man nicht auf ihre Beine achtete, war es, als schwebte sie über den Rasen. Als sie bei mir war, fragte ich: »Schläfst du?«

»Nein«, sagte sie. »Ich bin wach. Was soll die Frage?«

»Was machst du hier?« Ich zupfte an ihrem T-Shirt.

Sie sah mich nur unverwandt an, dann schüttelte sie den Kopf. »Ich gehe spazieren.«

»Mitten in der Nacht? Komm, lass uns wieder ins Haus gehen«, sagte ich.

Oben im Haus legte sie sich ins Bett und schlief augenblicklich ein. Am nächsten Morgen fragte ich sie nach dem Nachtspaziergang, aber sie hatte keine Lust, darüber zu reden.

Es war schon viel zu spät, viel zu warm, als wir am nächsten Morgen auf der Terrasse frühstückten. Rosa hatte ihre Haare so streng geflochten wie an dem Karfreitag, an dem ich sie das erste Mal gesehen hatte. Noch während wir unser Frühstück aßen, klingelte es an der Tür.

»Was ist los?«, fragte ich. Ich hatte kein gutes Gefühl bei dem Klingeln. Ein Klingeln gehörte nicht hierher. Hier waren nur Rosa und ich.

»Ich gehe schon«, sagte Rosa.

Ich hörte, wie sie öffnete und »Ja, ja, ich weiß« zu jemandem sagte. Sie kam zurück, und hinter ihr trat ihr Vater auf die Terrasse hinaus, stellte sich vor die Sonne. Er trug ein weißes Hemd und eine Jeans, ich fragte mich, wo er Kleidung in solch einer Größe herbekam. Er setzte sich zu uns an den Tisch, lächelte auf den See hinunter.

»Guten Morgen. Esst ruhig fertig, danach räumen wir auf, dann fahren wir«, sagte er und nahm sich eine Scheibe Brot.

Im Auto redete Rosa mit ihm, als hätte er sie lediglich von einem Schulausflug abgeholt. Das meiste davon verstand ich nicht, weil das Radio hinten zu laut war, womöglich aus Absicht. Ich kauerte mich gegen das Fenster hinter dem Beifahrersitz, schloss die Augen. Spürte das Vibrieren des Wagens. Schlief irgendwann ein. Als ich wieder aufwachte, stand der Wagen. Wir hatten den Rand der Alpen erreicht, und Rosas Vater war nicht da, holte sich vielleicht einen Kaffee an einer Raststätte. Ich dachte, ich könnte mit Rosa alleine reden, aber auch sie war nicht im Wagen, sie stand am Rand der Brennerautobahn und schaute in die Berge, während die Autos an ihr vorbeiwischten.

Es war Sonntag, und wir kamen gut voran. Nach nur fünf Stunden erreichten wir Praam, und am frühen Abend setzte mich Rosas Vater vor unserem Wirtshaus ab.

»Danke fürs Heimbringen«, sagte ich.

»Keine Ursache, Konstantin«, sagte er.

20
RUSSENHAUS

»Schau an. Der Kommissar ist wieder da«, schreibt Rosa in ihrer ersten E-Mail an mich. Nach meinem Besuch in der Kanzlei bin ich nach Hause gefahren und habe noch in derselben Nacht eine Nachricht an sie geschrieben. Dass ich auf der Beerdigung meines Vaters war, dass ich gehofft hatte, sie dort zu treffen. Dass mich ihre Abwesenheit seltsam traf. Dass ich über ihren Vater in der Kanzlei ihre Kontaktdaten erfragt hatte. Dass ich hoffte, dass sie das nicht als Übergriff empfände. Dass ich sie gerne sehen würde, nur reden, schauen, was aus uns geworden war.

Eine ganze Woche lässt sie sich Zeit für ihre Antwort. Es freue sie sehr, von mir zu hören, schreibt sie. Dass es ihr leidtue wegen meines Vaters, sehr leid sogar. »In den Jahren, nachdem du weg warst«, schreibt sie, »habe ich ihn hin und wieder im Ort gesehen. Mit seinem dicken grauen Bart und diesem geduldigen Gesichtsausdruck. Er hat mich immer freundlich gegrüßt, mir offenbar nichts übel genommen.« Auf meinen Vorschlag, sich zu treffen, geht sie nicht ein. »Vielleicht hat dir mein Vater erzählt, dass ich auf Kur bin«, schreibt sie stattdessen. »Keine Sorge, es ist nur der Rücken. Nur der Spinalkanal. Ich weiß noch nicht genau, wann ich wieder in die Stadt komme. Aber schreib mir doch gerne, wie es dir ergangen ist. Dann schauen wir weiter. Bleib wachsam, Kommissar Wolff.«

Die Kurklinik befindet sich unmittelbar am See, ein wenig abseits des eigentlichen Orts, und ist zudem von dichtem Wald umgeben, eine Art natürliches Fort. Es handelt sich nicht um ein einzelnes

Gebäude, es ist regelrecht ein gesamter Klinikort mit mehreren geteerten Wegen, die links und rechts von der Hauptstraße abzweigen, während man sich dem Haupthaus nähert. Es gibt einen Bolzplatz und ein Basketballfeld. Ich parke vor dem Haupthaus, einem langen und niedrigen Gebäude mit einem alles beherrschenden schwarzen Dach. Ich gehe über die flache Treppe hoch zu einer breiten gläsernen Eingangstür und betrete eine Lobby mit langem konvexem Rezeptionstisch wie in einem gehobenen Hotel. Dahinter sitzt ein Mann mit einem schmalen grauen Schnurrbart, einer randlosen Brille und kurzen grauen, sorgfältig in die Stirn gekämmten Haaren. Was für ein Ort für ein Wiedersehen nach all den Jahren. Was mache ich hier?

»Guten Tag. Was kann ich für Sie tun?« Er sieht mich an wie einen Obdachlosen, der sich beim Flaschensammeln verlaufen hat. Ein Trimmen meines Barts hätte der Mission hier sicher nicht geschadet.

Ich sage: »Ich suche eine Patientin.«

»Gehören Sie zur Familie?«

»Ja.«

»Wie heißt die Patientin?«

»Rosa Meyer.«

Er schaut kurz in seinen Computer und sagt: »Gibt es nicht.« Sieht mich über den Rand seiner Brille hinweg an, als wäre das ein Test.

»Entschuldigung. Dann vielleicht Rosa Schranner?«

Wieder schaut er auf seinen Bildschirm. Nickt jetzt. Säuerlich, als hätte er eine Wette verloren.

»Und Sie wären dann wer?«

»Der Bruder.« Einen Versuch ist es wert, sie hat ja keinen. Den Vater würde er mir nicht abkaufen.

Er schüttelt den Kopf. Fast kommt ihm ein Grinsen aus. »Das

tut mir leid. In meinen Unterlagen ist nur der Vater als zugelassener Besuch vermerkt.« Als er die Enttäuschung in meinem Gesicht sieht, fügt er hinzu: »Dafür müssen Sie Verständnis haben. Das ist bei uns Usus im Haus. Einige der Patienten legen großen Wert auf Diskretion. Ich fürchte, Sie sind umsonst gekommen.« Er macht ein bedauernde Geste, aber innerlich ist er bester Laune, da bin ich mir sicher.

Ich frage: »Kurz anrufen wäre zu viel verlangt?«

Mein letzter Versuch.

Er sagt: »Nein, das ist hier nicht üblich. Wir sind kein Hotel.«

»Teigaffe«, flüstere ich, bevor ich gehe.

Ich fahre in den Ort hinunter und halte vor einer Rösterei, in der man auch Kaffee trinken kann. Ich kaufe eine Tüte frisch Gemahlenen und trinke eine Tasse an einem kleinen Stehtisch. Der Geschmack ist mir zu malzig.

Mit dem Telefon schreibe ich an Rosa. »Bin hier im Ort, würde dich gerne sehen, aber die lassen mich nicht rein. Vielleicht hätte ich nicht nach roten Eiern fragen sollen.«

Ich bezahle und gehe spazieren. Unten am Ende der Straße steht ein gelb-weißes Haus auf einer Anhöhe. Sein Dach ist liebevoll um das Gebäude herumgebogen, wie eine Kindermütze, die die Ohren schützt. Es hat einen hellblauen Rahmen. Der auf dem Hang angelegte Garten blüht auch nach dem Sommer noch ganz üppig vor sich hin. Eine Gruppe Menschen steht um den Eingang herum und hört einem Sprecher zu. Ich frage eine Frau, die mit zwei kleinen Hunden spazieren geht, was das für ein Haus ist. »Das ist das Russenhaus.« Sie zieht an der Leine, bis die Hunde jaulen.

Ich frage: »Was ist das Russenhaus?«

»Eigentlich Münterhaus. Aber weil sie mit dem Kandinsky drin gewohnt hat, auch Russenhaus.« Jetzt gibt sie den Hunden wieder

Leine, lässt sich mitziehen, schaut mich noch mal prüfend an, ob ich mit ihrer Information etwas anfangen kann.

Das kann ich nicht. Ganz und gar nicht. Im Gegenteil, sie reißt mir fast die Beine weg. Das Felsenhaus in Kallmünz. Die Malerkolonie. Der Herrlich. Kandinsky und Gabriele Münter. Und jetzt steh ich vor ihrem Haus.

Mein Telefon weist mich mit einem Ton auf eine neue Nachricht hin. »Warum kommst du einfach so her?«, schreibt Rosa, ohne auf die roten Eier einzugehen.

»Es tut mir leid. Ich denke seit ein paar Wochen an nichts anderes, als dich zu sehen«, schreibe ich genauso humorlos zurück.

Ich schaue auf meine Armbanduhr. Der Sekundenzeiger ist vorgestern abgebrochen, und der Stumpf schiebt die abgerissene Spitze bei jeder Minutenumdrehung weiter quer über das Ziffernblatt.

Eine neue Nachricht erscheint auf dem Display. »Haupteingang, 15 Minuten«, schreibt sie. »Ich komme runter.«

Ich stelle mich mit dem Auto direkt vor die Treppe, die hoch zur Anmeldung führt, und warte. Rauche bei offenem Fenster, habe es wieder mit dem Magen. Nach ein paar Minuten öffnet sich die Glastür. Vorsichtig geht eine Frau mit kurzen schwarzen Haaren die lange Treppe hinunter. Sie trägt eine enge weiße Sporthose und einen Kapuzenpullover, geht sehr steif, zieht das linke Bein ein wenig nach. Zunächst glaube ich nicht, dass das Rosalie ist. Hatte gedacht, ich könnte sie schon riechen und spüren, sobald sie nur oben die Tür öffnet. Den Zitronengeruch. Dachte, ihre Haut ist immer noch so weiß wie damals.

Die Frau, die langsam die Treppe hinuntergeht, hat zwar Rosas Statur, aber eine ziemlich gesunde Gesichtsfarbe. Ich seh sie auf das Auto zukommen, und ich fühle mich selbst plötzlich wie gelähmt. Anstatt auszusteigen und ihr entgegenzugehen, bleibe ich einfach sitzen, bis sie bei mir ist, sich am Dach abstützt, sich ins offene Fahrerfenster beugt. Es tut mir jetzt leid, dass sie sich wegen mir die Treppen hinunterquälen musste.

»Du rauchst ja immer noch, Kommissar«, sagt sie.

»Wo sind deine Haare?«, frage ich und schaffe es nicht, auch nur eine Spur von Witz in die Stimme zu bringen.

»Wo sind deine?«, fragt sie.

»Ins Gesicht gewandert«, sage ich, dankbar für die Vorlage.

»War nur ein Scherz, Wolff. Sieht alles noch stattlich aus«, sagt sie.

»Willst du kurz einsteigen?«, frage ich und mache ihr die Beifahrertür auf. »Spritztour zum See rüber?«

»Ich trag ein Stützkorsett. Das ist das Einzige, in was ich grade einsteigen kann.« Die schwarzen Augen lachen. Die paar Falten darunter machen mit. »Ich bleibe einfach hier stehen«, sagt sie. »Ist schon gut.«

»Okay«, sage ich. Komme mir vor, als hätte ich sie in Geiselhaft genommen. Verhaftet. Sie gibt sich Mühe, es sich nicht anmerken zu lassen, aber es ist kaum zu übersehen, dass sie Schmerzen hat und eigentlich wieder zurückwill.

»Was hast du gemacht mit deinem Rücken?«, frage ich.

»Fahrradunfall«, sagt sie. »Im Italienurlaub.«

»Wo warst du?«, frage ich und unterdrücke mein Bedürfnis zu rauchen. Tue so, als suchte ich etwas im Handschuhfach, weil ich mich nicht weiter ins Lenkrad krallen will.

»Im Hinterland von San Vincenzo«, sagt sie und streicht sich die Haare hinter die Ohren, die dazu viel zu kurz sind.

»Mit wem warst du da?« Ich weiß gar nicht, ob ich darauf eine Antwort will. Vielleicht hoffe ich, sie sagt: mit meinem Vater.

»Mit meinem Freund.« Sie hält meinem Blick ohne Probleme stand. Tatsächlich bin ich der, der als Erster wieder wegschaut.

»Du warst mit dem Schranner verheiratet«, stelle ich fest.

»Lang sogar«, sagt sie und schaut hoch zur Glastür.

»Habt ihr keine Kinder?«, frage ich. Jetzt ist es auch schon egal.

Sie schüttelt den Kopf. »Sei mir nicht böse, Konstantin, aber ich muss wieder hoch. Um drei hab ich eine Massage.«

»Das verstehe ich. Tut mir leid, dass ich dich so überfallen habe«, sage ich und zünde jetzt doch eine Zigarette an. Scheiß drauf.

»Muss es nicht. Es war schön, dich zu sehen«, sagt Rosalie. Lässt das Autodach los.

»Was machst du beruflich?«, frage ich und öffne die Fahrertür.

»Ich hab spät studiert. Sehr spät.« Sie lächelt verschämt. »Jetzt arbeite ich als Pädagogin.«

Von irgendwoher dringt ein Martinshorn zu uns.

»Hier in der Gegend wurden doch im Wald Fliegerbomben gefunden«, sage ich aus irgendeinem Grund.

»Wirklich? Hab ich nichts von gehört«, sagt sie. Mein letzter Satz scheint sie zu verstören. »Du, ich muss wirklich los.«

Ich steige aus, nehme ihre Hand und führe sie ohne ein Wort die Treppe hoch. Ich spüre keinen Händedruck, ihre Hand liegt nur passiv in meiner.

Als wir vor der Glastür stehen, lässt sie meine Hand los und sagt: »Ciao, commissario.« Und da ist sie ganz kurz wieder. Ihre Stimme, wie ich sie in Erinnerung habe. Nicht nur das Spöttische, sondern auch das Warme.

»Rosa«, sage ich nur, obwohl ich eigentlich »Ciao, Rosa« sagen wollte. Habe das Ciao einfach verschluckt.

Sie dreht sich zur Tür. Und dann noch einmal um.

»Hast du jemanden?«, fragt sie.

»Weiß nicht«, sage ich. »Gelegentlich.«

»Auch nicht schlecht«, sagt Rosa und geht hinein. Ich sehe, wie ihr der Rezeptionist mit dem dünnen Schnurrbart zunickt.

Sie scheint kurz überlegen zu müssen, dann nimmt sie dem Mann etwas von seinem Schreibtisch weg und einen Stift. Sie schaut in meine Richtung, sieht mich oder auch nicht, schreibt etwas auf. Sie gibt den Stift zurück und kommt zur Tür. Öffnet sie einen Spalt, reicht mir einen zusammengefalteten kleinen Notizzettel.

Im Auto falte ich den Zettel auseinander. Ich starre darauf und lege ihn vorsichtig auf den Beifahrersitz wie ein Parkticket, ohne das ich nicht aus der Tiefgarage komme. Irgendwas britzelt im Auto, als ich anfahre, als hätte sich etwas in der Lüftung verfangen.

Eine Woche später ruft mich Elli an und sagt, der Albert ist tot. Erneuter Schlaganfall. Passiert ist es in der Autorenbuchhandlung. Die Buchhändlerin hat berichtet, er habe plötzlich seltsam gesprochen, die Syntax wäre ihm vollkommen verrutscht, er hätte etwas von einem Geistreiter und einer Malerkolonie gestammelt. Dann sei er zusammengebrochen und hätte aufgehört zu atmen.

21
DAS PFERD

Es war Oktober, an den Sommer erinnerten nur noch ein paar einzelne Wespen, die ihr Nest unter dem Dach suchten, das mein Vater im September hatte entfernen lassen.

Der Böhmi und ich hatten in den Sommerferien viel Tennis auf den Sandplätzen in Schyren gespielt, nicht ganz unbeeinflusst von Beckers Wimbledonsieg gegen Lendl im Juli. Fast jeden Tag waren wir schon vormittags auf dem Platz gewesen, hatten unmittelbar nach Ablauf der Platzzeit Bierdosen gestochen und waren dann ins Freibad gefahren. Eigentlich hatten wir vorgehabt, wenigstens ein paar Tage mit dem Zug nach Amsterdam zu reisen, aber dann zwang mich mein Vater, in der Wirtschaft zu arbeiten, obwohl so gut wie nichts los war. Im Juli hatte er die Katl entlassen.

Im Oktober sprach niemand mehr über Tschernobyl. Im Sommer war ein Bericht der Moskauer Untersuchungskommission öffentlich geworden, die den Behörden in der Ukraine »Schlamperei und Verantwortungslosigkeit« vorwarf, was das Vertrauen der hiesigen Bevölkerung in deutsche Atomkraft auf einen Schlag wiederherstellte. Alle waren beruhigt. Waren's also doch nur die schlampigen Sowjets gewesen.

Im September besuchte der Leistungskurs Physik, dem ich natürlich nicht angehörte, das Kraftwerk Isar II in der Nähe von Landshut für einen Vortrag über die Sicherheit deutscher Kraftwerke.

Außerdem standen Wahlen an. Die ganzen drei Männer, die sich noch regelmäßig an unseren Stammtisch verirrten, sprachen erbost über Asylmissbrauch. Ich fragte mich, was die Praamer das überhaupt anging. Niemand hier hatte je einen Asylanten gesehen, außer im Fernsehen. Ich hatte selbst eigentlich keine Vorstellung, wie ein Asylant auszusehen hatte. Bis auf den Autohändler Bogdan Sedlec gab es bei uns keine Ausländer. Und selbst der lebte schon seit zwanzig Jahren im Ort. In dem kleinen Quelle-Laden am Westhang vom roten Berg hatte im Sommer einer aus der Zone gearbeitet. Angeblich war er über die Grenze geflüchtet, und auf ihn war sogar geschossen worden, aber das konnte ich mir gar nicht vorstellen. So seelenruhig, wie er Bestellungen in sein Kassenbuch eintrug, wenn jemand eine Uhrenbatterie brauchte. Wie er mehrmals den Kugelschreiber vorher auf einem leeren Briefcouvert ausprobierte, bevor er die Bestellnummer notierte. Mit der größten Ruhe.

Josefine Zankl, die schöne, aber fatal erwachsene Frau vom Architekten, kam nach wie vor regelmäßig mit ihrer Freundin in die Wirtschaft, als interessiere sie der Boykott des restlichen Dorfs gar nicht. Im Gegenteil. Da ich nun die meiste Zeit hinter dem Tresen stand und auch an den Tischen bediente, redete ich mehrmals in der Woche mit ihr. Manchmal legte sie wie zufällig ihre Hand auf meine, mit der ich mich, auf ihre Bestellung wartend, auf dem Tisch abstützte, und sagte: »Weißt du was, Konstantin? Jetzt bringst du mir einen Weißen.« Hin und wieder setzte ich mich auf eine Zigarette zu ihr, wenn ihre Freundin schon gegangen war, und wir redeten über die Lehrer am Carossa, auf das sie jetzt auch ihren ältesten Sohn geschickt hatte, oder über Kinofilme.

Meiner Mutter gefiel es nicht, dass ich öffentlich rauchte, das war klar zu merken, aber sie sprach es nicht an. Wir redeten ohnehin nur das Notwendigste. Mein Vater ließ sich kaum mehr in der Wirtschaft blicken. Er war viel unterwegs, lieferte jetzt Essen und Getränke für Vereinsfeiern aus, das meine Mutter vorbereitet hatte, und arbeitete die ein oder andere Schicht als Ausfahrer in einer Großbrauerei in Salching, von der wir auch beliefert wurden.

Seit meiner Rückkehr vom Gardasee ging ich nicht mehr in die Kirche. Meine Mutter hielt sich erneut mit Protest zurück. Sie sagte auch nichts mehr, wenn ich mit dem Böhmi hinten auf dem Motorrad nachts die siebenunddreißig Kilometer nach Neundorf in die Rockdisko fuhr. Nach Italien hatte mein Vater mir zwar Hausarrest verordnet – kein Ausgang nach acht Uhr abends –, aber ich stellte schnell fest, dass es keine Konsequenzen gab, wenn ich mich nicht daran hielt. Meine Mutter spielte höchstens die maßlos Enttäuschte, und mein Vater drohte mit Gesprächen unter vier Augen, zu denen es dann aber nie kam. Außerdem gab ich mir bei der Arbeit in der Wirtschaft sichtbare Mühe, ließ mir nichts zu Schulden kommen.

An einem der Disko-Abende in Neundorf lernte ich eine der Zehntklässlerinnen in den Lederjacken kennen. Ihr Motorrad-Freund hatte sie nach einem Streit in dem Laden zurückgelassen und ihren Helm mitgenommen. Bald trafen wir uns regelmäßig am Carossa in der Pause und küssten uns in der Fahrradgarage. Nicht dass sie deswegen mit dem Freund Schluss gemacht hätte. Aber das war mir recht.

Das letzte Jahr am Carossa hatte begonnen. Abitur war im Mai, die Monate bis dahin waren die leichtesten, die ich je auf der Schule erlebt hatte. Es war von Anfang an wie am Ende eines Schuljahrs, wo alles erledigt war und die Notenkonferenz längst abgeschlossen. Natürlich gab es noch ein paar Klausuren, aber es war abzusehen, dass ich ein gutes Punktepolster für den Abschluss zusammenbekommen würde. Das Lernen fiel mir ohnehin nicht schwer, und auch nicht, ihm meine Freizeit zu opfern. Ich konnte ja nebenbei Musik hören. In den meisten meiner Jahre in Praam hatte ich die Plattensammlung meiner Eltern mit gerümpfter Nase betrachtet, aber in den letzten Monaten hatte ich vieles daraus auf dem eigenen Plattenspieler ausprobiert. Die meisten Alben gehörten meinem Vater, ein paar wenige stammten aus der Jugend meiner Mutter, darunter Joni Mitchell und Eric Clapton. Joni Mitchell erinnerte mich an Autofahrten als Kind, mein Vater hatte ihr das Album auf eine Kassette gespielt. Früher hatte mich meine Mutter oft mit in die Stadt genommen, wo wir uns mit dem Zogo und der Oma trafen. Die Oma war dann gerade mit der Sauna fertig, und der Zogo hatte sein Mietshaus inspiziert und sonst irgendwelche finsteren Geschäfte geregelt. Wir saßen in einem Café, und die Großeltern fragten mich Dinge, die ich nicht verstand, und schmunzelten permanent über meine Antworten, während, meine Mutter mich im Arm hielt, als müsse sich mich vor den Alten beschützen.

Meine Mutter war seit dem Artikel öfter denn je beim Zogo, mein Vater besuchte ihn jetzt erst recht nicht mehr. Der Zogo setzte wiederum keinen Fuß ins Gasthaus, aber er war auch vorher selten da gewesen, das war unter seiner Würde als Praamer Geldadel. Manchmal nahm meine Mutter noch die Elli mit zu ihm. Was mich betraf: Es konnten Monate vergehen, ohne dass ich dem Zogo begegnete.

Im Oktober begann auch die Fahrschule, da ich im Januar achtzehn wurde. Der theoretische Teil war ein Witz, aber das Fahren fiel mir schwer, ich war kaum in der Lage, die Distanz zwischen Objekten im Spiegel einzuschätzen. Der Bartl hatte den Führerschein tatsächlich schon im Sommer gemacht. Ausgerechnet der verschlafene Bartl, alles andere als ein Motorist, hatte das Ganze geradezu spielend bewältigt, und im Herbst fuhr er schon in aller Gemütsruhe wie ein Rentner durch die Gegend, als hätte er den Schein seit fünfzig Jahren.

Auch meine Musterung hatte ich hinter mich gebracht, war jedoch trotz einer umfassenden Arztbescheinigung meiner gesundheitlichen Defizite nicht ausgemustert worden. Die Fieberanfälle,

Plattfüße und ein Hohlkreuz reichten dem Amtsarzt offensichtlich nicht, ich bekam eine Zwei. Schon ein paar Jahre vor der Musterung ging die Gespenstergeschichte durch die oberen Jahrgangsstufen, dass man sich nackt vor der attraktiven Sekretärin des Amtsarztes ausziehen müsse und dass es nicht selten passierte, dass jemand dabei eine Erektion bekam. Ich musste mich zwar ausziehen, aber zu meiner Erleichterung und Enttäuschung saß da nur der Amtsarzt. Nach der Untersuchung verweigerte ich schriftlich den Wehrdienst und bewarb mich um eine soziale Stelle im Ausland, seit diesem Sommer war das als Zivildienstersatz zugelassen. England hatte ich als Wunschort angegeben.

Rosa sah ich nach den Sommerferien nur einmal zufällig auf dem kleinen Obereilinger Volksfest. Sie fuhr mit Stephan Schranner im Autoscooter, während *In The Army Now* lief. Allerdings bemerkte sie mich nicht, draußen vor der Bahn im Abendlicht. Nach dem Gardasee hatten wir nur noch ein einziges Mal telefoniert. Ich hatte sie eine Woche danach angerufen, obwohl ich natürlich ahnte, was mir bevorstand.

»Das war irgendwie nichts, oder?«, hatte ich gefragt.

Die Leitung war eine Weile geräuschlos geblieben. Noch nicht einmal ihren Atem hatte ich hören können.

»Nichts war es nicht«, hatte sie dann zögerlich gesagt. »Aber wahrscheinlich auch nicht genug. Was denkst du?«

»Es war ja nur ein Anfang. In einer komplizierten Zeit«, sagte ich. Ohne zu wissen, ob ich das wirklich glaubte.

»Aber gerade dann muss es doch reichen«, sagte sie. »Du als Kommissar weißt das doch sicher auch.« Sie hatte ganz leise gesprochen. Da war weder ein Vorwurf noch eine Pointe beabsichtigt. Ich hatte nichts darauf gesagt.

»Wir sehen uns, Kommissar«, war ihr Abschied gewesen, gar nicht so traurig, eher müde.

Es war ein Samstag Mitte Oktober, und ich hinkte leicht, hatte mir noch im September beim Tennisspielen mit dem Böhmi einen leichten Anriss des Außenbands zugezogen und eine kleine Plastikschiene verschrieben bekommen, die man aber jederzeit abnehmen konnte. Ich holte erst den Bartl zuhause ab. Meistens luden seine Eltern mich auf einen Tee oder einen Kaffee in ihr Wohnzimmer ein. Sie hielten mich nach der Sache mit dem Schloss für politisch interessiert und wollten mit mir über Wackersdorf oder die Militärregierung in Chile sprechen.

»Der Christoph ist ja zu faul zum Diskutieren, der spielt lieber mit seinem Atari«, sagten sie über den Bartl.

Das war der Grund, warum ich neuerdings einen Stein gegen das Fenster vom Bartl warf, sobald ich da war, und dann kam er nach unten, ohne seinen Eltern etwas von mir zu sagen. Sein Bart sah mittlerweile ziemlich fransig aus.

Wir liehen uns das Auto seiner Eltern, einen kleinen grünen Renault 5, und fuhren in die Stadt. Der Böhmi hatte Karin Zellmair dabei, und mir schien, als wäre der größte gemeinsame Nenner der beiden, Zigaretten um die Wette zu drehen und zu rauchen. Wir gingen ins Kino und schauten uns *Der Name der Rose* an. Der Böhmi schlief nach einer halben Stunde ein.

Später im *Bauhaus*, einer Diskothek, der man den höchsten Drogenkonsum im Landkreis nachsagte, sah ich Stephan Schranner in einer braunen Wildlederjacke mit einem mir unbekannten Mädchen an der Bar stehen. Auf dem Weg zum Klo rempelte ich ihn absichtlich an, ich musste bereits betrunken gewesen sein. Er folgte mir auf die Toilette, packte mich vorn am T-Shirt und knallte mich gegen die gekachelte Wand. Mir blieb die Luft weg. Er schaute mich an und sagte: »Pass bloß auf, Bursch. Du hast schon genug Schaden angerichtet.« Dann putzte er sich die Hände an der Hose ab und ließ mich liegen wie ein angefahrenes Reh.

Als wir wenig später wieder im Auto saßen und uns auf den Heimweg machten, verlor ich kein Wort darüber.

»Dein Großvater ist im Krankenhaus«, sagte mein Vater am nächsten Morgen.

»Was hat er?«, fragte ich.

»Kriegt keine Luft mehr. Die Mama will, dass du ihn besuchst.«

Das Schyrener Krankenhaus, das irgendwann Anfang der Siebziger das Klostersanatorium als allgemeines Krankenhaus abgelöst hatte, war für mich immer schon das abstoßendste Gebäude der Welt gewesen. Es sah aus wie mehrere riesenhafte Betonwürfel, die gestapelt aus einem überdimensionalen Würfelbecher gefallen waren, mit großen Fenstern und tiefgrünen Fensterrahmen. Mein Vater hatte es mal eine »Gesundheitsfestung genannt, die endgültige Kapitulation des Individuums vor der Zweckarchitektur«. Aber mein Vater würde für kein Krankenhaus auf der Welt lobende Worte finden, schon gar nicht für den kalten Kasten, in dem er einst zwei Wochen wegen eines Blinddarmdurchbruchs hatte verbringen müssen, und das alleine, weil seine Eltern weiter in der Wirtschaft gearbeitet hatten.

Was das Schyrener Krankenhaus noch zusätzlich so besonders abweisend machte, war diese ungebührlich hohe Freitreppe zum Haupteingang, die überhaupt nicht nötig gewesen wäre, hätte sich nicht damals jemand in den Kopf gesetzt, das Krankenhaus auf eine künstliche Anhöhe zu bauen, sodass es über dem gesamten Schyrener Nordviertel thronte. Der Höhenunterschied zwischen Haupteingang und Fuß der Treppe betrug fast zehn Meter, und wenn man erst einmal oben war, war man Schyren gänzlich abhandengekommen. Man befand sich plötzlich in dieser hochfunktionalen Welt aus automatischen Türen und beschrifteten Wänden, blechernen Aufzügen mit kleinen Spiegelplatten und beleuchteten

Tasten, zermürbten Klosterschwestern und schwebenden Chefärzten. Mein Vater bezeichnete das Gehabe der Chefärzte als Sauerbruchismus, für die Doktoren hier sei jeden Tag Fasching. Verkleidung, Theaterspiel, göttliche Komödie. Jeden Tag spielten sie Sauerbruch.

Als ich ins Zimmer vom Zogo kam, saß der Pfarrer Parzefall am Bett und hielt seine Hand. Ich dachte augenblicklich an eine letzte Ölung. Aber der Parzefall nickte mir aufmunternd zu.

»Deinem Opa geht's schon besser«, sagte er freundlich.

Ich sagte mein Grüß Gott, ließ zu, dass der Parzefall mir beim Aufstehen seine Hand auf die Schulter legte und sich dann in Richtung Tür an mir vorbeipresste.

»Ignaz, ich bring morgen das neue Blatt mit«, sagte der Parzefall und hielt zum Abschied noch einmal ein abgegriffenes Kartenspiel in die Luft.

»Vergelt's Gott, Erich«, sagte der Zogo und richtete dann seine hellgrauen Augen auf mich. Ich hatte erwartet, dass Schläuche in seinem Mund steckten und Drähte aus seinem Kopf kamen, aber er lag einfach bloß da, völlig unangeschlossen, als wäre alles in Ordnung. Ein bisschen ausgezehrt, aber nicht unzufrieden.

»Konstantin, der Opa freut sich, dass du kommst«, flüsterte er. Das Fensterbrett war voll mit Blumen, über seinem Bett hing ein Marienbild und gegenüber ein kleines Holzkreuz mit einem Jesus, dem die Dornenkrone halb über die Augen gerutscht war, weil er den Kopf zur Seite geneigt hatte.

»Wie geht es dir?«, fragte ich.

»Deinem Opa geht es nicht mehr so gut«, sagte er betont kraftlos.

»Der Pfarrer hat gesagt, dir geht's besser.«

»Aber schau, ich bin jetzt siebenundsechzig, ich hab ja meine Aufgabe auf Erden schon erledigt.«

»Ach, da gibt's schon noch Sachen. Auf dem Mount Everest warst du doch wahrscheinlich noch nicht«, sagte ich.

»Komm her, du Lausbub.« Der Zogo setzte sich auf und streckte seine Hand nach meiner aus. Er trug ein Krankenhausnachthemd in Weiß mit blauen Blumen darauf. Ich ließ mich an der Hand zu ihm ziehen, und er drückte mich mit beiden Armen an sich. Er roch nach Knoblauch. Schon zuhause hatte er immer diese Knoblauchtabletten genommen. Ich zog mich langsam zurück, setzte mich wieder auf den Besucherstuhl. Lächelte falsch, atmete durch den Mund.

»Du musst dich nicht entschuldigen für den Zeitungsbericht«, sagte der Zogo und zog sich das Blumen-Nachthemd nach unten. »Der Albert hat dich nur eingespannt. Mein Gott, Bub, du weißt ja auch nichts über die Zeit damals, über den Krieg. Woher sollst du es denn auch wissen?«

Ich zuckte mit den Schultern.

»Ich erzähl dir Folgendes: In der Nähe von Berditschwew, an der Ostfront, schätzungsweise im Winter 42/43, da hätte ich ein russisches Bauernhaus niederbrennen sollen. Befehl vom Hauptmann. Aber ich hab den Befehl nie ausgeführt. Weißt du, warum nicht?«

»Warum nicht?«, fragte ich.

»Weil ich eine wunderschöne Marienikone an der Wand hängen hab sehen.« Der Zogo griff nach seiner Brille, die auf dem Kasten neben dem Bett lag, in den auch ein Radio eingebaut war.

»Ach so«, sagte ich.

»Das kannst du dir ja gar nicht vorstellen, wie es an der Front war. Wir sind bei einem Angriff der Russen im Straßengraben gelegen, da hör ich so schleppende Hufe. Ich steck den Kopf raus, und was seh ich? Ein schwer verletztes Pferd mit einer klaffenden Wunde am Hals kommt ganz langsam auf mich zu. Ich bin sofort raus aus dem Graben und hab es angesprochen. Da hat sich's hingelegt und ist verendet. Vor meinen Augen. Es war fast so, als wollte es sich noch einmal bei jemand verabschieden. Das Erlebnis belastet mich heute noch, du weißt ja, was ich für eine Tierliebe hab, Konstantin.« Er nahm noch einmal meine Hand.

»Was war es denn für ein Pferd?«, fragte ich aus Verlegenheit.

»Ein Panje-Pferd«, sagte er. »Pechschwarz mit einem weißen Fleck auf dem Hals. Das arme Viecherl.«

»Ich muss noch was fürs Abitur lernen«, sagte ich und ließ seine Hand los.

»Freilich, das musst du«, sagte der Zogo. »Aber schön, dass du da warst.«

»Ja«, sagte ich. »Ciao, Opa.«

In der Eingangshalle gab es einen kleinen Kiosk mit Zeitschriften, Blumen, Pulverkaffee und Wurstsemmeln. Ich kaufte mir eine Musikzeitung und wollte gerade das Krankenhaus verlassen, als meine Mutter durch den Haupteingang kam. Als sie mich sah, hielt sie an und schaute erst zu Boden, dann richtete sie sich die streng geflochtenen Haare und ging langsam auf mich zu. Sie hatte seit Juli nicht mehr als fünf Sätze am Stück mit mir gesprochen. Sie trug einen grauen Rock und eine hellblaue Leggins darunter, dazu eine weiße Bluse. Sie sah ungewöhnlich lebendig aus.

»Schön, dass du hergekommen bist«, sagte sie.

»War kein Problem«, sagte ich. »Was sagen die Ärzte?«

»Der kann schon noch ein bisschen«, sagte sie und versuchte, amüsiert zu klingen.

»Mir tut das leid«, sagte ich.

»Was tut dir leid?«, fragte sie.

»Dass du unter dem leidest, was ich gemacht habe. Gegen dich ging das nämlich nicht.«

Sie hob die Hände, senkte sie dann wieder.

»Und ich kann auch nicht versprechen, dass es besser wird«, sagte ich.

»Ich weiß«, sagte sie und überprüfte, ob sich nicht eine Strähne aus ihrem Geflecht gelöst hatte.

FEIERABEND

»*Und Abendfriede kehret ein, zieht wie ein altes Lied aus längst vergang'nen Zeiten dir gar heimlich ins Gemüt*«, sangen die Veteranen, während ich den Arm um meine Mutter legte. Links neben meiner Mutter stand mein Vater in einem viel zu kurzen schwarzen Mantel und einer schwarzen Krawatte mit einem schiefen Knoten und einem Fettfleck ganz unten an der Spitze. Rechts Albert, Bart rasiert und Haare geschnitten, sah jetzt aus wie ein Religionslehrer. Vor uns am Grab kniete meine Oma und weinte vielleicht, von hinten sah man das nicht.

Während der Veteranenchor sang, putzte sich der Pfarrer Parzefall die Nase und reichte dann sein Taschentuch an einen Ministranten weiter.

Es war Freitagnachmittag Ende Juni 1987, und ein warmer Abendwind schlich sich auf den Friedhof.

Das Wasser in der Lunge hatte den Zogo letztlich dann doch geschafft. Leid tat mir das nicht, obwohl ich zugeben musste, dass er nach dem letzten Krankenhausaufenthalt ein wenig verträglicher geworden war. Seine alttestamentarische Strenge hatte einer konfusen Nachsicht Platz gemacht, was auch daran liegen mochte, dass er nur noch flüstern konnte. Auch das plötzliche Aufkommen von antifaschistischen Anekdoten aus seiner Jugend fand ich höchst merkwürdig. Prügeleien mit der Hitlerjugend als Kind, Flucht vor der SS bei Kriegsende, Verstecken von russischen Flüchtlingen und das Bedauern des Scheiterns von Stauffenberg, da war viel Neues in seiner Biografie hinzugekommen: die Resistance unter Zogo.

Mein Abitur hatte ich mit Zweikommavier bestanden, der Bartl war mit einem Einser-Abi sogar der Drittbeste im Jahrgang. Im Januar schaffte ich den Führerschein beim ersten Anlauf, und seitdem kaufte ich viel mit unserem Taunus für die Wirtschaft ein.

Als die Trauergemeinde sich auf den Weg in die Kirche zum anschließenden Gottesdienst machte, suchte ich den Böhmi und fand ihn bei Karin Zellmair und ihren Eltern, die ihn mittlerweile wie ein Familienmitglied behandelten. Ich zog ihn an seinem schwarzen Ledermantel, wegen dem ihn der Bartl neuerdings »Graf Böhmcula« nannte.

»Hast du alles?«, fragte ich.

»Alles da.«

»Dann bis später«, sagte ich.

»Beileid übrigens«, sagte der Böhmi.

»Ach so, danke«, sagte ich.

Um zehn Uhr Abends traf ich mich mit dem Böhmi an der Stelle, wo bis März die alte Bushaltestelle mit der zerbrochenen Rückwand gewesen war. Er hatte einen großen Rucksack dabei, wie ich ihn bei Anhaltern an Autobahnraststätten gesehen hatte. Der Böhmi trug ein schwarzes T-Shirt, eine schwarze Baseballmütze und eine schwarze Hose.

»Du kopierst meinen Stil«, sagte ich.

Er lachte. Machte seine Zigarette aus.

»Und? Hast du Mumm, Schwarzer?«, fragte er und fletschte die Zähne. Er hatte erst letzten Monat seine Gesellenprüfung in den Sand gesetzt und dafür eine brutale Tracht Prügel von seinem Vater kassiert. Seitdem verbrachte er oft mehrere Tage am Stück bei Karin, musste allerdings im Gästezimmer übernachten.

»Angst hab ich keine«, sagte ich.

Die Zeit in Praam war vorbei. Am nächsten Tag würde ich mit

dem Bartl und dem Böhmi eine Woche auf einen Campingplatz in der Nähe von Prag fahren, und dann begann im Juli auch schon mein sozialer Dienst. Es war nicht London geworden, wie ich gehofft hatte, sondern Belfast. Ich war einem Projekt für behinderte Kinder zugeteilt worden. Aber Belfast war in Ordnung.

Der Böhmi und ich gelangten genauso aufs Schlossgelände wie Rosa und ich vor über einem Jahr, es gab immer noch das Loch in der Mauer und das kaputte Fenster auf der Rückseite. Es war zwar mit Folie und Klebeband versiegelt worden, aber der Böhmi machte kurzen Prozess mit seinem Butterfly.

»Die werden wissen, dass jemand im Schloss war«, sagte der Böhmi und warf den Rucksack durch das Loch in der Scheibe.

»Aber nicht wer«, sagte ich. Aber der Böhmi brauchte niemanden, der ihn beruhigte. Wir wollten ja beide die Unruhe.

In dem gedrungenen Raum mit der rot lackierten Tür roch es nach brackigem Wasser. Ich suchte den weißen Laufstall, aber er stand nicht mehr da. Ich nahm dem Böhmi die Stablampe ab und ging voraus, den Gang mit den klaffend roten Ziegelwunden in der Wand entlang bis zur Treppe, hoch in den ersten Stock. Auch hier gab es keine Käfige mehr. Im dunklen Gang stieß ich mir das Schienbein an Metall. Ich leuchtete und fand etwas wie einen Stahltank mit ineinander verwachsenen Rohren, Kabeln und Verstrebungen, grün gerostet und keinen Millimeter bewegbar.

»Was ist denn das für ein Monstrum?«, fragte ich.

»Ein Generator«, sagte der Böhmi. Ohne zu überlegen.

»Woher weißt du das?«

»So einen hat mein Opa noch im Keller. Von der Wehrmacht«, sagte der Böhmi und nahm mir die Lampe weg.

Er richtete den Lichtstrahl auf eine Tür.

»Geht's da zum Dachstuhl?«, fragte er.

»Ja, da geht's hoch«, sagte ich und hörte so laut *Panama* in meinem Kopf, als hätte jemand im Schloss eine Stereoanlage eingeschaltet. *I can barely see the road.*

Ich folgte dem Böhmi die Treppe hinauf.

»Da hinten?«, fragte er und deutete auf das Fenster, wo wir den Herrlich gefunden hatten.

»Glaubst du, es gibt überhaupt so einen Zustand? Dass man sagt: Jetzt bin ich da, wo ich immer hinwollte?«, fragte ich. »Dass man sagt: Ab jetzt geht's mir gut?«

»Schwachsinn. Niemand geht's dauerhaft gut«, sagte der Böhmi und leuchtete in den endlosen Dachstuhl hinauf. Dann fand er den Hocker, auf dem der Herrlich gestanden haben musste, und schob ihn gegen einen Holzpfosten.

»Nein, ich meine nicht dauerhaft gut. Ich meine ein Ende dieses schlechten Gefühls, das wir immer haben. Über das wir geredet haben. Dass wir mit irgendwas völlig falschliegen. Dass wir uns so fehl am Platz fühlen. Wann dieses schlechte Gefühl endlich aufhört, würde mich interessieren.«

»Ich weiß es nicht. Ich glaube ja, das geht alles vorbei, sobald man von daheim weg ist«, sagte der Böhmi und nahm seinen Rucksack ab.

»Hoffentlich«, sagte ich, »es wär doch grässlich, wenn man immer so bleiben würde, wie man jetzt ist. Das wär mein größter Albtraum. Dass sich nichts ändert an der Unsicherheit. Dass man auch weiterhin nicht weiß, was man mit sich anfangen soll. Dass man sich zwar vieles vorstellen kann, aber alles so weit weg bleibt und einem alles zu anstrengend vorkommt. Dass man irgendwann einfach doch die Wirtschaft vom Vater übernimmt.«

»Sei mir nicht bös, Schwarzer, aber da musst du keine Angst haben. Der würd seine Wirtschaft eher dem Hauner schenken als dir überlassen. Du wärst der schlechteste Wirt der Welt. Und jetzt hör auf zu winseln. Andere täten sich freuen, wenn sie eine Wirtschaft erben. Ich erbe leere Schnapsflaschen und eine hässliche Bruchbude«, sagte der Böhmi und holte einen kleinen Benzinkanister aus Plastik aus dem Rucksack.

»Wer weiß, wie lange es die Wirtschaft überhaupt noch gibt, wenn's so weitergeht«, sagte ich, um Zeit zu schinden.

»Jetzt nicht mehr reden«, sagte der Böhmi und schüttete Benzin auf einen Putzlumpen.

»Kann ich was helfen?«, fragte ich.

»Nein«, sagte er unwirsch und fing an, mit dem Putzlumpen den Pfosten einzureiben. Dann tränkte er den Lumpen mit noch mehr Benzin, stieg auf den Hocker vom Herrlich und rieb den Querbalken ein.

»Stürzt das Ding ein?«, fragte ich.

»Und wie. Wenn der Dachstuhl brennt, dann haut's das ganze Dach hinunter.«

»Ich meinte das gesamte Schloss«, sagte ich.

»Das glaube ich kaum«, sagte der Böhmi. »So einen Kasten kriegt man nicht so leicht klein.«

PRAAMER HEIMATBUCH (AUSZUG)

(...) Dieses sogenannte Wasserschloß, erbaut im Jahre 1512, verfügt über zwei Parallelflügel und ist ein zweigeschossiger Satteldachbau mit Zwiebelturm, im Kern mittelalterlich. Die gravierendsten Um- und Erweiterungsbauten fanden überwiegend im 17. Jahrhundert statt. Das mittlerweile abgerissene Nebengebäude (Gartengebäude) war ein eingeschossiger Satteldachbau von 1688 bis 1926. Erhaltene Teile der ehemaligen Befestigungsanlage sind Mauer und Tor, letzteres im 17. Jahrhundert verstärkt und verbreitert.

(...) 1511 heiratete Ursula, die minderjährige Tochter des verstorbenen Hermann von Rhin, einen gewissen Joseph von Beilngries, den Gaugraf von Praamgau, und so begann die Zeit der Beilngrieser in Praam, in deren erstes Herrschaftsjahr auch der Bau des Wasserschloßes fiel, das schließlich ihr Sohn Engilmar übernahm, der schließlich den Turm und das historische Dach fertigstellte. Auf den Landtafeln von 1677 sind die Beilngrieser noch als verbürgte Herrscher über die Hofmark Praam genannt, 1681 belegt ein Dokument die Übergabe der gesamten Hofmark an Gläubiger, dem Haus der Leoprechtinger. Johann von Leoprechting war kurfürstlicher Kammerrat und noch im Jahr 1677 erging das Schloß als Mitgift seiner Tochter Regina von Leoprechting an ihren Gatten Jakob von Alburg, der massive Umbauten an Architektur und Gelände vornehmen ließ und unter anderem die Stallungen hinzufügte. Am 17. April 1726 erwarb Gaugraf Karl von Salching die Hofmark Praam per Beschluß des kursfürstlichen Herrschaftsgerichts und

vereinte Praam unter dem Ius Gladii mit der Hofmark Schyren. Auch nach der Säkularisation blieb das Praamer Anwesen im Besitz der Salchinger. Erst im Jahr 1831 ging das Anwesen über einen nicht näher bestimmten Erbfall in den Besitz der Leiblfinger über und spaltete sich damit auch rechtlich wieder von der übergeordneten Hofmark Schyren ab. Der letzte eingetragene Besitzer vor der Übernahme durch die Industriellenfamilie Herrlich im Jahre 1857 ist ein gewisser Ulrich der Huber, der das Schloß in der kurzen Zeit zwischen 1852 und 1857 von den Leiblfingern unter urkundlich nicht vollständig geklärten Umständen übernahm, auch hier handelte es sich möglicherweise um einen Gläubiger.

DER HERMANN-BRIEF (19. JULI 1940)

Sehr geehrter Herr Gauleiter!
Seit einigen Monaten werden auf Anordnung des Reichsverteidigungsrats Patienten mit Geisteskrankheit, Altersschwäche oder Epilepsie aus staatlichen und privaten Heilanstalten in andere Anstalten verfrachtet. Die Angehörigen werden selbst, wenn die Unterbringung auf ihre Kosten erfolgte, meist erst nachträglich von der Überführung unterrichtet. Oft erst zusammen mit der Nachricht, daß der betroffene Patient einer Krankheit erlegen sei und aus seuchenpolizeilichen Gründen eine Einäscherung stattfinde. Vor diesem Hintergrund erfüllt es mich mit größter Besorgnis, daß beim Bürgermeister der Großgemeinde Schyren eine Anfrage einging, eine Einschätzung einiger Räumlichkeiten rund um die Klostermark Schyren abzugeben, darunter auch die Wasserburg der angeschlossenen Gemeinde Praam und das vor kurzem stillgelegte Schwimmbad im erweiterten Ortsteil Neurieder Forst. Während das Kloster Schyren unter dem Orden der Franziskaner-Schwestern ohnehin ein Krankenhaus betreibt und die Pflegehoheit darüber behalten will, gehört das Schloß dem Landschaftsmaler Joseph Herrlich, der es gleichzeitig bewohnt und als Atelier benutzt.
Lassen Sie mich sagen: Die Bevölkerung ist nicht blind für Ihr Vorgehen. Die Vorgänge, die sich seit einigen Wochen in

der Umgegend vom Schloß Salching abspielen, sind Tagesgespräch. Die Krankentransporte, die auf dem Bahnhof Salching ausgeladen werden, die Autobusse mit den geschwärzten Fenstern und das Bauvorhaben eines Krematoriums an der Hemmauer Landstraße, dies alles wird nicht nur von der Bevölkerung in Schyren wahrgenommen, sondern erregt die Gemüter hier aufs Äußerste. Warum? Weil unsere Bevölkerung hier noch ganzheitlich von einer christlichen Denkweise angeleitet wird und die Vernichtung von Leben, die hier offensichtlich willkürlich vonstattengeht, so nicht billigen kann. Als Vertreter der katholischen Kirche der Diözese Regensburg bin ich verpflichtet, mit meinem Einspruch nicht nur der grotesken Zweckentfremdung unserer Architektur, sondern auch der Vernichtung „unwürdigen" Lebens an sich entgegenzutreten. Halten Sie die Kirche nicht zum Narren. Wir verstehen sehr gut, daß gewisse Kreise Ihrer Partei, die sich hauptsächlich im Schwarzen Korps wiederfinden, nicht bloß mit dem kirchlichen Christentum, sondern mit dem Christentum allgemein aufräumen wollen, weil sie die Religion als reine Hemmung ihrer Ideologie verstehen. Und doch ist meine letzte Information, daß der Führer und die Partei bis dato auf dem Boden eines positiven Christentums stehen, für das Barmherzigkeit und Menschenwürde eine Selbstverständlichkeit sind. Sollten Sie aber Ihren grausigen Pragmatismus vor dieses Prinzip stellen und hier im Sinne einer Ausrottung entscheiden, dann ist das der Schlußstrich unter einer verhängnisvollen Entwicklung, in der das Gemeinschaftsleben des deutschen Volkes nicht mehr von christlichen Interessen beschützt werden kann. Denn entweder erkennt selbst der nationalsozialistische Staat die

Grenzen Gottes an oder er orchestriert einen Sittenverfall, der einen Verfall dieses Staates nach sich ziehen wird, egal von welcher Partei er geführt wird. Ich bin nicht allzu optimistisch, daß meine Stimme Ihr Gehör findet, Herr Wagner, aber nicht nur die Pflicht der Seelsorge gegenüber meiner Gemeinde, sondern auch die Pflicht gegenüber meinem Glauben zwingt mich zu diesem Schreiben. Oder um es mit Hesekiel 3.19 auszudrücken: Das sage ich zur Rettung meiner Seele.
Gott zum Gruße
Ihr ergebener Hr. Ägidius Hermann, Pfarrer der Pfarrei St. Benedikt, Schyren

DANK

Ich danke Heinz Mayer und Jürgen Rettberg für die historische Beratung, Jörn Morisse fürs Nichtaufgeben, meinem Vater für seine Anekdoten und sein »Heimatgefühl«, meiner Mutter für die Wertvorstellungen, meiner Frau und meinen Kindern für die Geduld mit meinem Fantasieberuf, meiner niederbayerischen Heimat für ihre kleinen und großen Geheimnisse und Berlin für sein notwendiges und vermutlich ewiges Exil. Außerdem der Autorin Anna Rasmus für ihr Buch »Wintergrün – Verdrängte Morde«.